Wolfgang Kohlhaase

Erfindung einer Sprache

Oktav*heft* 8

Wolfgang Kohlhaase

Erfindung einer Sprache

und andere Erzählungen

Mit einem Nachwort von Andreas Dresen

Verlag Klaus Wagenbach Berlin

Inhalt

Erfindung einer Sprache

Man ruft zehn Nummern durch den Lautsprecher, die zehnte ist seine. Straat fühlt weder Angst noch Hoffnung. Er tritt aus der Reihe, taumelt zwischen Rücken und Gesichtern bis zum Ende seines Blocks, schwenkt nach rechts und geht mit mühsamen Schritten auf den Mann zu, der ihn aufgerufen hat und der auf einem Podium steht, vor sich ein Pult mit Papieren und ein Mikrofon.

Es ist April, im Jahr vierundvierzig. Straat, der zehnte in der Reihe, die sich aufstellt, mit dem Gesicht zur Wand, ist zum Sterben müde, obwohl es früh am Tag ist, obgleich er so jung ist. Der Himmel, in den er sieht, wenn er den Blick über das Dach des Wachhauses hebt, ist niedrig und naß. Ein Stück unter den Wolken entlang, ein Stück um die Erde herum, liegt Holland. Von dort hat man Straat hergebracht, mit fünf anderen, vor hundert Tagen, vor langer, langer Zeit. Warum? Damit er schwitzt, damit er friert, damit er Steine trägt, Prügel kriegt, im Dreck liegt, auf Brettern schläft, faules Gemüse frißt und endlich aufhört zu sein. Aber vorher, noch atmend, noch blickend, soll er vergessen, wer er war. Er hat es auch schon fast vergessen. Undenkbar, daß es dort, unter dem Himmel entlang, noch immer den Ort gibt, an dem er geboren wurde, Erde und Wasser, die Eltern, die Abende, den anderen Geruch der Mädchenklasse, die Geräte hinter der gläsernen Schranktür, die Physik. Sechs Semester davon, undenkbar. Denn das Gesetz von der Erhaltung der Energie gilt ja nicht mehr. Gilt nicht für die, die mit den Steinen über die große Treppe laufen, unter den Knüppeln, vor den Visieren, von Dunkelheit zu Dunkelheit. Sechs Physikstudenten, fünf sind hin. Der letzte, zum Sterben müde, ist Straat. Und er geht an diesem Tag nicht in den Steinbruch, weil seine Nummer aufgerufen wird.

Zehn Mann, wohin aber gehen sie? In den Bunker? Ins Revier? Vornweg läuft ein Kapo in weißer Jacke, der führt sie in die Küche. Haus aus Stein, innen gekachelt. Sechs blitzende Kessel, darin wird die stinkende Suppe gekocht. Aber wegen der Suppe holt man sie nicht. Man holt sie wegen der Kartoffeln.

Der Kommandant veranstaltet einen Kameradschaftsabend. Die Posten, die Totschläger, die Zahlmeister, die Aufseher, die Materialverwalter, die Folterer, die Schreibstubenkräfte, der Arzt sitzen bei solchem Anlaß an langen Tischen gemütlich beisammen. Und der Abend ruht auf drei Säulen: erstens Kameradschaft, zweitens Bier, drittens Schweinebraten mit Kartoffelsalat. Deshalb stehen zehn Schemel in der Lagerküche, zehn Körbe mit Kartoffeln daneben, zehn Schüsseln für Abfall davor, ein Metallkübel in der Mitte, und auf einem der Schemel hockt Straat.

Es ist warm und still in der Küche. Der nahe Steinbruch ist weit weg. In einem Verschlag neben der Tür sitzt ein SS-Mann und liest. Nur der Kapo stellt sich mal zu den Kartoffelschälern und sieht ihnen zu. Keine Bosheit, fachliches Interesse. Dennoch beginnen Straats Finger zu zittern, er ist nicht geübt, die Schalen werden zu dick, es geht zu langsam im Schatten des Kapos, der ihm auf die Hände blickt. Der geht weg und kommt wieder. Straat arbeitet hastiger, aber es hilft nichts, schon hört er die Frage: »Was hast du denn früher gemacht, du?«

»Student«, sagt Straat und sieht nicht hoch und hört nicht auf, mit flatternden Händen zu schälen. Doch gleich wird er einen Tritt kriegen. Der SS-Mann hinter der Scheibe wird von seinem Buch aufblicken. Und dann? Der Kapo sagt aber nur: »Aus mit Studieren, was?«

Mittags kriegen sie eine Schüssel dampfende Suppe, von oben, wo ein paar Fleischfasern schwimmen. Dann eine zweite Schüssel, voll bis zum Rand. Straat lehnt draußen an der Wand des Küchengebäudes mit all der Suppe im Skelett, ruhig. Plötzlich kein Hunger mehr. Nicht der Steinbruch. Kein Geschrei. Entfernt, unter dem elektrischen Zaun, wo niemand zu laufen hat, entdeckt er einen Schimmer Grün, und er erinnert sich: Man hat April. Der Kapo beobachtet ihn und schlendert heran und fragt: »Was hast du denn studiert, Mann?«

»Physik.«

»Verstehe«, sagt der Kapo im Ton eines Eingeweihten.

Nachmittags hat Straat weniger Angst, wenn der sich neben ihn stellt. Ein bißchen Sonne fällt schräg in die Küche, die Kartoffeln plumpsen ins Wasser, das Stammkommando, in weißen Schürzen, schneidet Brot für den nächsten Tag, wer kann glauben, daß jetzt hier und da einer stirbt, im Sand, nicht weit ab. Der Kapo steht wieder bei Straat und hat ein Bedürfnis, sich mitzuteilen.

»Verflucht, wenn ich hier rauskomme«, sagt er, »nach dem Krieg, dann gehe ich nach Persien.«

Der Kapo hat nämlich, erzählt er Straat, einen Bruder in Persien, der ist gerade noch rechtzeitig weg, neununddreißig, und jetzt sitzt er da und ist ein großer Geschäftsmann, und der Kapo sitzt hier und ist ein Idiot.

»Du bist Holländer«, sagt der Kapo. »Was meinst du, ist Persien gut?«

»Bestimmt gut«, sagt Straat. Er schält und schält, nur schält er nicht mehr so schnell. Der Kapo, im weichen Nachmittagslicht, nickt wie jemand, der sich verstanden fühlt, und kommt ins Seufzen.

»Schade nur um die Zeit, die schöne Zeit. Wenn man hier wenigstens Persisch lernen könnte.«

Er blickt bekümmert, redliche Kumpelfalten im Gesicht, ein Mann nahe Vierzig und ausreichend ernährt, verglichen mit den Ruinen, die da im Kreis sitzen, das

Schicksal hat ihn geworfen und dann erhoben, aber angeschissen ist er doch. Ja, ja, mein Lieber. Straat hört sich plötzlich sagen: »Ich kann Persisch.«

Der Kapo sieht ihn aus blassen blauen Augen lange an, erst ungläubig, dann zweifelnd, dann beinahe zärtlich.

»Du kannst Persisch?«

Straat nickt mit starren Zügen.

»Komm mit.«

Der Kapo rennt vor, Straat folgt ihm stolpernd in den Büroverschlag.

»So, jetzt sag mir mal, woher du Persisch kannst.«

Es gibt schon keinen Rückweg mehr für Straat. Mit einem Kapo macht man keine Witze, schon gar nicht, wenn man nur noch einen Stoß braucht, um zu fallen und nicht mehr aufzustehen. Straat will auch keinen Witz machen, er will nur nicht mehr in den Steinbruch, wo er verrecken wird, er will in der Küche bleiben, wo er wie ein Mensch auf einem Schemel sitzt und Kartoffeln schält und wo er Suppe kriegt. Er hat nur Angst, daß seine Stimme versagt, die verläßt ihn aber nicht, die ist nur sehr leise. Er sagt: »Ich war in Persien, vor dem Krieg.«

»Mensch, weißt du, was dir passiert, wenn das nicht stimmt?«

Straat hat soviel Schreck im Blick, daß der Kapo sicher ist, der weiß, was ihm blüht.

»Los, was heißt Guten Tag?«

»Dalam«, sagt Straat.

»Und Scheiße?«

Straat überlegt zu lange, der Kapo wird gleich ungeduldig.

»Es muß doch ein Wort für Scheiße geben.«

»Tupa«, sagt Straat.

»Tupa«, wiederholt der Kapo ergriffen. Dann sagt er: »Jetzt schälst du um dein Leben.«

Soweit, was sie reden. Es bewirkt viel. Zum Beispiel, daß der Küchenkapo Battenbach den Rottenführer Roeder abfängt, der nach ausgedehnter Tischzeit wieder erscheint. Er stellt ihm dar, daß er seit langem einen Mann mehr im Kommando brauche, nie hätte der Richtige sich gefunden, aber jetzt sei ihm jemand aufgefallen durch besondere Anstelligkeit. Der Rottenführer nickt zu dieser Rede. Er hat auch nichts dagegen, sich einen so hervorstechenden Mann einmal anzusehen. Battenbach hinter sich, stelzt er zu den Kartoffelschälern hinüber und betrachtet sich den halbverhungerten Holländer, vormals Physikstudent, sechs Semester lang, aber was interessiert das Roeder. Was den interessiert, das sieht er schon, und zwar sieht er, daß dieser Mann nicht einmal ahnt, wie man Kartoffeln schält, so verzweifelt er sich auch anstrengt. Aber darauf kommt es nicht an, weil der Rottenführer zweimal die Woche ein Stück Wurst mitnimmt, sonntags einen Braten und immer mal einen Würfel Margarine. Das alles kommt von Battenbach. Also nickt Roeder ein zweites Mal und geht wieder in seinen Verschlag zurück und schreibt Namen und Nummer auf einen Zettel. Der gelangt später am Tag zur Arbeitsstatistik. Von dort zum Arbeitsdienstführer. Und am nächsten Morgen, der feucht über den Appellplatz steigt, kehrt Straat als einziger von zehn Kartoffelschälern in die Küche zurück, wo Battenbach ihm freundlich auf die Schulter haut.

Denn Straat ist nun Battenbachs Mann. Der soll nicht zu Knochenasche verbrannt werden, der kriegt Suppe und Brot, damit er wieder hochkommt. Um so einen Kopf ist es schade, sagt sich Battenbach und reibt sich die Hände, weil man ihn zwar eingesperrt hat, wegen Zuhälterei, unpolitisch, aber daß er nun Persisch lernt, das verhindern sie nicht. Das kann auch Roeder nicht wissen, der die ersten Tage um Straat herumstreicht und sich etwas zu denken versucht, das kann er nicht wissen, daß den satten Kapo und den hungrigen Holländer eine besondere Sprache verbindet. Aber daß es diese Sprache gar nicht gibt, das kann selbst Battenbach nicht wissen. Das weiß nur Straat. Er allein bestimmt über Regeln und Wörter. Wie viele Wörter wird er brauchen, an wie vielen Tagen?

Mittags, sobald der Rottenführer Roeder zum Essen weg ist, ruft Battenbach Straat in die Schreibstube und setzt sich gesammelt hinter den Tisch, vor sich geglättetes Papier und einen Bleistiftstummel, bereit, sich Persisch anzueignen. Am ersten Tag will er auch Allgemeines über Persien hören. Straat läßt es dort heiß sein und läßt die Frauen schön und die Armen arm und die Reichen reich sein. Battenbach ist befriedigt, so hat er es sich vorgestellt. Er selbst kommt aus der Vergnügungsbranche, gibt es das auch? Puffs? Straat weiß nicht gleich, Battenbach macht sich verständlich. Ja, natürlich, unbedingt, sagt Straat. Und Battenbach nickt, es ist, wie er dachte. Aber jetzt will er ein paar Wörter wissen: Schnaps, Polizei, danke, bitte, Tisch, Stuhl, Bett, Kantine, Kotelett. Straat darf nicht zögern, nicht am ersten Tag. Er nennt alles der Reihe nach: alan, monato, laps, nam, toki, sol, oltok, runidam, kotelett. Das ist ein Leihwort, sagt Straat, das ist international.

Mit schwerer Hand schreibt Battenbach sich alles auf. Abends, unter der zerlumpten Decke, an seiner Schulter die Schulter des Nachbarn, der mit ihm die Pritsche teilt, eine lähmende Mattigkeit hinter den Augen, abends sucht Straat nach Wörtern, vor allem aber nach einem System, mit dessen Hilfe er sie sich merken kann. Der schwere Atem der Erschöpften umgibt ihn, der Mann neben ihm stöhnt im Schlaf, Straats Lippen formen Bedeutungen, die nie jemand gehört hat: or, tal, mel, met, meb, das heißt: ich, du, er, sie, es.

Battenbach schlägt ihm die Faust zwischen die Augen, tritt ihn vor das Schienbein, stößt ihn gegen die

Wand, Battenbach zittert vor Wut und Enttäuschung. Es ist wegen runidam, dem persischen Wort für Kantine. Straat hat es am ersten Tag erfunden und nun, wo Battenbach ihn danach fragt, hat er es vergessen. Und Straat wußte, daß ihm etwas entfallen war, aber Battenbach hat ihn keinen Blick auf seinen Zettel werfen lassen und hat zwei Tage gewartet und hat neue Wörter notiert und hat sie sich buchstabieren lassen, nur damit Straat ihm nicht über die Schulter sieht, und jetzt hat er ihn zwischen den Fäusten und wird dieses holländische Schwein überführen, noch ehe die Mittagspause vorbei ist. Zehn Jahre ist es her, schreit Straat verzweifelt, seit er in Persien war, er war noch ein Kind und runidam ist ein sehr seltenes Wort, es ist ihm nur zufällig eingefallen, Kantine heißt eigentlich mardam, aber wenn er nicht Papier und Bleistift kriegt, kann er seine Erinnerung nach so langer Zeit nicht auffrischen.

»Ich lasse dich krepieren«, sagt Battenbach. Dann schweigen sie. Straat lehnt an der Wand und sieht den Kapo mit bangen Augen an, und der starrt auf die Stirn des Jungen, über die sich grau die Haut spannt, er sieht die Ader in der Schläfe klopfen, verflucht, wenn er dem in den Kopf blicken könnte. Ein Zweifel schleicht sich in sein Mißtrauen, ein Zweifel, dem er nachgeben möchte. Denn schon hat sich in wenigen Tagen die Sprache in sein Gemüt gehakt. An den leeren Abenden, an denen er von seinem Fenster über den Appellplatz sieht, erfüllt von einem stumpfen Haß auf die Welt, heimgesucht von Erinnerungen an Weiber, ist er, mit Hilfe der schwierig zu erlernenden persischen Vokabeln, mit einem Mal ein Mann geworden, der die Stunden nutzt und weiterdenkt und der seine geheimen, weitreichenden Pläne hat.

»Junge, wenn du mich betrügst. Wenn du nicht Persisch kannst«, sagt Battenbach, und die Ungeheuerlichkeit des Gedankens läßt seine Stimme schwanken. »Ich kann«, sagt Straat. »Ich kann Persisch. Es ist nur lange her.« Fortan verfügt Straat über Bleistift und Papier, Reichtümer, für die man in den Bunker kommen kann. Wenn sie ihn damit erwischen, weiß Battenbach von nichts. Straat verbirgt den Bleistift im Schuh und das Papier in der Mütze. Über dem Hirn, zwischen dem geschorenen Haar und dem Mützenstoff trägt er die Sprache. Beim Appell muß er aufpassen, vor allem beim Kommando »Mützen ab«. Die Sprache kann herausfallen. Sie kann entdeckt und ihm weggenommen werden. Dann ist er, was immer geschieht, verloren, seine Wächter oder sein Schüler werden ihn erschlagen. Allabendlich verbirgt er auch Brot oder ein paar Kartoffeln in seiner Kleidung, er bringt sie einem Pritschengenossen, einem Elektriker aus Groningen, Steinbruchkommando, der wiegt noch neunzig Pfund.

An seiner Sprache arbeitet Straat nachts. Er verdreht Buchstaben und Silben, so erfindet er Wörter. Die besonderen deutschen Einrichtungen, die ihn umgeben, gehen in seine Sprache ein. Wenn er ihnen einen Klang gibt, der ihn fortträgt, nicht nach Persien, aber in eine fremde und stille Welt, in solchen Momenten entkommt er ihrer furchtbaren Bedeutung. Rium, rema, matori, muro, kemato, ikre, tarne, muir, rotam, kretum, orite, mekor, kumo, emati, katu, meri, tamku, taritora.

Das alles gewinnt er aus Krematorium. So geht es mit Arrest und Baracke, mit Steinbruch und Stacheldraht und selbst mit Battenbach, seinem Beschützer, der auf diese Weise aus sich selbst lernt. Aus dem fetten, schwarzen Rauch wird hacur, der Wind.

Straat schreibt sich seine Wörter im Dunklen auf sein Papier, so klein wie möglich. Er versteckt das Papier in der Mütze und packt die Mütze unter den Strohsack. Er erfindet nicht mehr als fünf Vokabeln in der Nacht, dreißig die Woche, das reicht auch für Battenbach. Den Sonntag lassen sie aus. Straat ißt zwei Teller Suppe an jedem Tag, er wird kräftiger, er bemerkt, wie es Sommer wird, von entfernten Feldern kommt ein Geruch von blühender Lupine. Ein Holländer aus der Arbeitsstatistik wartet in der Latrine auf ihn.

»Was machst du mit dem Kapo in seinem Verschlag jeden Mittag?«

»Was geht es dich an«, sagt Straat mißtrauisch.

Der andere sieht ihn nachsichtig an. Er sagt: »Du bist nicht zufällig zum Kartoffelschälen gekommen. Wir haben dich dazugeschrieben, weil du der letzte von den Studenten warst. Damit du dich einen Tag erholen kannst.« Er macht eine Pause, er sagt: »Und dann hat Battenbach dich angefordert. Warum?«

Stille, bis auf das Gesumm der grünschillernden Fliegen. Und Straat sieht in den Augen des anderen nicht nur Verdacht, sondern Angst und Mitgefühl, aber auch Unnachsichtigkeit und Härte, er ahnt in diesem Augenblick, daß ihn die Sprache, die nur er kennt, nicht nur schützen, sondern auch verderben kann, weil sie ihn über seinen Nächsten erhebt. Aber er fürchtet sich, sein Geheimnis zu verraten, auch dem nicht, der sein Freund sein kann, denn wer ist wirklich sein Freund? Am ehesten vielleicht der Junge aus Groningen, auf der Pritsche neben ihm, dem er Brot, Kartoffeln und Mut mitbringt, doch auch den weiht er nicht ein.

Sommer vierundvierzig. Die Silberschnüre der Bomber ziehen sich über den deutschen Himmel. Straat macht ein Wort für Leben, er nennt es: sawal. Und ein Wort für Apfelbaum, zum Spaß, das heißt pollimolli. Nicht Battenbach zuliebe. Der lernt Zahlen und Redewendungen und Gegenstände aus der Vergnügungsbranche, auf eigenen Wunsch. Wenn Battenbach Launen hat, erfindet Straat Rachewörter. Eins heißt: suliduladornatlam. Battenbach will sich weigern, er braucht, sagt er wütend, ein praktisches Persisch für den Alltag. Aber Straat erklärt ihm, daß so die landesübliche Begrüßung lautet, man kommt durch keine Tür in Persien ohne suliduladornatlam.

»Tupa«, sagt Battenbach wie ein alter Perser.

Es sterben übrigens, während Straats an der Physik geschulter Verstand, nicht mehr von Hunger gelähmt, nicht mehr von Angst betäubt, das Gerüst einer Sprache ersinnt, ringsum täglich an die fünfzig Männer, Woche um Woche, ihr Fleisch verbrennt, ihr Hirn verzischt, ihre Seelen fahren in die Himmel ihres Glaubens, vorher hat ihr Mund vielleicht ein letztes Wort gesprochen, das sich auf einen langen Weg macht, durch Menschen, durch Länder, am Ende, mag sein, kommt es zu denen, die darauf warten.

Straats Sprache wird keinen anderen erreichen als Battenbach, sie wird keine Botschaft tragen, sie stellt nichts dar als sich selbst, sie rettet den einen, der sie ausdenkt, und einen zweiten, der sie mühsam lernt, einen krummen Hund, keinen Bluthund, macht sie sanfter. Sonst ist sie unnütz. Aber Straat braucht die Phantasie der großen Entdeckungen, den Mut der großen Hypothesen, die Mühe der großen Versuche für seine Sprache. Und Battenbach, Küchenkapo, Zuhälter aus Hamburg, braucht die fleißige Einfalt, mit der er vor langem in einer Schulbank saß.

An einem Augustmorgen, sein Gesicht ist fleckig, die Zunge quillt ihm aus dem Mund, trägt man Straat vom Appellplatz, wo er hingestürzt ist, ins Revier. Drei Tage liegt er in Fieberträumen, auf Stroh, auf dem Fußboden, die Pfleger hören ihn ein wirres Holländisch reden, aber er stammelt auch unverständliche Laute, Wortketten ohne Sinn. Dann ist abzusehen, daß er durchkommen wird, er ist kräftiger als andere, aber ist er noch bei Verstand? Der Lagersanitäter geht mit der Spritze durch die Reihen, mit Luft heilt er alle Schmerzen, wer tot ist, ist nicht mehr krank. Wenn er Straat schreien hört, wird er ihn für verrückt erklären, er wird seine Nummer notieren, dann wird er ihm den Ärmel hochschieben und nach der Vene suchen. Der Pfleger zieht Straat an den Füßen in einen Nebenraum, da liegen die Gestorbenen, da hört ihn niemand, da sucht ihn niemand. Da kommt Straat zu sich. In einem warmen Sonnenlicht, das durch zwei Fenster hereinscheint, sieht er seinesgleichen, erstarrt, in den lächerlichen Verrenkungen des letzten Augenblicks, Pupillen, für immer fixiert, Münder, aufgerissen ohne Schrei. Lebt er denn selbst? Er hat eine Stimme, mit der kann er heulen wie ein Wolf, und er kann Wörter mit ihr aussprechen, über die sich jeder wundert, nur seine schweigenden Gefährten nicht. Gehört er also zu ihnen?

Ehe der mit Zinkblech ausgeschlagene Leichenwagen kommt und rückwärts an die Fenster heranfährt, trägt man Straat, der im Fieber um sich schlägt, in ein Bett. Anderntags ist er ruhiger. Der Pfleger, ein Deutscher, betrachtet ihn kopfschüttelnd. »Kumpel, was hast du bloß für ein seltsames Zeug geschrien. Wir dachten, dich hat es erwischt.«

Und er tippt sich gegen die Stirn. Straat ist sehr schwach, er vergißt alle Vorsicht.

»Es ist Persisch«, sagt er. »Aber es ist kein richtiges Persisch. Ich denke es mir aus.«

»Was denkst du dir aus?«

»Eine Sprache«, sagt Straat.

Also haben sie doch einen mit einer Macke gerettet, so scheint es dem Pfleger, das Schicksal ist blind, große Geister gehen kaputt, dieser Holländer hat Glück. Hat überhaupt Glück, denn der Küchenkapo läßt seine Beziehungen spielen und schickt ihm mehrmals einen Kanten Brot ins Revier. Straat erholt sich, und als ihn der Pfleger noch einmal nach seiner Sprache fragt, gibt er vor, sich an nichts zu erinnern. Und auch den Schreck verbirgt Straat, den Schreck darüber, daß er seine Mütze verloren hat. Er kommt in seinen Block zurück, ein von den Toten Auferstandener, er sieht neue Gesichter, auch auf seiner Pritsche. Er wartet auf den Blockältesten, der drückt ihm die Hand. »Komm mit, ich hab was für dich.«

In der Blockführerstube ist eine Diele gelockert, darunter holt der Blockälteste einen schmutzigen Fetzen Stoff hervor, nein, keinen Stoffetzen, eine Mütze, Straat dreht sie in den Händen und fühlt das Papier, auf dem seine Sprache steht.

»Der neben dir lag, der Elektriker, hat sie vom Appellplatz mitgebracht.«

»Wo ist er?« fragt Straat.

»Er ist nach dir krank geworden«, sagt der Blockälteste. »Er kommt nicht wieder.«

Der Blockälteste hat einen pfeifenden Atem, als wäre etwas in seiner Nase zerbrochen. Er sagt: »Bring auch in Zukunft was aus der Küche mit. Es sind viele da, die es brauchen.«

So geht alles weiter seinen Gang. Straat tritt wieder im Küchenkommando an, in Battenbachs blaßblauen Augen leuchtet Genugtuung, Battenbach läßt keinen umkommen. Mittags, wenn der Rottenführer Roeder gegangen ist, setzt er sich hinter den Tisch, den Bleistiftstummel in der Hand, im Gesicht die Demut des Lernenden, lernen heißt lifu. Und Straat schmuggelt Papier und Bleistift und Brot und Kartoffeln durch das Gebrüll der Appelle, und abends, die Schulter an der Schulter eines neuen Nebenmannes, ersinnt er Redewendungen und Sätze und konstruiert eine Konjugation und eine Deklination. Nicht mehr nur für Battenbach, dem das Pensum reicht. Jetzt ist es die Sprache selbst, die ihn treibt. Noch einmal droht ihm Entdeckung. Battenbach hat erfahren, daß ein Perser eingeliefert worden ist. Ein lebender Perser, Mensch. Zwei Tage lang streift Battenbach durch das ganze Lager, mit Hilfe aller Tricks, die er kennt, und versucht, ihn zu finden. Dann hat er ihn, es ist aber kein Perser, es ist ein Inder. Einen weiteren Tag lang schimpft Battenbach. »Ein Drecklager ist das. Unter dem ganzen Gesocks haben sie nicht mal einen Perser.«

»Der Führer ist nur nicht so weit gekommen«, sagt Straat tröstend. Und er denkt: Armer, verlassener Mann aus Indien.

Es wird Herbst, und es wird Winter. Über den Appellplatz weht ein eisiger Wind und wirbelt über die gefrorene Erde den dünnen Schnee. Durch das Tor zieht eine Kolonne in Lumpen, unendlich langsam, Fuß vor Fuß, kommt aus anderen Lagern in dieses Lager, hat den Marsch noch überdauert und zieht nun ein in die Zelte, die von Drahtgittern umgeben sind, um still zu vergehen, nachts, unter hoch stehenden Sternen, tags unter schnell ziehenden Wolken, manchmal scheint die Sonne.

Hinter dem Fenster des Küchengebäudes, dort ist es warm, probt Straat mit Battenbach eine erdachte Szene in Persisch. »Ich bin ein Herr aus dem Ausland. Ich bin Geschäftsmann. Darf ich mit der Dame tanzen? Ta muli asa okadir. Ta muli lern basarmelko. Neli ta ramadamda donga?«

Ein Maitag wird kommen, an dem die Tore offen sind, an den Straßen blühen die Kastanien, wer lebt, geht, wohin er will. Straat wird nach Holland zurückkehren, er wird seine Physik zu Ende bringen, Lehrer werden. Er wird leicht ermüden sein Leben lang. Niemals mehr wird er etwas so Großes tun, wie er vollbracht hat, er hat eine Sprache erfunden, die er allmählich vergißt. Battenbach wird nach Persien gelangen, in das Kaiserreich Iran, verwundert über das seltsame Persisch, das man dort spricht.

Inge, April und Mai

Am dreißigsten März habe ich Inge Kaliska geküßt, ihre Lippen schmeckten nach einem fremden Salz. Ich hatte sie am Ende eines Ringkampfes auf den Parkweg gelegt, hockte über ihr, beugte mich nach vorn und dachte, ich müßte sie festhalten, aber sie wehrte sich nicht. Dann standen wir auf, sie klopfte den Sand von ihrem laubfroschgrünen Mantel und kicherte und streifte Gerdchen Pachähl mit einem Blick, meinen Freund Gerdchen, der sie vor mir hatte küssen wollen. Ich legte den Arm um sie und führte sie weg, und daß sie sich ein bißchen ziehen ließ und über die Schulter zurücksah und noch immer kicherte, hatte nichts zu bedeuten. Hinter uns kreischte Uschi Nitzelbach, weil sie wieder mit dem Kopf auf die Bank gestellt wurde, die Beine hoch, die Beine fest geschlossen. Mit glucksender Stimme teilte sie mit, daß sie unter dem Rock, der ihr über die Augen fiel, nichts sehen könne. Wir aber gingen davon, aneinandergedrückt in ungleichem Schritt, mein rechter Schenkel an Inge Kaliskas linkem. Schließlich blieben wir stehen, und ich drehte sie an der Schulter zu mir herum. Sie wandte die Augen nicht ab, aus denen ein Lächeln langsam verschwand; wir waren uns fremd und vertraut. Unser zweiter Kuß war zart, und unsere Nasen störten sich nicht, wie ich befürchtet hatte. Unser zweiter Kuß dauerte unglaublich lange, und in seinem Verlauf öffnete Inge Kaliska die Lippen, erst wenig und dann immer weiter, unsere Zungen berührten sich, unsere Zähne stießen aneinander, und ich dachte überwältigt: So also wird es gemacht. Das war anders, als die Kinoküsse aussahen, und eine meiner Ahnungen war schlagend bestätigt: Im Film ist das wahre Leben nicht zu sehen, jedenfalls nicht in Filmen unter achtzehn.

Aber noch erstaunlicher war vielleicht, daß sie, als wir über die leere, verdunkelte Bismarckstraße gingen, nach meiner Hand griff, nicht ich nach ihrer, nein. So gingen wir den ganzen Weg bis in die Laubenkolonie »Süßer Grund«, wir schwiegen, weil unsere Finger miteinander redeten. Nur einmal, als wir am Markt um die Litfaßsäule herum wollten – ich zog nach links und sie nach rechts –, ließen wir uns los. Am Bretterzaun des Fußballplatzes blieben wir stehen; denn bis vor ihre Tür wollte sie mich nicht mitnehmen. An ihrem Mantel steckte ein schwalbenförmiges Leuchtabzeichen, ihr Kleid hatte einen geschlossenen weißen Kragen, sie trug eine Haarklemme über der Stirn. Das alles erschien mir sehr schön. Ich fragte: »Wollen wir zusammen gehen?« Sie schwieg, und ich spürte verwundert, daß ich ein Herz hatte, als ich weiterfragte: »Oder willst du lieber mit Gerdchen gehen? Oder mit Äffchen Lehmann?«

»Hör mal, der ...«, sagte sie. Ich wollte sie wieder küssen, aber sie drehte das Gesicht weg. Dann sagte sie: »Das Entscheidende ist, glaube ich, daß man sich treu ist.«

»Klar«, sagte ich ergriffen, ohne zu zögern, »das ist natürlich das Entscheidende.«

Auf der anderen Seite der ungepflasterten Straße rief eine Männerstimme den Namen Inge. Der Mond schien, doch der Bretterzaun warf einen Schatten. Wir waren still, bis die Stimme noch einmal gerufen hatte und ein eigentümlich tappender Schritt sich entfernte.

»Er hat ein Bein verloren«, sagte Inge Kaliska. »In Jugoslawien.«

»Ach so«, sagte ich.

Weiter war nichts. Wir gaben uns förmlich die Hand. Sie ging und sah sich nicht um. Ich stand noch eine Weile da und stellte mir vor, wie sie in die Stube treten würde. Die Stube, nahm ich an, war klein, eine trauliche Lampe hing über dem Tisch, die Mutter und der einbeinige Vater saßen beim Abendbrot, und ich konnte nicht anders, ich hielt sie für freundliche Leute.

Endlich trabte ich los, quer durch die Lauben, in einer von ihnen, Karsteiner Weg 4, hatte mein Mitschüler Buzahn gewohnt. Wie ich so lief, linker Fuß, rechter Fuß, tanzte sein Gesicht vor mir, sommersprossig, mit einem grünen und einem braunen Auge. Wirklich, er hatte verschiedenfarbige Augen und war der einzige Mensch in der Art, den ich je gesehen habe. Er hatte auch ein Buch über Jiu-Jitsu, und wenn er einem den Arm auf den Rücken drehen wollte, konnte man wenig dagegen machen. In einer Augustnacht mitten im Krieg fielen vier Bomben in unsere Gegend, in ziemlich gerader Reihe, und die letzte fiel genau in den Splittergraben der Kolonie »Süßer Grund«, um den ich Buzahn immer beneidet hatte, weil er militärischer aussah als unser langweiliger Luftschutzkeller. Ich war gerade zu Besuch bei meiner Tante Johanna in Pommern, und als ich wiederkam, war Buzahn nicht mehr da, sondern lag mit neun anderen Leuten auf dem Friedhof unter einer Holztafel, auf der auch die Namen seiner Mutter und seiner Schwester standen. Da lag er, und da vergaßen wir ihn. Jetzt schien es mir unendlich lange her zu sein, daß es ihn und seine merkwürdigen Augen gegeben hatte.

Jetzt sammelten selbst Sechsjährige keine Bombensplitter mehr. Wir spielten nicht mehr Soldat, sondern Grammophon. Daß die Welt kopfstand, war eine alte Sache. Aber daß wir Uschi Nitzelbach auf den Kopf stellten, war ein Ereignis von neuer, einschneidender Bedeutung. Das heißt, ich selbst hatte auch das schon hinter mir. Ich wußte jetzt, daß ich auf eine tiefere Art und vermutlich für immer Inge Kaliska liebte, deren Lippen fremd und salzig schmeckten. Während ich nach Hause rannte, durch die hohen Tonbogen des Voralarms, selbst noch, als ich durch die kürzeren Wellen des Vollalarms hinab in unseren Keller tauchte, vor die vorwurfsvollen Augen meiner Mutter, schmeckte ich es nach.

Früher mußte ich rein, wenn die Laternen angingen. Jetzt erst, wenn die Leuchtbomben fielen, strahlend, langsam und lautlos, an einer zerfransenden Schnur aus hellem Rauch. Ich kam aus dem Park, der schmal zwischen Hinterhäusern lag, ein Buddelplatz, ein Rechteck Rasen, ein paar Pappeln und Gesträuch. Oder ich kam aus dem Kino »Central«, das nach Bohnerwachs roch. Sechsmal sah ich, wie ein preußischer Major, der die Gnade seines Königs verloren hatte, den Tod nicht achtend, einen Stollen unter die Österreicher trieb, doch immer, wenn die schwarzbärtigen Kroaten und Panduren hochgeblasen werden sollten, wodurch der König erkannt hätte, was er in dem Major für einen Mann hatte, immer, wenn es gerade soweit war, fiel in der Vorführkabine vernehmlich eine eiserne Klappe, die Leinwand verdunkelte sich, der Ton verendete jaulend, ein Seufzen der Enttäuschung ging durch das halbleere Kino, die Holzsitze klappten einer nach dem anderen hoch, und von draußen hörte man den auf- und abschwellenden Chor der Sirenen.

Später, nachdem sie ein langes, gleichmäßiges Geheul ausgestoßen hatten, und irgendwo sah man den Widerschein von Bränden, fanden sich die Leute, die was auf sich hielten, wieder im Park ein. Wenn seine Mutter in der Teerfabrik Spätschicht hatte, auch mein Freund Gerdchen. Auch Uschi Nitzelbach, wenn die Berichte stimmten. Was dann geschah, während alle Zigaretten rauchten, und Äffchen Lehmann sogar Zigarren, und während Äffchen Lehmanns Grammophon »Hallo, Mc-Brown, was macht Ihr Harem?« spielte, was dann zwischen Büschen und Bänken geschah, stellte, wenn die Berichte wiederum stimmten, die Veranstaltungen des frühen Abends, die sich vor allem auf Uschi Nitzelbachs Kopfstand stützten, bei weitem in den Schatten.

Leider fehlte ich dabei. Meine sanfte, stille Mutter war in diesem Punkt von eiserner Härte. Sie brachte eine Menge Dinge vor, die von ihrem Unverständnis zeugten, und regte mich zusätzlich an, mir vorzustellen, was mein ferner Vater zu mir sagen würde.

Ich kroch gekränkt ins Bett und stellte mir lieber etwas anderes vor. Manchmal dachte ich an meine schöne Tante Johanna, die ich nackt gesehen hatte, in den Ferien bei ihr, Sonntag früh in der Küche. Da stand sie und trank Wasser aus der Schöpfkelle. Sie behielt die Ruhe, sah mich seltsam an und sagte: »Dummer Bengel, was machst du hier?« Und ich kehrte verstört um und verschwand wieder in meiner Kammer. Meine Tante war Verkäuferin und mit einem berittenen Artilleristen verheiratet, der auf dem Hochzeitsbild einen langen Säbel trug. Jetzt hatten wir lange nichts mehr von ihr gehört, und meine Mutter hatte Tränen in den Augen, wenn sie von ihr sprach, denn in Pommern waren schon die Russen.

Manchmal dachte ich auch an Heini Panzlaus Schwester, die eine Zeitlang mein Einschlafen in die Länge zog, und ich glaube, nicht nur meins. Denn Heini hatte uns versprochen, daß sie uns etwas zeigen würde, das die meisten von uns, obgleich wir das nicht so ausdrückten, in dem Frühling damals dringlicher sehen wollten als beispielsweise den Führer.

Natürlich wollten wir erst nicht glauben, daß sie es wirklich tun würde, weil sie schon sechzehn war und sich mit uns nicht abgab. Aber Heini erklärte großzügig: »Sie macht es. Wenn ich es ihr sage, macht sie es.«

Eine Woche oder länger versammelten wir uns, wenn es dunkel wurde, auf Heinis Hof und warteten.

»Macht sie es heute?« fragten wir.

»Bestimmt, heut macht sie es.«

»Geh rein und hol sie.«

»Sie kommt auch so.«

»Geh lieber rein.«

Er kam wieder und sagte: »Sie ißt noch.« Wir warteten weiter.

»Wo bleibt sie denn?«

»Sie wird schon kommen.«

»Geh noch mal rein.«

Er kam abermals wieder. »Jetzt badet sie.«

»Und dann kommt sie raus?«

»Möglich«, sagte Heini unbestimmt.

»Was heißt denn möglich? Hast du ihr überhaupt gesagt, worum es sich handelt?«

»Na klar habe ich das«, schrie Heini beleidigt, aber er wurde von Tag zu Tag kleinlauter, und am Ende erwies er sich als völliger Versager. Doch zum Glück wurde ich mächtig abgelenkt von dem Problem mit Panzlaus Schwester. Ich hatte Inge Kaliska geküßt, und alles war anders.

Ich machte im Bett die Augen zu und sah mich an ihrer Seite die Bismarckstraße entlangschlendern; wer mich traf, hatte Staunen und Neid im Blick. Ich malte mir aus, wie wir im Kino Platz nahmen, letzte Reihe, wenn das Licht ausging, legte ich den Arm um Inge Kaliskas Schulter. Im Freibad »Neptun« lagen wir auf dem Bild, das ich von uns entwarf, auf einer Decke und spielten nicht Einkriegezeck, sondern sonnten uns träge wie die Großen. Selbst der hausgemachte Kartoffelsalat im Marmeladenglas, den meine sorgende Mutter unter dem Motto »Kartoffelsalat bleibt kühl« meinem bisherigen Badeleben unerbittlich beigeordnet hatte, erschien mir, künftig mit Inge Kaliska genossen, durchaus bekömmlich. So plante ich unser Zusammenleben bis Juni oder Juli voraus und kam fast davon ab, an Großdeutschland zu denken, um das es in diesem April schlecht stand, schlechter als je. Aber indem ich wuchs, im Ganzen und in Teilen, und überall erstaunlich in die Länge, entwuchs ich unmerklich der Schicksalsgemeinschaft der Germanen, der ich mich kindlich hingegeben hatte, ausgerüstet mit einem Schuhkarton Elastolin-Soldaten, umsponnen von der Nibelungen Not und dem Geruch von Uhu-Alleskleber, mit dessen Hilfe ich Papierflugzeuge baute.

Unmerklich sage ich, weil ich nicht weiß, ob mein Abschied den Frühling lang dauerte oder nur den feuchten, schummrigen Abend lang, an dem ich Inge Kaliska küßte.

Ich weiß nicht einmal, ob es ein Abschied war oder nur eine ziemliche Ratlosigkeit, in die der Studienrat Sehl vergebens hineinsprach, als er uns seine Eindrücke vom ersten Krieg vermittelte, in dem er in Flandern gefochten hatte. Zweimal die Woche saßen wir zu fünft in der Klasse, kümmerlicher Rest der nach Böhmen verlagerten Schule, und holten uns Hausaufgaben ab. Gegen die fünffache Übermacht unserer Unlust eroberte Sehl an Cäsars Seite Gallien, das in seiner Gesamtheit in drei Teile zerfiel, und hielt auch den Londoner Victoria-Bahnhof besetzt, auf dem wir mit dem Zug von Dover kommend eintrafen, um uns in der Landessprache nach verschiedenen Sachen zu erkundigen.

Doch dringlicherer Lehrstoff stand im Lokalanzeiger. Blinder Mut schade nur, sagte uns Sehl dazu einleitend, aber eine gesunde Tapferkeit sei gerade jetzt vonnöten. Er war ein früher rundlicher, jetzt magerer Mann, in zu weit gewordenen Hosen sprach er über unseren eng gewordenen Verteidigungsraum. Er hielt die Zeitung ausgestreckt vor sich und las die Gebrauchsanweisung für die Panzerfaust vor. Aus eigenem taktischem Verständnis setzte er einen Kernsatz hinzu: »Aufgemerkt! Immer hinter die Barrikade stellen! Niemals vor die Barrikade! Und den Blick immer zum Feind!«

Und während er uns belehrte, roch sein übersäuerter Magen enorm und nicht nur feindwärts vor ihm her.

Die Befestigung, die er in unserem Fall meinte, aus zersägten Eisenbahnschienen, Brettern und Schutt, sperrte die Straße vor unserem Vorortbahnhof, nur in der Mitte war noch eine schmale Durchfahrt. Ich stand künftig häufig dort, aber weder davor noch dahinter und nicht, um Dr. Sehls Grundregel des Barrikadenkampfes zu üben, sondern um auf Inge Kaliska zu warten, die in Neukölln bei einem Optiker lernte.

Der Studienrat Sehl, der im Nahkampf kraft seines Atems kaum überwindbar gewesen wäre, ließ uns in dem April, in dem wir fünf in seine Klasse versprengt waren, korrekt nach Lehrplan einen Aufsatz schreiben, der hieß: »Welche Waffengattung ist mir die liebste?« Wir hatten uns diesem Thema in jedem Kriegsjahr gewidmet. Anfangs nannte ich die Reiter wegen des Mannes meiner Tante Johanna, dann war ich für lange Zeit zu den Fliegern gewechselt, bis sie allmählich vom Himmel verschwanden, jedenfalls die deutschen. Aber jetzt weigerte ich mich, meine inzwischen auf die Seefahrt gerichteten Sympathien in Sehls Rundfrage zu offenbaren, die mir anrüchig erschien, weil man in klaren Nächten von der Oder her schon die Kanonen hörte. Stattdessen nannte ich infolge meiner Liebe zu Mauleseln und Edelweiß heuchlerisch die Gebirgsjäger, und Dr. Sehl erläuterte mir ergänzend, daß Gebirgsjäger vorwiegend im Gebirge eingesetzt würden, wenn auch nicht immer. Und daß er nicht dahinterkam, wie wenig mich die Gebirgsjäger kümmerten, verwunderte mich nicht so wie die Entdekkung, daß man sich mit den bewährten vaterländischen Redewendungen, die in meinem Aufsatz vorkamen, einen Spaß machen konnte. Vielleicht wäre ich darüber nicht so glatt hinweggekommen, wenn ich nicht Inge Kaliska geküßt hätte, am dreißigsten März, und ihre Lippen schmeckten fremd und salzig.

Den Tag danach schwänzte Gerdchen Pachähl die Berufsschule. Mit langen Beinen lagen wir in seinen elterlichen Sesseln. Seine Mutter arbeitete in der Teerfabrik im Büro. Wir löffelten aus Tassen eine Soße aus Mehl,

Wasser und Zucker, den wir aus einer Tüte nahmen, die im Kleiderschrank versteckt war.

»Hast du sie angefaßt?« fragte er.

»Na ja.«

»Und wie?«

»Na wie schon«, sagte ich unsicher.

»Ich meine richtig.«

»Natürlich richtig.«

Er blickte unbefriedigt, und wir gaben uns wie Männer, die Bescheid wissen, und redeten über Einmanntorpedos, bis Äffchen Lehmann kam, der einen Siegelring hatte und einen mit Wasser gekämmten Mittelscheitel und der überhaupt ein Frauentyp war, nur seine Ohren standen mörderisch ab.

»Erzähl mal«, sagte er mit seiner heiseren Stimmbruchstimme.

»Was soll ich denn erzählen?«

»Das ist ein dummer Hund«, sagte Äffchen Lehmann entrüstet.

»Ich werde es schon noch erzählen.«

»Und wann?«

»Irgendwann.«

»Weil du keine Ahnung hast.«

»Vielleicht hast du keine Ahnung.«

Äffchen Lehmann lachte eitel und holte eine blanke kleine Blechschachtel aus der Tasche, die leicht wog, ich wußte es, und wiederum schwer. Der Ort nämlich, an dem man sie erwerben konnte, innerhalb des Bahnhofs, roch nach salziger Männlichkeit. An gekachelter Wand hing ein Automat mit einer Aufschrift, deren Sinn mir nicht völlig aufging. Ein Halbbogen über Geldschlitz, Zugknopf und Schachtelausstoßloch ermahnte jeglichen Mann, seine Gesundheit zu schützen. Äffchen Lehmann warf mir die Schachtel über den Tisch hinweg zu, und ich fing sie auf. Er sagte: »Ich habe noch zwei.« Ich ärgerte mich, daß er so angab.

»Wetten, er braucht so was nicht«, sagte er zu Gerdchen Pachähl. Und ich sagte: »Das werdet ihr schon sehen.«

Am dreißigsten März hatte ich Inge Kaliska geküßt, erstmals, nun küßte ich sie öfter. Wenn ich sie von der Bahn abholte, wenn es nicht regnete, gingen wir zur Kanalböschung, wo wir ungesehen im Gras sitzen konnten, das feucht war und nach Frühling roch. Neunmal waren wir da, ich weiß es genau. Wir hatten ein Zeremoniell. Sie setzte sich und schlang die Arme um die angezogenen Knie, dabei hielt sie ihre Tasche in den Händen, eine Schultasche mit abgeschnittenen Riemen und einem neuen Griff. Ihre Haltung war reserviert und wirkte auf mich entmutigend. Ich setzte mich zu ihr und verschränkte die Arme auf ähnliche Weise. Wir blickten über den Kanal auf das Gelände der Eternitfabrik. Ich sagte etwas Belangloses, worauf sie eine belanglose Antwort gab, und diese Art von Sprechen ohne Sinn kam mir unglaublich erwachsen vor. Dann lehnte ich mich zurück und stützte mich auf die Ellenbogen und deutete so an, daß man sich auch hinlegen könne, Platz genug wäre da. Inge Kaliska blieb sitzen. Ich bewegte unruhig die Beine. Sie sah mich nicht an. Ich richtete mich auf und nahm ihr sanft die Tasche weg, die sie mir leicht, wenn auch jedesmal neu erstaunt, überließ. Jetzt kehrte sie mir auch das Gesicht zu. Ihre Augen waren immer prüfend. Weil ich ihrem Blick nicht standhielt, rieb ich mein Gesicht an ihrer Schulter. Ich traute mich nicht, sie gleich auf den Mund zu küssen und begann ziemlich vorsichtig am Hals. Nach einer Weile drehte sie sich heftig zu mir, schlang die Arme um mich, jetzt fielen wir doch nach hinten, hielten uns fest, ließen unsere Münder lange nicht voneinander, kamen gemeinsam außer Atem, und in der Hosentasche drückte mich Äffchen Lehmanns Schachtel. Über Rücken und Hüfte abwärts schummelte ich meine Hand zu Inge Kaliskas Rocksaum und tastete mich an der Naht ihrer hautwarmen Seidenstrümpfe aufwärts, bis sie mich erschrocken festhielt. »Ich liebe dich«, sagte ich zitternd. Der ungewohnte Satz ging leicht heraus, Inge Kaliska lächelte mit geschlossenen Augen, ich strich ihr über das Haar mit der Klemme, sie richtete sich auf und sagte: »Los, ich muß gehen.« Wir standen auf, sie sagte: »Mann, bin ich dreckig«, ich klopfte ihr den Mantel ab und hob ihre Tasche auf, der Nebel stieg aus dem Kanal, der Aprilhimmel wurde im Osten matt und im Westen rosa, und wir gingen, langsam, langsam, auf der Böschung entlang, über die Wiese, über die Straßenbahnschienen, bis zu den Lauben.

Beim neunten Mal, als wir in der Nähe von Inge Kaliskas Zaun noch ein bißchen herumstanden, kam uns, tapp, tapp, die Straße entlang, ihr Vater in den Rücken. Er bemerkte mich. Mein Blick mag verlegen gewesen sein, aber er war freundlich. Sein Auge dagegen ging gleichgültig über mich hinweg. Er humpelte, ledern knarrend, vorbei und forderte seine Tochter auf, von der Straße zu kommen, dem Wort Straße gab er einen abfälligen Klang. Inge Kaliska folgte ihm rasch. Wegen meiner Liebe zu ihr fragte ich mich betroffen, ob an mir irgendwas nachteilig wirken konnte. Mir fiel nichts ein, weil ich haargenau so aussah wie andere auch, haargenau ist das richtige Wort, denn lang, von Gerdchen Pachähl zurückhaltend gestutzt, fiel mein Haar auf meinen Zellstoffkragen, den ich hochgeschlagen trug, wie auch das Wetter war. Kein Mensch traute mehr den Friseuren, sie schnitten einem die Haare, als ob der Krieg noch an der Wolga stattfand. Man bestellte Fasson, und wenn man wieder an die Sonne trat, leuchtete die Kopfhaut soldatisch weiß über den schamroten Ohren. Mein Haar also fiel lang nach hinten, und mein Gesicht drückte nichts Besonderes aus, wenn ich auch manchmal vor dem Spiegel eine mokante Stirnfalte übte.

Doch Inge Kaliska mußte jetzt vom Bahnhof immer gleich nach Hause. Das Abendrot hinter der Eternitfabrik leuchtete uns nicht länger in der Mulde, die wir schon in das Gras gelegen hatten. Nur einmal noch, an einem Sonntagnachmittag, gingen wir da vorbei, Inge Kaliska aber hatte einen besonderen Rock an, aus vier Sorten Wolle, und wollte sich nicht hinsetzen. Möglich, dachte ich damals, daß ich einfach nicht der Typ dieses einbeinigen Vaters war, nicht der, den er sich als Umgang für seine Tochter wünschte. Andererseits fand ich es ziemlich kleinlich, daß er in so unsicheren Zeiten auf eine ganz bestimmte Sorte Umgang für seine Tochter aus war. Ich entzog ihm allmählich meine Sympathie. Dennoch hätte ich gern von ihm erfahren, warum wir den Krieg im letzten Moment noch gewinnen würden. Inge Kaliska sagte, daß er es genau wüßte. Aber Einzelheiten teilte er, weil es geheim war, nicht mit. Ich zweifelte, und Inge Kaliska war böse: Ihr Vater war Oberfeldwebel gewesen. »Na und«, sagte ich höhnisch und fühlte mich nicht gut, weil ich damit den Mann meiner Tante Johanna verriet, den Mann mit dem Säbel auf dem Hochzeitsbild, der nur Feldwebel war.

Eigentlich wollte ich nur irgendwie überlegen tun, weil ich fürchtete, ich könnte Inge Kaliska langweilen. Wir standen an ihrer Gartentür, die abgeriegelt war, sie drinnen, ich draußen. Wir schoben den Riegel hin und her, ich machte ihn auf, sie machte ihn zu. Manchmal sprachen wir zehn Minuten lang kein Wort. Ich grübelte krampfhaft, damit mir ein bedeutender Gedanke käme. Es lag, glaube ich, daran, daß ich nicht wußte, was Mädchen überhaupt interessierte. Und nur, weil mir nichts anderes einfiel, zweifelte ich laut an der Geheimwaffe oder ärgerte Inge Kaliska damit, daß sie nicht raus durfte.

»Was soll ich denn draußen?« sagte sie und zog die Mundwinkel nach unten. »Mit dir rumstehen? Oder mit Äffchen Lehmann?«

»Wieso denn mit dem?« fragte ich argwöhnisch.

Im Hintergrund huschte die Mutter um das Haus, und ich sah zwei alte Leute, die Großeltern. Den Vater nicht, was mir recht war. Um diese Stunde hörte er Radio und trug die Frontlinien auf einer Karte ein. Ich aber preßte meine Lippen auf Inge Kaliskas Mund und paßte auf, wer von uns zuerst die Augen zumachte: ehrlich, das war sie. Den Kopf mußte sie geradehalten, damit man vom Haus her nichts sah. Bis zur Brust trennten uns grüne Staketen, die wir mit den Händen umgriffen. Auf dem Rückweg übte ich Dauerlauf. Manchmal heulten die Sirenen. Ich stellte mir vor, daß Inge Kaliskas Haus getroffen würde und brannte, und sah mich mit Umsicht beim Löschen, und die Familie dankte mir, auch dieser einbeinige Vater. Aber das Haus fing nicht annähernd so Feuer wie ich, und so mußte ich mich darauf beschränken, Inge Kaliska einen Weißkohlkopf zu schenken, den ich mit Bubi Trebes vom Markt gestohlen hatte, als Mutprobe. Ich wartete am Bahnhof damit, sie nahm ihn verwundert. Ich glaube aber, daß ihre Leute ihn gefressen haben, ohne daß von mir geredet wurde.

Etwas Komisches geschah, seltsam und unglaubhaft, wenn ich bedenke, wie sehr ich Inge Kaliska liebte. Vor dem Einschlafen, wenn ich an ihr Gesicht dachte oder wie sie über die Straße kam, mit ziemlich langen Schritten, die Füße etwas nach außen, fühlte ich ein Prickeln am Körper, es half nur, wenn ich mit den Beinen strampelte. Ich konnte nicht verstehen, daß andere mit anderen Mädchen herumliefen, die völlig anders aussahen. Und doch geschah etwas Seltsames: An manchen Tagen vergaß ich Inge Kaliska. Ich meine nicht, daß ich gerade mal nicht an sie dachte. Ich vergaß sie. Sie verschwand aus meinen Sinnen, und mit ihr schwand jedes Interesse an der Sorte Mensch, die auf die andere Toilette ging. Eine helle Kindersonne schien. Ich spielte mit Bubi Trebes Fußball. In den Zickzackgräben auf der anderen Seite des Kanals bewarfen wir uns mit Grasplatten. Wir ließen zwei nichtgezündete Brandbomben von der Brücke auf die Kanalufersteine fallen, und als sie mit grünlicher Glut zu zischen begannen, rannten wir weg. Ich nehme an, daß ich damals, mittags im April, wenn ich an Inge Kaliska nicht dachte, einfach ein Jahr zurückgerutscht bin, so auf zwölfeinhalb oder noch weiter. Bubi Trebes war mein Tagesfreund, und Gerdchen Pachähl war mein Abendfreund.

Die Grenze zwischen Tag und Abend zog sich durch Prochnows mit Pappfenstern vernagelte Kneipe. Da gab es einen belgischen Kellner mit Koteletten. Wir sagten du zu ihm und hauptsächlich seinetwegen hockten wir da an vielen Nachmittagen und aßen Wassersuppe, den Teller für eine Mark. Gerdchen Pachähl kam aus Schöneweide von der Arbeit, mit Aktentasche und Stullenbüchse seines Vaters, und hatte gehört, daß es am Moritzplatz die Clique Edelweiß gäbe. In diesem Umstand, über den wir Näheres nicht erfuhren, steckte ein gewaltiger Zauber, ebenso wie in McBrowns Harem, der auf Äffchen Lehmanns Schallplatte vorkam, vielleicht, weil es Nachrichten waren aus einer nichtkriegerischen Welt. Was den Krieg betraf, so konnten wir uns nie endgültig einigen, ob die Wunderwaffe noch kommen würde oder nicht. Aber unseren Gesprächen darüber fehlte die Leidenschaft, die den Fähnleinführer Kruse noch erfüllte, der mit wichtiger Miene eine umgeschnallte Pistole spazierentrug. Doch möglicherweise mangelte es auch ihm an Zuversicht, denn als Gerdchen Pachähl »Pflaumenkruse« hinter ihm herrief, weil sein Vater auf dem Markt einen Obststand hatte, sah er sich trotz seiner Handfeuerwaffe nicht um.

Ein ärmlicher Volkssturm marschierte zum Sportplatz, Zivilhosen, Militärkoppel, drei Panzerfäuste zum Üben, Bubi Trebes, den Fußball unter dem Arm, zog ab nach Hause. Gerdchen Pachähl ging in den Park zu Grammophonmusik und der gemeinsamen Uschi

Nitzelbach. Ich ertrug seinen neidischen Spott darüber, daß ich mich wegen eines Mädchens, das hinter dem Zaun stand, von ihm trennte. Um diese Stunde stiegen in England die Flugzeuge vom Typ Moskito auf, aber ich schickte ihnen keinen Gedanken entgegen. An den Mauern klebten bedrohliche Plakate, schlitzäugige Gesichter mit fremdartigen Kappen, hinter ihnen flammte der Horizont. Es roch nach feuchter Erde, nach Rauch von weit her, nach frühen Blüten. Niemals, solange ich atmete, hatte es so gerochen. So roch es jeden Abend, den halben April.

Mittags flogen manchmal mattsilberne Bomber über uns weg. Wir verkrochen uns, spürten von der Stadt her das Beben des Bodens und kamen wieder heraus. Mit sachlicher Neugier, mit dem Auge des Sportzuschauers sah ich den Jäger wie ein schnelleres Insekt. Sehr nah pochten Maschinenwaffen, ein Flügel taumelte erdwärts, vier Fallschirme trieben. Später liefen wir hin, Bubi Trebes und ich, um den toten Flieger zu sehen, den sie auf einer Schubkarre brachten. Ein Polizist zog die Decke von ihm, durchsuchte die Brusttaschen und sagte, es sei ein Kanadier. Leute standen herum. Ich starrte lange in das fremde, friedliche Gesicht, als könnte dort eine Antwort sein auf die Frage, die ich nicht genau wußte.

Das war erst der zweite Tote, vor dem ich so dicht stand, daß ich ihn hätte anfassen können. Der erste war Dieter Schünemanns kleiner Bruder. Das hatte nichts mit dem Krieg zu tun oder nur insofern, als es an dem Tag, an dem er ertrank, ukrainische Wassermelonen auf dem Markt gab, süße Früchte des Vormarsches, mit hellrotem Fleisch und klebrigem Saft. Und als er gefunden worden war, im flachen Wasser, wo man zuletzt suchte, und man ihn auf den Kopf stellte, da kam dieser Melonenbrei aus ihm heraus, und jemand sagte: »Vielleicht hat er zuviel davon gefressen.« Und ich weinte mit, als ich sah, wie Dieter Schünemann weinte, das Gesicht im Sand versteckt, bis ihn der Bademeister nach Hause brachte.

Mein dritter Toter lag neben den Straßenbahnschienen. Ich ging auf Zehenspitzen um ihn herum. Er lag auf dem Bauch, um die Schulter den Riemen einer Tasche, die nicht mehr da war, sein Gesicht war heil und schlecht rasiert, und seine offenen Augen blickten nachdenklich in den nahen Sand.

Aber da hatte ich schon das letzte Wort mit Gerdchen Pachähl gesprochen, ich wußte es nur noch nicht. Unter den Kastanien in unserer Straße hielt eine SS-Kolonne, Letten mit bayrischen Offizieren. Sie tauschten Nudeln gegen Brennholz, bedrückt aussehende Männer, ehe sie ihre Suppe warm hatten, fuhren sie weiter. Am Markt vorbei, stadteinwärts tobten Autos, Pferdewagen, Leute zu Fuß, die Uniformen, die Haut, die Blicke, alles grau in grau. Über den Lärm von Rädern, Hufen, Motoren und Stimmen spannte sich unablässig ein schweres, nicht mehr fernes Dröhnen.

Japsend rannte ich in die Lauben und tat, was ich nie gewagt hatte: Ich klingelte. Niemand zeigte sich. Ich klingelte wieder, und Inge Kaliska kam heraus, Trainingshosen unter dem Mantel, einen Schal um den Hals, angezogen wie für eine Winterreise, kam den akkuraten Plattenweg entlang bis in den Duft des blühenden Forsythienstrauches am Zaun.

»Was willst du denn?« fragte sie verstört.

»Ich wollte nur noch mal vorbeikommen.«

»Mußt du denn nicht zu Hause sein?«

»Doch.«

Ich streichelte ihre Hand, die auf dem Zaun lag, streichelte sie am hellen Tag, kein Vater ließ sich sehen, und ich empfand eine unbestimmte Genugtuung: Für seine Frontlinien brauchte er nur noch den Stadtplan.

»Wenn was passiert, kannst du zu uns kommen«, sagte ich.

»Ja.«

»Du weißt wo?«

»Ja.«

»Hast du Angst?«

»Ich weiß nicht.«

»Ich weiß auch nicht«, sagte ich.

Wir stupsten unsere Gesichter aneinander, und ich lief wieder los, ein schärferes und näheres Schießen sprang gegen den Himmel, ich sah den Mann neben den Schienen liegen und nur noch wenige Leute, die sich in den plötzlich öden Straßen an die Wände drückten. Zu Hause war schon alles in den Keller gezogen. Mein Platz war auf einer Matratze, zwischen meiner Mutter und meiner Tante Liesbeth, einer von ihren sechs Schwestern, die mit zwei Koffern und einem Deckbett aus Pommern zu uns gekommen war. Betten und Wäsche waren schon unten. Ich holte noch meine Fußballschuhe, und in den einen steckte ich Äffchen Lehmanns kleine Schachtel.

Um die Zeit ungefähr ist Gerdchen Pachähl mit einem langen Beutegewehr losmarschiert. Der Milchhändler Beyerling hat ihn gesehen und das Gewehr auch und hat einen Koffer in Empfang genommen und einen Gruß, den er später ausgerichtet hat. Den Koffer wollte Gerdchen in den Luftschutzbunker an der Teerfabrik bringen, wo seine Mutter schon auf zwei anderen Koffern saß. Auf dem Weg traf er einen Trupp Soldaten, die ihn anhielten. Der Milchhändler Beyerling sagte danach, er habe nicht wie ein Gezwungener mit ihnen gestanden. Er hätte auch unbemerkt etwas anderes ausrichten können für seine Mutter, die Frau Pachähl, als nur, sie solle nicht warten, er ginge mit.

Was war mit ihm los? Ich weiß nicht. Ich weiß nur, daß ich ihn in diesem halben Frühling gekannt habe wie mich selbst, obwohl er ein Jahr älter war und in der Fabrik bei Osram lernte. Im Park schnupperten wir die gleiche Abendluft, die nach Zigaretten und Mädchen schmeckte, nach Abenteuern, die den Krieg übertrafen. Er schnitt mir die Haare, und ich schnitt sie ihm. Wir aßen seiner Mutter den Zucker aus dem Kleiderschrank und wollten zusammen zur Marine. Als wir den Fähnleinführer Kruse mit seiner Pistole sahen, rief Gerdchen »Pflaumenkruse« hinter ihm her, weil wir nicht mehr vernarrt waren in die Idee mit dem Endsieg. Und an jenem dreißigsten März wollte er Inge Kaliska küssen, genau wie ich. Ich weiß nicht, was mit ihm los war, und deshalb weiß ich nicht, was mit mir gewesen wäre, wenn ich die Männer getroffen hätte, die noch ein langes Gewehr frei hatten.

Ich saß zwei Tage lang auf meiner Matratze. Oben fielen die Fenster nach innen, und es stank bis in den Keller hinab nach verbranntem Gummi. Ich rannte die Treppen rauf und roch in die Wohnungen rein, ob es irgendwo schmorte. Nah und fern wurde geschossen. Plötzlich trat eine Ruhe ein, erst da wurde mir richtig bange. Aus dem Flurfenster sah ich ein Flugzeug dicht über den Dächern, grünlicher als die deutschen. Aus unserem Haus waren zwei Volkssturmmänner in die Schlacht gezogen. Zuerst, an einem Vormittag, kam Klefalt zurück, aus dem zweiten Stock, der sollte nach Süden in die Rieselfelder geworfen werden, zerriß sich einen Hosenträger, bat um zehn Minuten Urlaub, um sich einen neuen zu holen, mußte Sicherheit bieten, ließ als Pfand sein Gewehr da und versteckte sich auf unserem Hof in einem leeren Taubenstall.

Anders Bohle, erster Stock, der in einem Sonderzug der Feuerwehr diente. Er kam nachts, nicht um die Fahne zu fliehen, sondern nur, um von ihr auszuruhen. Darum kroch er mit seiner Frau in einen Nebenkeller, Klefalts Beispiel verschmähte er starrsinnig. Zwei Handgranaten im Gürtel, hinten einen Spaten, an der Seite ein Kochgeschirr und vorn, quer über der Brust, den Karabiner, nahm er im Morgengrauen, als es draußen komisch still war, Abschied, vielleicht für immer. Doch nach zehn Minuten kehrte er ohne Atem und ohne Waffen frühzeitig heim: Bis ins Mark erschrocken, war er am Marktplatz zwei fremduniformierten Männern begegnet, die wohl auch verblüfft waren, denn ihre Schüsse trafen ihn nicht. Jetzt kroch Bohle zitternd, ein Bündel Zivil mit sich, in den Taubenstall rauf zu Klefalt, der sich nun nicht mehr vor den eigenen fürchtete, sondern vor den anderen. Sie waren also da.

Eine Stunde oder mehr verging, dann steckten wir, voran Frau Klefalt, dahinter ich, dann meine Mutter und meine Tante Liesbeth, den Kopf aus unserer Haustür. »Halt bloß das Kind zurück«, rief Tante Liesbeth meiner Mutter zu. Aus der Vorgartentür blickten wir im Frühlicht unsere leere Straße entlang und sahen am Markt in einer unablässigen Bewegung von links nach rechts etwas fahren und hörten Kettengeklirr und das Brummen schwerer Motoren. Auch schienen hin und wieder, wie in Wellen, Leute vorüberzulaufen, aber Genaues war nicht zu erkennen. Die Erde zitterte. Von der Stadt her wummerten die Kanonen. Und zugleich zwitscherten in dieser Pause zwischen zwei Zeiten vernehmlich die Vögel. Schließlich kam jemand vom Markt her auf uns zu, erwies sich als alter Mann mit einem Karton auf der Schulter und schrie keuchend: »Es gibt alles ...«

So begann der Tag des Puddingpulvers, oder was weiß ich: des Milchpulvers und Eipulvers, der Schokoladenrohmasse ohne Zucker, des Butterschmalzes ohne Brot, der grün-weiß gestreiften Fallschirmseide, aber von dieser Seide erfuhr ich nichts. Die Bismarckstraße war mit Gesichtern verstopft, denn der Feind hatte, außer Panzern, Kanonen, Lastautos, Pferdewagen, eine erstaunliche Menge Gesichter, die fuhren vorüber und zogen vorbei; Marschkolonnen, Vorsänger und Chöre, fremdartige Stimmen, Geschrei, seltsame bunte Orden, Flaschen, die von Mund zu Mund gingen. Und die

Ladentüren waren schon aufgebrochen unter einem Anprall von Gier und Erlösung, und wo sie noch hielten, kletterte man, den Kopf voran, mit strampelnden Beinen durch die Lichtluken der mit Brettern vernagelten Schaufenster, warf Regale um, trat in scharfriechende Essiglachen, kämpfte um Fleischermesser, um die Beute zu zerlegen, und preßte Speckseiten an sich, an denen andere sich festkrallten. Ich blieb erfolglos inmitten der einträglichen Verwüstung, die Quellen versiegten vor meinen Augen, es war halb zehn, das war zu spät. Ich traf Bubi Trebes, uns war schlecht bei dem Gedanken, daß wir nichts abkriegen sollten. Ihm fiel ein abgelegenes Geschäft ein, als wir da ankamen, trugen zwei ältere Männer die Ladenkasse weg. Unter einem Haufen leerer Kartons fanden wir einen vollen mit hundert Tüten Puddingpulver. Und mit der Hälfte davon hetzte ich glücklich nach Hause und dachte erst danach daran, daß ich doch zu Inge Kaliska mußte.

Meine Mutter rang die Hände, als ich wieder loslief, ich sprach von noch mehr Puddingpulver. Die Nebenstraßen lagen voller Papier, aus manchen Fenstern hingen weiße Fahnen. Der Bretterzaun am Fußballplatz war umgefallen. Die Tür zu Inge Kaliskas Garten stand offen. Die Forsythien blühten wie vor zwei Tagen. Niemand war zu sehen.

Ich ging den Steinplattenweg zwischen den Rosenstökken auf das Haus zu. Ein Fensterladen war geschlossen, hinter dem anderen Fenster war die Gardine vorgezogen. Vor den Fenstern war eine Bank, darauf standen zwei Blumentöpfe voll Erde und ein leeres Bierglas mit Henkel.

Ich fühlte mich wie vor einer Festung, aus der trotz der grundsätzlich veränderten Lage der immer noch mächtige einbeinige Vater jederzeit einen Ausfall machen konnte. Dennoch drang ich um den Giebel herum zur Rückseite vor, spähte durch ein anderes Fenster in eine aufgeräumte Küche und stand unentschlossen vor der Haustür. Ich hörte Schritte, der Schlüssel wurde gedreht, im Türspalt erschien der Kopf einer Frau, die wohl die Großmutter war. Sie sah mich verständnislos an, dann schien sie zu sich zu kommen, sie sagte: »Inge kommt nicht raus.«

»Ja«, sagte ich enttäuscht und fügte noch hinzu: »Vielleicht können Sie ihr sagen, daß ich da war ...« Da wurde die Oma zur Seite gedrängt, und Inge Kaliska kam auf mich zu und sagte nur: »Komm.« Ich hörte die Stimme einer anderen Frau, der Mutter: »Inge, ich verbiete dir ...«, aber der Satz blieb unbeendet, wir waren auch schon um die Hausecke. Ich war ein bißchen verlegen, aber vor allem war ich stolz, als ich hinter Inge Kaliska herstolperte, daß ich der Mann war, der sie so auf Anhieb aus dem Haus holte. Sie hatte von ihrem Kellerkostüm noch die Trainingshosen an und trug einen groben grauen Pullover und sah fast wie ein Junge aus, bis auf das Haar mit der Klemme über der Stirn. Ich redete, sie schwieg. Ich rühmte mich des Puddingpulvers. Ich erwähnte den toten Mann neben den Schienen. Aber als wir da vorbeikamen, lag er nicht mehr da, es gab nur noch eine dunklere Stelle im Sand. Ohrenbetäubende langsame Flugzeuge flogen niedrig stadteinwärts. Der Himmel darüber war hellblau.

Eine Weile drängelten wir uns in der Bismarckstraße. Ich quetschte mich noch mal in einen Fleischerladen und sprang nach einer Wurst, die ein Soldat mir entgegenhielt; es war eine Schaufensterwurst aus Gips. Schließlich gingen wir über die Wiese, um uns die gesprengte Kanalbrücke anzusehen. Wir trafen keine Soldaten, und am Kanal war kein Mensch. Die Brücke, an einer Seite abgebrochen, lag schräg im Wasser, aber wir gingen nicht so weit. Als wir stehenblieben, standen wir gerade vor unserer Kuhle und sanken hinein, ich griff nach ihr, und sie griff nach mir, mit geschlossenen Augen, wortlos. Dann sahen wir uns an, und ich mußte nicht lachen wie vorher manchmal und mußte auch nicht wegsehen, nein, ich versteckte mich nicht, und ihr Gesicht ging in mich ein. Ich sah ihre Mundwinkel zucken und dachte, daß ich diesen Moment bestimmt nie vergessen würde, aber als sie damit nicht aufhörte, fragte ich: »Was ist denn?«

Sie sagte: »Du darfst es niemand erzählen, keinem einzigen Menschen, hörst du?«

»Ja, was denn?« fragte ich.

Ich weiß nicht, ob es so war, aber wenn es so war, dann gab es in Inge Kaliskas Haus eine Tür zwischen Küche und Waschküche und über der Tür einen Balken und in dem Balken zwei gedrehte Haken für eine Kinderschaukel. Doch an diesem Morgen hatte an dem einen Haken ein Strick gebaumelt, und an dem Strick hing Inge Kaliska. In ihren Ohren summte es, hinter den Augen tat es ihr weh, sie sank in ein immer tiefer gefärbtes Rot. Sie hörte einen Schuß, der sie nichts mehr anging, obwohl sie gerade noch gedacht hatte, er würde etwas in ihr zerreißen.

Eine Viertelstunde vorher hatte sie noch geschlafen. Ihr Vater weckte sie. Mit knarrendem Holzbein stemmte er sich vor ihr die Kellertreppe hoch, sie folgte ihm und wußte nicht, zu welchem Zweck. Auf dem Flur trat die weinende Großmutter auf sie zu und küßte sie scheu, der Großvater stand dabei. Die Mutter saß im Zimmer in der Sofaecke, den Hinterkopf an der Tapete. Auf dem Tisch, neben der geöffneten Ledertasche, lag eine Pistole. »Du bist doch unsere große Tochter, nicht wahr?« sagte der Vater ungewöhnlich weich. Die Mutter schluchzte und sagte, sie könne es nicht. Der Vater brüllte plötzlich. »Mit dir ist überhaupt nichts anzufangen«, schrie er. Aufgeregt, mit bebenden Händen, schob er Inge Kaliska in die Küche und schloß die Tür hinter ihr. Sie sah in der anderen Tür eine Fußbank stehen und darüber den mit einer Schlinge versehenen Strick, der so dünn aussah, daß sie dachte, damit ginge es nie. Und wie um das zu beweisen, stieg sie auf die Rutsche und zog sich die Schnur über den Kopf. Einen Moment stand sie still und sah schräg durch das Fenster die Regenrinne auf dem Hof und das Moos zwischen den Steinplatten. Dann hörte sie ein Geräusch aus dem Zimmer, als wenn jemand den Tisch verschob, jetzt schießt es, dachte sie entsetzt, und dann stieß sie die Fußbank weg.

Der Schuß fiel nicht, obgleich ihr nachher so war, als hätte sie ihn noch gehört. Sie kam zu sich und lag in der Waschküche auf dem Boden. Die Großmutter zog sie an den Armen hoch und half ihr auf die Füße. Der Strick war weg. Im Haus waren zwei Russen. Das verstand sie erst nicht: Wieso denn Russen?

Der Großvater hatte sie vom Dachfenster aus kommen sehen, als sie gerade über die Gartentür nach dem Riegel griffen. Er riß die zwei Schlingen vom Balken, die für ihn und die Großmutter gedacht waren, warf sie in die hinterste Ecke und hastete mit einem Alarmruf die Bodentreppe hinab. Sein Schwiegersohn nahm die Pistole vom Tisch und schmiß sie in das kalte Ofenloch, als wäre sie glühend heiß. Die Mutter lief zur Waschküche, aber der Großvater war vorher da und schnitt den Strick ab, an dem Inge Kaliska, die sich so kindlich entschlossen auf den schwarzen Weg gemacht hatte, schon hing, als wäre sie tot.

Die Russen standen mitten im Zimmer. Sie fragten: »Soldatt?« Alle verneinten, der Vater entschloß sich, sein Holzbein vorzuweisen, sie nickten dazu. Sie öffneten ein paar Schranktüren. Der eine nahm auf einem Stuhl Platz und machte dem anderen ein Zeichen, der ging mit der Mutter ins Schlafzimmer. Sie mußte sich auf das Bett setzen, er setzte sich mit einem Abstand daneben. Eine Weile blickte er sie von der Seite an, dann stützte er den Kopf in die Hände. Schließlich ging er schweigend aus dem Zimmer, die beiden Soldaten verließen das Haus, zurück blieb ein fremder Geruch.

Die Familie setzte sich um den leeren Tisch. Die Mutter holte Brot aus der Küche. Inge Kaliska mußte versichern, daß ihr nichts weh tue. Der Vater sagte, daß man es immer noch tun könne, aber niemand antwortete ihm. Daß ich auftauchte, war keinem recht, keinem außer Inge Kaliska.

Sie hatte einen Strich am Hals, eine rote Spur, wie eine sehr schmale Narbe, über die ich mit den Fingerkuppen strich. Ich wußte nichts zu sagen, außer daß ich das Quatsch von ihrem Vater fände, und sie sagte plötzlich: »Hör doch auf, das kitzelt.«

Die Sonne wärmte uns. Ich hob den Kopf, wir waren noch immer allein. Wir lagen beieinander, und meine Hand wanderte den verbotenen, vertrauten Weg, der infolge der Trainingshosen anders verlief, und war bereit, sich fangen und zurückrufen zu lassen. Niemand fing sie, nichts hielt sie auf. Ein Schreck fuhr mir von den Fingerspitzen her ins Herz. Ich öffnete die Augen, Inge Kaliska sah mich reglos an. Es war der vierundzwanzigste April, gegen Mittag, am Morgen waren die Russen gekommen.

Ich drückte meinen Mund heftig auf Inge Kaliskas nachgiebige Lippen, aber was ich weiter tun sollte, wußte ich nicht. Äffchen Lehmanns Blechschachtel fiel mir ein, aber das machte mich stumm, und der stumme Schreck hielt an, bis ihm sekundenschnell ein größerer Schreck zu Hilfe kam. Was, wenn uns jetzt jemand sähe, mit strengen, mißbilligenden Augen? Und wessen Augen wären das?

Bestürzt über die greifbare, leibliche Nähe unbestimmter früherer Visionen, hatte ich plötzlich die neuartige Vision eines Spähtrupps, der zielstrebig auf uns zukam. Nichts erschien mir mit einem Mal so logisch wie die militärische Erkundung des Kanalufers. Ich glaube, ich sah es deutlich vor mir: zwei Blonde und ein Mongole, die mißtrauisch durch das Gelände streifen, bis sie Inge

Kaliska und mich in unserer dummen Lage aufstöbern; kein Mensch weiß, was sie von solchen Dingen denken. Zwar trug ich auf Weisung meiner Mutter eine kurze Hose, um kindlich und unwehrhaft zu erscheinen, aber waren diese Eigenschaften vom Standpunkt des fremden Militärs aus einleuchtend, wenn ich, den Rücken himmelwärts, so dicht bei Inge Kaliska lag?

Ich rutschte fort von ihr und richtete mich auf. Die Wiese lag noch immer still und seitlich vom Krieg in der Sonne. Doch mein Blick fing einen Schwarm Flugzeuge ein, ich spürte, wie die Erde bebte, kam das entfernte Schießen nicht näher?

»Laß uns lieber hier weggehen«, sagte ich. Ich klopfte Inge Kaliska den Rücken ab, diesmal sprach sie nicht ihren üblichen Satz »Mann, bin ich dreckig.« Wir gingen über die Wiese und sahen den himmelhohen Rauch über der Stadt und stellten uns wieder an die Straße und staunten, wie viele Autos sie hatten und wie viele Soldaten. Dann fiel der Satz, der vieles zwischen uns kaputt gemacht hat, genaugenommen alles. Ich sagte beiläufig: »Heut nachmittag habe ich keine Zeit.« Das war einfach eine Mitteilung, und sie stimmte, denn ich wollte mit Bubi Trebes zum Güterbahnhof, wo ein Zug mit Getreide stehen sollte. Ich weiß nicht, warum ich das nicht gleich mit hinzusagte. Sie hätte mich ja auch danach fragen können. Aber sie fragte nichts und machte auch kein besonderes Gesicht, doch nach einer Weile sagte sie plötzlich »Wiedersehen« und ging los. Ich wunderte mich und lief neben ihr her und fragte: »Was ist denn? Ist irgendwas?«

»Nichts«, sagte sie.

»Mußt du nach Hause?«

»Ich muß überhaupt nichts«, sagte sie. Ehrlich, ich verstand nicht, was sie hatte. Später habe ich mir überlegt, daß ich wahrscheinlich schon die ganze Zeit keinen besonderen Eindruck auf sie gemacht habe mit meinem

Gequatsche über Puddingpulver und meiner doppelten Angst am Kanalufer und meiner Unfähigkeit, irgendwas Vernünftiges dazu zu sagen, daß sie sich beinahe aufgehängt hatte. Der Satz, den Nachmittag betreffend, kam nur noch dazu, und ihr war klar, daß sie in mir nicht den Mann hatte, den sie brauchte. So kann es gewesen sein, und soviel habe ich dem entnommen: Ein falscher Satz kann viel Schaden anrichten und ein richtiger Satz im falschen Moment auch. Doch damals, an diesem vierundzwanzigsten April, fand ich es albern von ihr, daß sie sich so benahm, ausgerechnet an dem Tag, an dem die Russen einmarschierten. Ich lief neben ihr her und versuchte, das Gespräch wieder in Gang zu bringen, und erklärte zehnmal, daß es sich um Bubi Trebes und um einen Weizenzug handele, und erinnerte sie auch noch daran, daß man die Pistole ihres Vaters vergraben müsse. Dann blieb ich verärgert zurück und war, als ich sie gehen ließ, ohne ihr nachzublicken, zurückgeblieben auch in einer anderen, schon erwähnten Bedeutung: Ich nahm wieder mal an, daß Inge Kaliska mir ziemlich egal sei. Aber daß ich länger als jemals bei dieser Ansicht blieb, lag daran, daß das sich rasend ändernde Leben gewaltig auf mich einschlug, mit allen möglichen Eindrücken, meine ich, aber auch anders.

Das Leben bediente sich dazu unter anderem zweier Hände, auf denen rötliche Haare wuchsen. Die Hände legten sich auf den oberen Rand der Stirnwand einer Eisenbahnlore, spreizten sich sehnig und zogen den Mann, an den sie angewachsen waren, auf die Höhe der Situation. Die Erinnerung an sein Gesicht ist undeutlich. Es war aber, unter einem Käppi, ein helles Gesicht mit praktisch blickenden Augen, die uns nur streiften und sich sogleich auf eine Latte hefteten, an die, ein Rest abgerissener Bedachung, noch ein Stück Pappe genagelt war. Das Wort »Kamerad«, das ich hervorstieß wie eine Losung, erwies sich als untauglicher Vorschlag zu einem

Gespräch. Ich verlor einen Streifen Haut auf der Schulter, meinen Hemdkragen und einen steifen, norwegischen Seesack, in den die Weizenkörner hineingeperlt waren wie Erbsen in eine Schüssel. Bubi Trebes büßte einen Schuh und einen Rucksack ein. Wir landeten mit knirschenden Gelenken auf dem Schotter neben dem Gleis. Wir rannten und dachten, jetzt werden sie schießen. Doch alles blieb still, und wir verschnauften am Fuß des Bahndammes, dem Heulen nahe, ohne Vorwurf an den schmerzhaft vermenschlichten Feind.

In unserer Straße, unter den Kastanien, die hellgrüne Blattspitzen trieben, standen Panzer. Auf unserem Hof wurde gekocht, die Kartoffeln schwammen in blankem Öl. Der Koch benutzte als Vorratskiste einen Besenschrank, nachts schlief er darauf. Ein Sergeant, der Nikolai hieß, fuhr auf einem Motorrad im Kreis herum, weil er nicht wußte, wie man anhält. Das Motorrad fiel um, er rutschte mit der Stirn über das Pflaster und trug künftig einen Verband über seinem jungen, aber streng gefalteten Gesicht. Nachts hätte sie eine Frau schreien gehört, sagte Tante Liesbeth zu meiner Mutter und setzte beruhigend hinzu: »Aber es war wohl in der anderen Straße.«

In unserer Straße, schräg gegenüber, zog die Kommandantur ein. Soldaten mit roten Armbinden gehörten dazu, die zu dritt durch die Straßen gingen. Mit erhobenen Stimmen, die Hand an der Maschinenpistole, stritten sie mit anderen Soldaten. In unserem Park wurden Kühe geschlachtet. Schüsse knallten, dampfendes, hellrotes Blut floß über den abgetretenen Rasen, auf dem wir, der Polizei ein Ärgernis, Fußball gespielt hatten. Feuer brannten unter großen Kesseln. Soldaten in Turnhosen hantierten mit langen Messern und warfen die Kaldaunen zu den jämmerlich leeren Häuten. Auf dem Weg lagen die Rindsköpfe mit erstaunten, weißlich verschleierten Augen. Sie lagen ungefähr an der Stelle, an der ich Inge Kaliska zum erstenmal geküßt hatte, am dreißigsten März, aber jetzt, vier Wochen später, hatte ich es vergessen.

Ich ging durch alle Tore und stieg über alle Zäune. Bubi Trebes war dabei, Heini Ganschow oder andere, die ich nicht kannte. Die Fabrikhallen sahen aus, als wären die Arbeiter gerade weggegangen. Wir drückten auf ein paar Knöpfe, und eine große Drehscheibe fuhr kreischend los. Am Flugplatz krochen wir in abgewrackte amerikanische Bomber. Die Benzintanks waren mit Gummi beplankt, daraus schnitten wir Schuhsohlen. Ich brachte sechs Kopfkissenbezüge aus Papiergewebe nach Hause, drei Zangen, eine Feile und einen Hammer, einen Sack Kartoffeln, mit Bettfedern vermischt, einen Karton mit Rauchpatronen, die man mit Hilfe einer Zündschnur abschießen konnte, und eine Luftwaffenuniform, die wir versteckten, um sie später blau zu färben. Nur an die grün-weiß gestreifte Fallschirmseide kam ich nicht heran. Die entdeckte ich erst an einem lauen Abend, und da war es in einem anderen Zusammenhang zu spät.

Der Feuerwehr- und Volkssturmmann Bohle nahm zum zweitenmal Abschied. In zerschlissenem Zivil, mit Sack und Stock wie ein Pilger, brach er auf zu entfernten Verwandten. Klefalt, sein kurzzeitiger Partner im Endkampf und im Taubenstall, nahm eine Schippe und meldete sich am Bahnhof zur Arbeit. Auf dem Markt fand eine Versammlung statt, und wer älter als vierzehn war, dessen Erscheinen war Pflicht.

Die Plakate, die dazu aufriefen, begannen mit dem ungewohnten Wort »Bürger«. Der Platz war voll, ein bedrücktes Gemurmel ging um, kam jetzt das böse Ende nach? Dann wurde es still, weil von der Ecke des Platzes her, wo Schrades Chemische Reinigung ist, ein Offizier quer durch die Leute kam. Er trug einen Stuhl auf der Schulter, bahnte sich mit kleinen Bewegungen der Hand eine Gasse, und hinter ihm ging ein Mann in Zivil, den ich schon gesehen hatte. Man raunte sich zu, daß der Offizier der

Kommandant wäre. In der Mitte des Platzes stellte er seinen Stuhl ab und stieg hinauf. Er hatte einen dunklen Bart, der Oberlippe und Kinn bedeckte. Er begann zu reden; er redete eine Viertelstunde lang; er redete russisch, kein Mensch verstand ihn. Aber seine Stimme schwang sich über den Platz und über die Köpfe, machtvoll wie das Wort des Propheten, eine furchtsame, aber auch andachtsvolle Ruhe herrschte, und wer aufsah, der nahm wahr, daß der Kommandant die Faust erhoben hatte und daß er mit der Faust, wie einen Pflock in den Boden, die Rede in unsere Köpfe hieb, Satz für Satz und ein für allemal. Dann stieg er herab. Von der Mitte her lief ein schüchterner, schnell verebbender Beifall zu den Rändern des Platzes, niemand wollte sich ausschließen. »Schade, man versteht nichts«, flüsterte meine Mutter. »Aber er scheint sympathisch zu sein«, sagte meine Tante Liesbeth etwas lauter. Der andere Mann tauchte nun über der Menge auf, und jetzt wußte ich, woher ich ihn kannte. Es war der Totengräber Siwanowitsch, der auf unserem Friedhof die Gruben aushob. Und ich kannte ihn, weil zu Anfang des Krieges in unserem Haus der Ingenieur Hoffmann gewohnt hatte. Der stammte aus Riga, hatte einen Asbestfußboden erfunden, den niemand haben wollte, schlug cholerisch seine blutarme, baltische Frau, aber an friedvolleren Abenden holte ich für ihn Bier. Er saß dann auf der Bank auf unserem Hof, und bei ihm saß mit blassem, fleischigem Gesicht Siwanowitsch, schwieg und roch säuerlich nach Alkohol. Doch außerdem umgab ihn ein Geruch von Abenteuer und Unglück: Im alten Rußland, hieß es, sei er ein hoher Offizier gewesen. Er ging stets langsam, mit würdevollem Schritt, sein Bauch schwang weich in seinem schäbigen Anzug, und über dem zerdrückten, offenen Hemdkragen trug er den Kopf sehr gerade.

Siwanowitsch also war, wie man jetzt erkannte, nicht untergegangen im schäumenden Meer der Geschichte, im Gegenteil, eine Welle hob ihn empor, vielleicht auch nur ein Spritzer, und stellte ihn auf einen Stuhl inmitten des Volks, und er rief mit heiserer Stimme aus, daß er der neue Bürgermeister sei. Das war sein erster Satz. Dann nahm er seinen speckigen Hut ab, schwenkte ihn mit weiter Bewegung und schloß seine Ansprache mit einem zweiten Satz, der hieß: »Alles Gutte, liebe Leute, alles Gutte ...«

An diesem Nachmittag plötzlich dachte ich daran, daß ich gern Inge Kaliska treffen würde und daß es bedeutsam wäre, wenn uns die geschichtlichen Ereignisse so zusammenführen würden. Aber ich spähte, während sich die Menge verteilte, vergebens nach ihr oder jemand von ihrer Familie.

»Wie ein Russe sieht er nicht aus«, sagte, als wir nach Hause gingen, meine Tante Liesbeth und meinte den Kommandanten.

»Wie ein Deutscher aber auch nicht«, antwortete meine Mutter.

»Aber auch nicht wie ein Russe«, sagte meine Tante.

Wir behielten ihn nicht lange, den schwarzbärtigen Mann, dem Tante Liesbeth so spontan vertraute. Die Soldaten mit den roten Armbinden führten einen wilden Burschen zur Kommandantur, in Matrosenkluft, mit gestreiftem Hemd, der hatte eine Menge Wut im Bauch und anscheinend auch eine Menge Schnaps. Denn als der Kommandant ein klärendes Gespräch mit ihm eröffnen wollte, holte er eine Eierhandgranate aus der Hosentasche, zog sie ab, stellte sie auf den Schreibtisch und ging aus dem Zimmer. Des Kommandanten Stellvertreter, der hinter dem Tisch saß, kroch unter die Tischplatte, aber der Kommandant, der daneben stand, konnte nur noch versuchen, aus dem Fenster zu springen, zu seinem Glück hob er den Arm vor das Gesicht. Wir sahen ihn, notdürftig verbunden, in einem Jeep wegfahren und sahen auch den gefesselten Matrosen auf einen Lastwagen klettern, und meine Mutter folgte mit Eimer und

Schrubber einem Soldaten über die Straße und wischte Blut und Tinte auf. An dem Tag danach, glaube ich, war der Krieg zu Ende.

Die grün-weiß gestreifte Fallschirmseide sah ich erst, als Habedanks Tanzsaal eröffnet wurde. Es dämmerte, das Licht fiel matt aus dem offenen Fenster, vor dem sich staunende Kinder drängten, der Saal war voller Frauen, und jede dritte, glaube ich, trug eine Bluse aus dieser Seide. Auf der Bühne saß ein dünner alter Mann an einem Klavier, ein anderer Alter neben ihm geigte. Über ihnen hingen bunte Glühbirnen. Es war warm, aber aus den Fenstern drang noch eine andere Wärme, die unbestimmt nach Staub, Schweiß und Parfüm roch.

Ich sah zum erstenmal, wie öffentlich getanzt wurde. Die Frauen wiegten sich weich miteinander, einige lächelten, als wenn sie sich an etwas erinnerten. Dann bemerkte ich unter den Tanzenden auch einige Männer, einen langen Bebrillten dabei, und erstaunlicherweise auch ein paar Jungen, kaum älter als ich, die mit ernsten, konzentrierten Gesichtern richtig erwachsene Mädchen vor sich herschoben; ich konnte mir nur denken, daß sie mit ihnen verwandt waren. Die Musik schwebte dünn über dem gleichförmigen Schleifen der Füße. Ein sanfter Sog ging von den Fenstern aus, und verwundert und wunschlos hätte ich da sicher noch lange gestanden. Doch dann, eine Sekunde lang, gleich wieder verdeckt in einer langsamen Drehung, während der ich es schon wußte und doch nicht glauben wollte, sah ich Inge Kaliska. Sie sagte gerade was. Sie lachte. Sie blickte stolz in die Gegend. Und sie tanzte mit keinem Mädchen. Der sie drückte und zog und drehte, und sie machte genau, was er wollte, der sie dabei dauernd festhielt, und sie ließ es sich gefallen, dieser hinterhältigste und gefährlichste Feind meines Lebens war einer, den ich kannte: Er hieß Äffchen Lehmann.

Später habe ich gedacht, wenn sie in diesem Moment mein Gesicht gesehen hätte, vielleicht hätte sie sich alles noch überlegt. Aber es hätte wahrscheinlich wirklich dieser eine Augenblick sein müssen, ehe ich in den Schatten zurücktrat, als müßte ich mich schämen, bemerkt zu werden. Einen klaren Gedanken hatte ich nicht. Ich wußte nur, daß ich in Habedanks Tanzsaal reinmußte, auf der Stelle. Aber vorher mußte ich nach Hause, um mir lange Hosen anzuziehen. Ich rannte so, daß ich Stiche kriegte.

Es handelte sich um den guten Anzug, in dem ich im November vierundvierzig fotografiert worden bin, damit wir meinem Vater zu Weihnachten das Bild schicken konnten. Ich trug ihn sonst kaum. Jetzt mußte ich, während Inge Kaliska in den Händen dieses affenohrigen Hundes Lehmann war, abgehetzt darum bitten, daß ich ihn anziehen durfte, um zuzusehen, wie bei Habedank getanzt wurde.

»Zum Zusehen brauchst du doch keinen Anzug«, wandte meine Mutter ein.

»Doch«, sagte ich verzweifelt.

Und Tante Liesbeth sagte prompt: »Er ist doch noch ein Kind, findest du nicht?«

Mit fliegenden Händen stellte ich die alte Bonbonschachtel auf den Kopf, in der ich mein Geld aufbewahrte. Ich bückte mich nach den Fußballschuhen unter dem Sofa, in deren rechtem ein anderer Reichtum verborgen war, und bekam heiße Ohren dabei, weil ich das Gefühl hatte, sie starrten mir auf den Rücken. Meine Mutter ermahnte mich, nicht später zu Hause zu sein als um neun.

Nach Entrichtung einer Mark, nach Erhalt einer mit Bleistift numerierten Eintrittskarte, nach endloser Zeit, wie mir schien, betrat ich Habedanks Tanzsaal, der, wie ich jetzt wußte, mitten in der Bahn meines Schicksals lag. Es wurde gerade nicht getanzt, in meinem ungewohnten Anzug marschierte ich durch ein Spalier von Blicken.

Der Tisch, an dem Inge Kaliska saß, stand links hinten neben einem Pfeiler. Ich bemerkte es gleich: Sie trug nicht mehr die Klemme im Haar, ihr Mund war dunkelrot bemalt, und ich fühlte, daß ich sie von jetzt an bis in die Ewigkeit lieben würde. Es war ein würgendes Gefühl, denn im selben Moment sah sie mich und nickte mir zu wie einem guten, aber entfernten Bekannten. Ich trat an den Tisch, außer Äffchen Lehmann waren noch Heini Ganschows große Schwester und zwei Burschen da, die ich nicht kannte.

»Hol dir einen Stuhl ran«, sagte Äffchen Lehmann harmlos.

Ich lief in die Saalecke, wütend darüber, daß ich genau das machte, was er sagte. Als ich zurückkam, ging die Musik wieder los, Inge Kaliska tauschte einen Blick des Einverständnisses mit Äffchen Lehmann, der stand auf und machte eine alberne Verbeugung, auch sie erhob sich, ließ sich seinen steifgewinkelten Arm um den Rücken legen, und ich sah verblüfft und bekümmert, daß sie beide genau die gleichen Schritte machten. Ich saß eine Weile dumm am Tisch, dann hielt ich es nicht aus und ging zur Theke, wo lauter Frauen anstanden, und kaufte mir für vierzig Pfennig mein erstes Bier, es schmeckte zum Kotzen. Die Tanzerei dauerte endlos. Ich bemühte mich, nicht hinzusehen, und lenkte mich ab, indem ich ganz kleine Schlucke trank und auf die Texte hörte, die die Frauen mitsangen. Erst spielten sie »Unter der roten Laterne von Sankt Pauli«, und dann spielten sie »Roter Mohn, warum welkst du denn schon?«, und ich gebe zu, daß diese Musik mir mächtig durchging. Schließlich setzten sich alle wieder hin, Äffchen Lehmann verschwand zur Theke, jetzt konnte ich wenigstens mit Inge Kaliska reden. Aber meine Kehle war völlig verstopft, ich quetschte nur eine blöde Frage heraus: »Darfst du jetzt abends wieder raus?«

Sie sah mich hochmütig an. »Denkst du, da frage ich erst?«

Ich sah Äffchen Lehmann zurückkommen, ich fragte hastig: »Wollen wir woanders hingehen?«

»Warum?« fragte sie verwundert.

Äffchen Lehmann stellte zwei Bier auf den Tisch, eins für Inge Kaliska, ach, auch daran hatte ich nicht gedacht. Die Musik fing wieder an, Inge Kaliska, schon im Aufstehen, trank einen großen gierigen Schluck, am Glas blieb ein halbrunder Abdruck ihrer Lippen. Heini Ganschows Schwester verbreitete sich darüber, daß Äffchen Lehmann wirklich prima tanzen könne, er habe es von seiner Schwester gelernt, und sie wolle es ihrem Bruder Heini auch beibringen. Verflucht, ich hatte keine Schwester und hatte bisher nicht einmal geahnt, daß man dazu eine brauchen würde.

So ging der Abend dahin. Ich geriet auf meinem Stuhl in ein bitteres Schweigen, während Inge Kaliska tanzte und kicherte, egal, was er sagte, dieser Hund. Gott sei Dank kamen irgendwann zwei Russen rein. Sie verhandelten mit der Kapelle, dann gingen sie in die Hocke und tanzten mit nach vorn geworfenen Beinen. Mir gefielen sie schon deshalb, weil in der Zeit Inge Kaliska nicht tanzen konnte. Der Saal klatschte beflissen, der Geiger verneigte sich geehrt. Um zehn war Schluß.

Die Bismarckstraße runter lief ich einfach neben Inge Kaliska und Äffchen Lehmann her. Sie griff nach seiner Hand, ich versuchte mir einzureden, das bedeute nicht viel, obgleich es alles bewies. »Mußt du nicht da lang?« fragte sie mich am Markt.

»Ich komme noch ein Stück mit.«

»Warum kommst du denn immer mit uns mit?«

»Das ist doch eine öffentliche Straße«, sagte ich standhaft, obgleich ich verloren war. Ich schätzte ab, wieviel stärker dieser Hund sein könne, weil er zwei Jahre älter war. Ich erwog, mich bis zwölf, bis zur Sperrstunde, an sie ranzuhängen, doch zugleich fiel mir mit Beklemmung meine Mutter ein.

Wo die Straßenbahn in die Lauben abbiegt, wo die Kolonie »Süßer Grund« anfängt, da etwa, wo der Tote neben den Schienen gelegen hatte, blieb Inge Kaliska stehen. Sie sagte: »Ich will nicht, daß du weiter mitkommst.«

Ich antwortete haßerfüllt: »Was du willst, ist mir doch egal.«

»Junge, mach doch keinen Quatsch«, sagte Äffchen Lehmann mit einer sanften Drohung.

Vielleicht wäre es richtig gewesen, ihm genau in dem Moment an den Hals zu springen. Aber mir fiel nur etwas anderes ein: Ich wollte Inge Kaliska kränken, und zugleich hatte ich eine letzte, irre Hoffnung. Ich griff in die Tasche nach der kleinen, silbernen Blechschachtel.

»Wenn du das meinst, das habe ich auch.«

»Du bist ein Schwein«, sagte sie.

»Was denn«, sagte ich elend, »warum denn?«

Sie verschwanden im Dunkel, Richtung Fußballplatz, und das sah ich noch: Äffchen Lehmann legte den Arm um Inge Kaliska, und sie drückte sich an ihn, weil sie darauf gewartet hatte. Ich dachte, daß ich lieber um sie getrauert hätte, wenn es ihr gelungen wäre, sich aufzuhängen.

Am nächsten Tag wurde zum erstenmal wieder Kuchen gebacken, aus Roggenschrot. Meine Tante hatte ihre Uhr vor den Russen im Backofen versteckt, es fiel ihr erst ein, als wir den Kuchen rausnahmen. Es war Sonntag, schon Juni.

Mädchen aus P.

Am Nachmittag hörte man hinter den fernen Wäldern Kanonendonner. Am Abend wurde es still. In der Nacht schlugen Gewehrkolben gegen die Türen, Glas klirrte, Kinder weinten, Geschrei und Kommandorufe erfüllten die Straßen. Zweimal schoß eine Maschinenpistole. Die Hoffnung, die den ganzen Tag unter dem Vorfrühlingshimmel gelebt hatte und abends mit den Menschen unter die Dächer gekrochen war, starb. Die Juden des Städtchens P. knieten auf dem Marktplatz, die Köpfe gesenkt, die Hände emporgestreckt. Im Morgengrauen, als alle, die man gefunden hatte, beisammen waren, stellte man sie in Dreierreihen auf und trieb sie eilig davon.

Rejka war an diesem Tag der Austreibung sechzehn Jahre alt. Sie lief neben ihrem Vater, dem Friseur F., und hoffte vergeblich, das Haus noch einmal zu sehen, in dem sie so lange gelebt hatte. Sie hoffte zu entdecken, daß jemand inzwischen die Tür geschlossen hatte. Von allen Bildern dieser Nacht hatte keines sie so erschreckt wie das der Haustür, die hinter ihnen offengeblieben war: Dort wohnte niemand mehr.

Die Fenster der Häuser waren dunkel und leer. Auf den Straßen zeigte sich kein Mensch. Nur einmal, schon am Ende der Stadt, bemerkte Rejka hinter einer Scheibe das regungslose Gesicht eines alten Mannes. In seinem Blick glaubte sie Mitleid zu lesen, und sie empfand, daß in den Augen dieses Alten vielleicht die einzige Spur war, die sie zurückließ.

Bis zum Krieg wollte Rejka Studentin werden. Es war ein unbestimmter Wunsch, sie war ja kaum vierzehn.

Was sie studieren wollte, wußte sie gar nicht. Sie las gern. Sie besaß ein paar Bücher, in die sie mit kindlicher Sorgfalt ihren Namen schrieb. An einem Julitag, nachmittags, kamen die graugekleideten Soldaten, von denen jeder wußte, daß es der Feind war, aber nicht jeder wußte, daß es der Tod war, der da in die Stadt fuhr, mit gebräunten, verschwitzten Gesichtern und weißen Zähnen, auf Motorrädern, die auf den trockenen, nicht gepflasterten Wegen lange Staubfahnen hinter sich herzogen.

Bald nach den Deutschen kamen schreckliche Nachrichten. Man hörte von Kiesgruben, die sich mit menschlichem Fleisch füllten, von Benzinfeuern in offenen Gruben, von streng bewachten Wäldern, in denen unablässig geschossen wurde. Die Erwachsenen sprachen mit leiser Stimme davon, niemand schickte die Kinder hinaus.

P. blieb, keiner wußte, warum, verschont. Vielleicht lag es so abseits. Es gab nicht einmal einen Bahnhof. Auf der Karte der südwestlichen Ukraine war das Städtchen nur ein winziger Punkt auf hellgrünem Grund. Die Deutschen zogen weiter, statt dessen kamen die Rumänen. Die Soldaten stahlen, was sie fanden, die Offiziere promenierten hochmütig auf der Hauptstraße, aber sie brachten niemand um. Man starb dennoch leichter als jemals zuvor, an Kummer oder an Entbehrung oder, wie Rejkas Mutter, einfach wegen eines fehlenden Medikaments. Immerhin, unter dem Echo der großen Massaker gelang es der Mutter, einen friedlichen Tod zu sterben, im Bett, umgeben von den Ihren. Sie war noch nicht fünfzig, aber man mußte es für eine Gnade halten in solcher Welt.

Die Zeit verging sehr langsam. Die Tage fielen wie Tropfen in einen Brunnen, der sich niemals füllt. Der Friseur F. hatte, wie alle Juden, seinen Laden schließen müssen. Mit einem schwarzen Köfferchen, in dem er sein Handwerkszeug verbarg, lief er heimlich durch die Stadt, um das Nötigste zu verdienen. Den Rücken gebeugt, immer bereit zu einem Gespräch, schnitt er das Haar, rasierte und stutzte Bärte, wenn er dabei verraten worden wäre, hätte es schlimme Folgen gehabt. Mit Schere und Kamm hantierend, beugte er sich über die Gesichter und fand Mitgefühl oder Gleichgültigkeit, und er sah auch Mienen, die gestern noch glatt gewesen waren und die nun vom ansteckenden Gift des Judenhasses zerfressen wurden wie von einem Aussatz.

Rejka ging selten aus dem Haus. Niemand bemerkte, daß sie sich unter ihren unscheinbaren Kleidern veränderte. Sie bekam Hüften, ihre Beine wurden kräftig, und ihr mageres Gesicht hatte einen weichen Zug. Nachts lag sie lange wach, sie hörte ihren Vater husten und im Schlaf seufzen, sie starrte mit großen, ruhigen Augen in die Dunkelheit über sich. Während dreier Jahre, die angefüllt waren mit täglicher Furcht, hielt sie eigensinnig an ihren Träumen fest. Sie las noch immer in ihren Büchern. Manchmal lachte sie laut. Sie hielt sich bereit für eine gute Welt.

Dabei wußte sie von allem, was geschah. Nur eines wußte sie vielleicht doch nicht, daß es in diesem unbegreiflichen Deutschland Männer gab, die in diesem Jahr vierundvierzig, als sie ihren Krieg schon verloren, die Mühe von Konferenzen und langen Dienstreisen nicht scheuten; Männer, die Fahrpläne entwarfen und sich über Landkarten beugten, die sie in ordentliche Quadrate einteilten, damit niemand und nichts vergessen werde, kein Städtchen namens P. und kein Mädchen, das Rejka hieß.

Der Himmel war blau, der Weg war gefroren. Mit keuchenden Lungen liefen die Juden von P. einem unbekannten Ziel entgegen, wer den Blick seines Nächsten suchte, fand darin nichts als Entsetzen. Rejka hielt das Laufen aus. Sie hielt alles aus, was an diesem Tag geschah. Nach kaum einer Stunde ließ man die Kolonne anhalten. Ein schimpfender Offizier rannte nach hinten. Man konnte sich umdrehen.

Zwanzig Schritt zurück stand der ehemalige Schuldiener. Er stand schwankend neben seinem Päckchen, das er fallen gelassen hatte, und er konnte oder wollte keinen Schritt mehr gehen. Es half nichts, daß sie ihn anschrien und schlugen und in den Sand stießen. Er erhob sich wieder, wendete den Kopf ab, und mit aller Kraft, die ihm geblieben war, gelang es ihm, die Hand nicht zu sehen, die die Pistole nah vor sein Gesicht hielt. Er schrie und fiel auf den Weg. Und während der Schrei erstarb, wehte ein sanfter Wind, der sich zu dieser Stunde des Tages aufmachte, den säuerlichen Geruch des Pulvers herüber.

Nur dieser erste hatte so viel Zeit für seinen Tod. Danach gab es keinen Aufenthalt mehr. Drei Soldaten gingen hinter der Kolonne her, sie erschossen jeden, der zu langsam lief. Rejka stützte ihren Vater. Sie stützte ihn, als er noch leicht ging, und als sein Schritt schleppender und sein Atem kürzer wurde, stützte sie ihn, und schließlich trug sie ihn fast, während eine grenzenlose Angst ihr die Luft nahm. Die Wachen hatten aufgeregte schwitzende Gesichter, sie schrien in einem fort. Der Friseur F. war nicht stark genug für diesen Tag. Rejka, während andere sie selbst stützten, sah ihren Vater zurückbleiben, sie sah, daß er immerzu den Kopf schüttelte. Sie lief weiter wie ein Tier in einer Herde. Stundenlang dachte und fühlte sie nichts. Aber gegen Abend, als aus dem Boden eine kalte Feuchtigkeit stieg, bemerkte sie erstaunt, daß sie den Geruch der Erde wahrnahm und daß er ihr Erleichterung brachte.

Sie war jung und konnte das alles aushalten. Sie konnte nur nicht verstehen, was mit ihrem Vater geschehen war. Sie konnte sich vorstellen, daß er dort auf dem Weg lag, aber nicht, daß er tot war. Er lag da, sie sah es deutlich vor sich, und wartete auf sie.

In der Nacht kam ein Posten in den Pferdestall, in den man die Deportierten gesperrt hatte, und holte Rejka hinaus. Er führte sie ein paar Meter an der Stallwand entlang, legte die Finger an die Lippen und tippte auf seine Pistolentasche. Dann warf er Rejka, ohne ein Wort zu sagen, auf die Erde. Sie schrie nicht. Sie krallte die Finger in den Boden und zerbiß sich die Lippen, und ihre nach oben verdrehten Augen sahen einen Himmel, der in Stücke sprang. Als der Soldat aufstand, blieb sie liegen, ohne ein Zeichen von Leben. Er starrte verstört auf sie herab, dann stieß er sie ermunternd mit dem Fuß an. Rejka setzte sich erst auf die Knie, dann erhob sie sich taumelnd. Sie konnte den Soldaten nicht erkennen, sie sah nur, daß er jung war. Im Stall kroch sie auf ihren Platz zurück und preßte ihr Gesicht auf den schmutzigen Steinboden. Und endlich weinte sie lautlos, weil sie ihren Vater wieder auf dem Weg liegen sah und weil sie wußte, daß er tot war, und weil sie das alles aushalten konnte.

Die Spur der Juden von P. verlor sich in den Transporten, die westwärts getrieben wurden. Rejka kam in ein kleines Lager an der rumänischen Grenze. Sie kannte dort niemand, und niemand kannte sie. Auf einer Pritsche unter dem Dach einer Baracke, in der zweihundert Frauen hausten, richtete sie sich ein, auf dem Strohsack und mit der Decke ihrer Vorgängerin. Sie arbeitete in einer Ziegelei. Ihre Hände und Arme bedeckten sich mit Brandwunden. Ihre Haut nahm die rostrote Farbe der Steine an. Eine Frau namens Polja Dubs und ein Mädchen, das Nadja hieß, kümmerten sich um sie in den ersten Tagen. Sie paßten auf, daß sie ihre Schüssel voll Suppe bekam, und beschafften ihr ein Paar Holzpantoffeln, damit sie nicht barfuß durch den Ziegelsplitt laufen mußte. Sie fragten sie nach der Kriegslage. Aber Rejka konnte nicht mehr sagen als den Namen ihres Städtchens und daß sie den Kanonendonner schon gehört hatte. Was sonst hinter ihr lag, verschloß sie in sich. Niemand fragte sie auch danach. Wer sprechen wollte, sprach von selbst.

Das Lager lag am Fuß eines Hügels, auf dem ein verfallener Turm stand, dahinter ging die Sonne auf. Früh und spät, vor ihren Baracken angetreten, sahen die Frauen diesen Turm an, er stand wie ein Wächter über ihnen, höher als jeder Stacheldraht. Aber manchmal, im Abendlicht, konnte man denken, von dort oben müßte das Ende der Gefangenschaft zu sehen sein. Eines Nachts, nach vielen Vorzeichen, die sie nicht verstanden hatte, entdeckte Rejka, daß sie schwanger war. Sie wachte von einem Schmerz auf und betastete ihren Bauch. Mit einemmal wußte sie, daß etwas in ihr lebte, ohne ihren Willen, ohne ihr Einverständnis. Mit offenen Augen lag sie bis zum Morgen starr inmitten der Schlafenden.

Eine Woche lang versuchte sie ihren Zustand zu verbergen. Den Blicken der anderen entging aber nicht ihre Blässe und nicht ihr Würgen bei der Wassersuppe, nicht die Veränderung ihrer Haut und nicht die Schwäche, die sie vor den heißen Ziegelstapeln befiel. An einem Abend fragte Polja Dubs streng: »Was ist mit dir los, aber sag die Wahrheit.«

Rejka lief hinaus, Polja folgte ihr. Sie setzten sich auf die Erde, den Rücken gegen die Wand der Baracke gelehnt. Rejka sprach stockend ein paar Sätze, Polja verstand.

Sie sagte: »Das ist schlimm. Aber schlimmer ist, daß du hier wegkommst, wenn sie es bemerken. Du wirst es vielleicht nicht glauben, aber das hier ist kein schlechtes Lager. Hier kriegst du ein paar Fußtritte und einen Schweinefraß und stirbst vielleicht an der Schwindsucht, aber nicht am Gas.« Sie zuckte die Schultern und deutete auf Rejkas Bauch. »Aber mit dem da …«

Rejka sagte mit erstickter Stimme: »Ich will es doch nicht. Ich will es nicht, hörst du? Sie haben am gleichen Tag meinen Vater erschossen, vielleicht war es derselbe. Ich will es nicht.«

»Du bist sechzehn?« fragte Polja.

»Ja«, sagte Rejka.

Am selben Abend sprang sie von ihrer Pritsche in der dritten Etage auf den Zementfußboden. Ihr Körper empfing den Schlag willig. Ein Schmerz fuhr ihr tief in den Leib. Die Frauen standen um sie herum, mit scharfen Linien in den Gesichtern, schweigend, jede mit ihren Gedanken für sich. Ohne jemand anzublicken, kletterte Rejka wieder auf die Pritsche und sprang abermals. Ihre Lippen waren schmal und weiß. Sie sprang zehnmal, und jedesmal gab es ein dumpfes, klatschendes Geräusch, als wenn ein Sack mit Korn zu Boden fällt. Das elfte Mal, schon auf dem Rand der Pritsche hockend, fiel sie zurück und kroch wimmernd unter ihre Decke.

Nadja streichelte sie.

Den nächsten Tag versuchte Rejka die Trage mit den Ziegeln anzuheben, an der sonst vier Frauen schleppten. Sie mußte sich in einen Winkel legen, so weh tat es ihr. Ein Posten, der sie von weitem liegen sah, warf einen Stein nach ihr, ohne sie zu treffen, und drohte ihr mit der Faust.

Am Abend sprang sie wieder. Sie hatte sich den Fuß aufgeschlagen und deshalb sprang sie in Holzpantoffeln, es knallte, als wenn Schüsse fielen. Schließlich blieb sie auf der Erde liegen, gekrümmt und das Gesicht verdeckt. Das Kind, das in ihren unverbrauchten Körper fest gekrallt war, wurde sie nicht los.

»Man müßte ihr in den Leib schlagen«, sagte eine der Frauen leise. Eine andere sagte rauh: »Wenn sie es bei den Steinen nicht losgeworden ist, wird sie es auch so nicht los.«

»Gott will, daß es geboren wird«, sagte eine Alte feierlich.

Rejka stützte sich auf ihre mageren Arme und sagte haßerfüllt: »Aber ich will es nicht.«

Man verschaffte ihr eine Arbeit in der Lagerküche, aber sie schonte sich nicht, auch wenn es möglich war.

Sie schleppte verbissen Wassereimer und hob den schweren Kessel. Doch wenn sie mit breiten Beinen auf dem Schemel saß und die faulen Kartoffeln säuberte, spürte sie ihre zunehmende Schwere. Für einen Augenblick vergaß sie alles und hörte neugierig auf den unaufhaltsamen zweiten Herzschlag in sich.

Der Sommer war trocken und heiß. Das kärgliche Gras um das Lager herum wurde gelb, der Hügel mit seinem Turm hatte eine rostrote Farbe. Die rumänischen Polizisten, die das Lager bewachten, taten ihren Dienst mit Unlust, aber das lag wohl nicht an der Hitze, sondern am Gang des Krieges. Eines Morgens waren die Posten verschwunden. Zum zweitenmal in diesem Jahr hörte Rejka den fernen Donner der Kanonen. Während alle hinausstürzten, saß sie auf ihrer Pritsche und weinte.

Ein paar Frauen, darunter Nadja, liefen durch den Wald bis in die Nähe der großen Straße. Sie sahen deutsches Militär auf der Flucht.

Schon am Mittag fuhr ein Jeep mit vier Rotarmisten durch das Lagertor und bremste kreischend. Es war einen Moment lang ganz still, als müßte jeder noch einmal die Augen schließen und die Lunge voll Luft nehmen. Dann liefen von allen Seiten aus den Baracken Frauen auf das Auto zu, und alles, was sie bewegte, löste sich in einem lang anhaltenden grellen Schrei. Rejka lief ein paar Schritte mit, dann blieb sie stehen, ihre Beine waren zu schwer. Sie ließ die Arme hängen, ihr Leib stand weit heraus, es war, als wenn sich in diesem Augenblick auch das Kind nach vorn drängte.

Im Lager wurde eine Nachschubstation eingerichtet. Es gab jeden Tag neue Gesichter, und es gab Brot und Wurst und Suppe und Tee und manchmal Musik und Berichte und Pläne, zwölf unbegreifliche Stunden, die sich drehten wie ein Karussell. Es gab sogar Liebe. Auch zu Rejka kam ein Soldat. Er sah sie lange an, dann sagte er kopfschüttelnd: »Wie ernst du bist.« Rejka trug eine weite rumänische Uniformjacke, die ihr bis zu den Knien reichte und ihre Figur ganz verdeckte. Der Soldat nahm sie bei der Hand und stieg mit ihr auf den Hügel über dem Lager. Sie mußte manchmal verschnaufen, er war geduldig mit ihr. Er erzählte ihr von dem Dorf, aus dem er kam. Erst als er sie danach fragte, sagte sie ihm auch den Namen ihrer Stadt.

Sie war gespannt auf den Turm, den sie so lange nur von weitem gesehen hatte. Er war innen hohl wie ein Schornstein, seine Wände hatten Löcher, in den Winkeln zwischen bröckelndem Gestein lagen Exkremente. Aber man hatte einen weiten Blick von dort oben. Unter einem seidenen Himmel, der sich im Westen rot tönte, hob sich das Land in sanften Wellen bis zu einer Kette heller Spitzen, von denen Rejka wußte, daß es die Karpaten waren. Dorthin, zu den Bergen, war der Krieg gegangen. Man hörte ihn schon nicht mehr. Sie setzten sich nebeneinander in das spärliche Gras. Der Soldat legte seinen Arm um Rejkas Schulter. So hielt er sie ein Weilchen, dann drückte er sie zu Boden. Er schob ihre Uniformjacke hoch, über sich sah sie sein Jungengesicht mit bittenden Augen, und seine Hand berührte ihren harten runden Bauch. Er richtete sich erschrokken auf. Sie blieb auf beiden Schultern liegen und sah den Soldaten an. Sie sah ihn hilflos und hilfsbereit über sich gebeugt und konnte doch nichts dagegen tun, daß ihr eine lähmende Kälte in den Körper kroch, als läge sie noch immer auf einem anderen Stück Erde, in einer frostigen Nacht.

Er half ihr auf. Sie gingen bergab, es wurde dunkel. Am Lager vorbei fuhren mit abgeblendeten Lichtern Lastautos in langer Reihe. Der Soldat mußte fort. Im Lärm der Motoren gab er ihr die Hand zum Abschied.

Er fragte: »Wenn wir sie erledigt haben, soll ich dich suchen?« Sie schüttelte stumm den Kopf.

Er fragte: »Wirst du in deiner Stadt sein?«

Sie dachte nach und schüttelte wieder den Kopf. Er sah sie ratlos an. In Stiefeln, die zu groß waren, rannte er davon und fuhr dem Krieg hinterher.

Die Straßen waren verstopft mit Militärtransporten. Die Züge waren überfüllt und fuhren ohne Plan. Jeden Tag brach eine Gruppe Frauen auf und stürzte sich in das Abenteuer der Rückreise. Rejka gehörte zu denen, die noch blieben, Kranke, Unentschlossene, auch solche, die wußten, daß es niemand gab, der sie erwartete. Als Nadja ging, gab sie Rejka einen Zettel mit ihrer Anschrift.

»Komm dort hin, aber bleibe hier, bis du es hinter dir hast«, sagte sie.

Jeder sah, daß es nicht mehr lange dauern konnte. Wer Zeit hatte, gab Rejka ein freundliches Wort. Ihr Gesicht war mager, ihre Augen waren sehr groß. An der Grenze zum Häßlichen war sie schön.

Polja Dubs war noch da und blieb in Rejkas Nähe ohne viel Aufhebens. Einmal fragte sie: »Was denkst du jetzt darüber?«

»Ich denke nichts darüber«, sagte Rejka verschlossen.

»Jetzt wird es leben.«

»Ich will nicht, daß es lebt«, sagte Rejka so kalt, daß Polja erschrak.

Sie sagte: »Aber höre doch, Rejka, es wird dein Kind sein. Du wirst es aufziehen. Was können die Ungeborenen dafür? Es ist doch vorbei.«

»Nein«, sagte Rejka ruhig, »es ist nicht vorbei.«

Wie an jenem anderen Abend, an dem Rejka begonnen hatte, ihren Leib zu martern, saßen sie an die Wand der Baracke gelehnt, und vor ihnen, im milden Herbstlicht, erhob sich der Berg mit seinem entzauberten Turm.

»Freu dich doch ein bißchen, Rejka, freu dich doch«, sagte Polja leise nach einer langen Pause. Sie sprach nicht von sich. Sie hatte sich zur Armee gemeldet und wartete auf den Bescheid.

Am Tag, bevor Polja fort mußte, lag Rejka in der ehemaligen Wachstube auf einem Brett und preßte sich ein Handtuch in den Mund, sie wollte nicht schreien. Der Raum war kahl, vor dem Fenster hing eine Decke. Ein Soldat fuhr mit einem Lastwagen in die Stadt, die neun Kilometer entfernt lag, und holte einen rumänischen Arzt. Es war ein kleiner, freundlicher Mann in mittleren Jahren, der seine Instrumententasche auf den Boden stellte und sich lange die Hände wusch. Seine Fingerkuppen waren gelb vom Zigarettenrauch.

In den Pausen zwischen den Wehen, wenn sie still lag, erklärte er Rejka in ungeschicktem Deutsch, was sie tun sollte, um die Geburt zu erleichtern. Sie sah ihn schweigend an, ohne ein Zeichen, daß sie ihn verstand. Einige Stunden lang kamen die Schmerzen wie Wellen, die immer mächtiger wurden. Rejkas schweißnasses Gesicht war ganz weiß. Wenn sie die Augen öffnete, sah sie undeutlich ein Gesicht über sich und hörte Stimmen wie fernes Geräusch in einer von Blitzen zerrissenen Dunkelheit. Sie zerbiß sich die Lippen wie in der Nacht, als sie auf der Erde neben dem Stall gelegen hatte.

Als das Kind die Haut sprengte, die es umgab, als Blut und Wasser auf das Laken flossen, kam kein Ton über ihre Lippen, aber sie streckte sich mit starren Gliedern wie in einem Krampf. Sie wehrte sich. Der Arzt schrie sie an, er ohrfeigte sie, um sie zu sich zu bringen.

Rejka spürte die Schläge und war nicht verwundert. Sie fügten sich zu allem, was mit ihr geschehen war, sie fügten sich zu der tauben Ermattung, die sie mit einemmal befiel, und dann kam schon der Schlaf.

Polja Dubs wusch das Kind in dem warmen Wasser, das sie den ganzen Tag auf dem eisernen Ofen bereitgehalten hatte. Sie schüttelte es und hörte entzückt seinen ersten Schrei. Es war ein Mädchen. Sie wickelte es in ein großes Handtuch, trat an das Bett, rief leise Rejkas Namen, und als Rejka die Augen öffnete, beobachtete sie gespannt ihr Gesicht. Rejka sah auf das Bündel in Poljas Arm mit einem langen unbewegten Blick, es schien, als begriffe sie nichts. Dann drehte sie den Kopf zur Seite, und die Augen fielen ihr wieder zu. Polja Dubs legte das Kind in eine Kiste, die sie wie eine Wiege hergerichtet hatte und rückte sie Rejka zur Seite. Im Hinausgehen sah sie bekümmert zurück. Der Last des Kindes ledig, sah das Mädchen selbst wieder wie ein Kind aus, schmal und schwach und jeder Hilfe bedürftig.

Der Arzt trug sein Honorar unter dem Arm, ein Brot und eine Büchse Fleisch. Er wartete auf das Auto, hob seinen gelben Zeigefinger und sprach tröstend von der Kraft der mütterlichen Liebe.

Am nächsten Morgen ging Polja fort. Von dem Weg, den sie vor sich hatte, wußte sie nur den ersten Ort, an dem sie eine Uniform bekommen sollte. Alles, was sie mitnahm, waren ein Handtuch und ein Stück Seife und der Zettel mit dem Befehl.

Das Kind schlief in seinem Kistenbett, als sie ein letztes Mal zu Rejka kam. Polja betrachtete es lange. Sie hatte nie ein Kind gehabt. Aus ihrer Erinnerung kramte sie alles, was sie je über Neugeborene gehört hatte und sagte es Rejka, und sie sagte auch, was sie von dem Arzt wußte.

»Ich werde euch besuchen, wenn alles vorbei ist«, sagte sie. Rejka, die ihr die ganze Zeit zugehört hatte, schüttelte heftig den Kopf.

»Ich kann es nicht mitnehmen, versteh mich doch, ich kann es nicht mitnehmen.«

Polja widersprach ihr, so gut sie konnte, aber es war nicht viel Zeit zum Reden, es war Zeit für sie zum Fahren.

Der Soldat, der den Arzt geholt hatte, nahm sie mit bis zur Stadt.

»Ob man ein so kleines Kind weggeben kann?« fragte ihn Polja.

»Heutzutage?« fragte der Soldat zweifelnd.

Polja stieg in der Stadt aus. Sie suchte die Verwaltung, aber es war alles durcheinander. Schließlich lief sie von Tür zu Tür. Am Nachmittag fand sie ein jüdisches Ehepaar, das gerade zu Hause angekommen war, der Mann aus einem Arbeitslager, die Frau aus einem Versteck in einer anderen Stadt. Sie saßen fremd in dem einzigen Zimmer ihrer ausgeplünderten Wohnung. Als sie Rejkas Geschichte gehört hatten, weinte die Frau. Sie hatten ihre beiden eigenen Kinder verloren. Daß Polja zu ihnen gekommen war, erschien ihr wie ein Zeichen. Der Mann war Eisenbahnarbeiter. Er schwieg lange, dann sagte er, sie wollten überlegen, ob sie das Kind nähmen.

»Vielleicht ändert sich ihr Gefühl«, sagte Polja, »dann lassen Sie es ihr, aber wenn nicht, dann nehmen Sie es doch bitte.« Sie stockte und sah verlegen in die fremden Gesichter.

»Ich weiß, es ist viel verlangt«, sagte sie und setzte hilflos hinzu: »Es ist ein gesundes Kind.«

Währenddessen wechselte das Licht des Tages, Wolken zogen vorbei, Regen fiel, auf ihrem Bett in der Baracke liegend, hörte Rejka sein eintöniges Geräusch. Die Zeit, so schien es ihr, stand still. Sie fühlte sich matt, doch ohne Schmerz und ohne Erinnerung an Schmerz. Das Kind in seinem Kistenbett bewegte sich nicht, und in Rejka war kein Gefühl. Zwei- oder dreimal blickte jemand durch die Tür. Mittags brachten zwei Soldaten eine heiße Suppe und eine Flasche Milch. Sie sahen sich das Neugeborene an, das immer noch schlief, und lächelten Rejka zu. Rejka aß wenig.

Irgendwann, nach Stunden, begann das Kind zu weinen. Rejka erwachte aus einem Halbschlaf, sie richtete sich auf und sah zur Kiste hinüber und lauschte auf die dünne Stimme, und mit einer plötzlichen Genugtuung empfand sie, daß jetzt sie die Stärkere war. Dennoch, als das Weinen nicht aufhörte, beugte sie sich über das kleine Bett und sah mit ernsten Augen auf den sich hilflos bewegenden Mund, bis sie Schritte hörte. Angsterfüllt fuhr sie zurück, wie bei einer Handlung ertappt, die nicht mehr gutzumachen ist. Sie schlief wieder ein, und als sie abermals erwachte, war es Nacht, und der Regen klopfte noch immer auf das Dach, und das Kind rührte sich nicht, und dann wurde es hell und dieselben Soldaten brachten das Frühstück und später das Mittagessen und unterhielten sich darüber, wieviel Schlaf kleine Kinder brauchen und fragten Rejka, wie alt sie sei, und sie sagte es ihnen.

Am Nachmittag erhob sie sich auf schwachen Beinen, trat ans Fenster und sah den niedrigen Wolken zu, die plump über den Himmel zogen. Die Erde war kahl, der Sommer war vergangen. Eine kurze Zeit noch, und ich werde auch gehen, dachte sie. Ich weiß nicht, wohin. Das ist nicht schlimm. Ich werde gehen und gehen und mich niemals umsehen. Ehe sie sich wieder hinlegte, sah sie lange auf das Kind, es atmete kaum merklich. Sein winziges Gesicht war faltig und alt.

Am dritten Tag kamen der Mann und die Frau, mit denen Polja gesprochen hatte. Sie hatten den Weg zu Fuß gemacht, und Rejka sah sie vom Fenster aus näher kommen, einfache Leute, dunkel gekleidet, begleitet von einem Soldaten. Rejka nahm ihre Decke um die Schultern, die Leute, als sie eintraten, sahen sie so, mit dem Rücken zum Fenster, vor sich stehen, es überraschte sie, wie schmal sie war. Der Soldat als letzter schloß die Tür, der Mann nahm seine Mütze ab, die Frau sagte zögernd: »Bei uns war eine Frau Dubs...« Dann fiel ihr Blick auf die Kiste neben Rejkas Bett, und sie trat mit einem Ausdruck von Rührung darauf zu. Sie sah die fahle, sehr trockene Haut des Kindes und erschrak. Sie berührte sein Gesicht, und ihre Hand spürte die Kälte. Sie sah ratlos zu Rejka und beugte sich wieder über das Kind, dann rief sie entsetzt: »Was ist denn? Es ist ja tot!«

Rejka nickte und sagte einfach: »Ja, es ist tot.«

Sie sagte es, aber sie begriff es nur ungenau. Es ist also wieder fort, dachte sie. Es war gekommen und war gegangen, sie hatte es nicht berührt. Erst dann verstand sie, was die erstarrten Gesichter sie fragten.

Sie rief entsetzt: »Was wollt ihr von mir? Ich habe nichts gemacht, ich habe es nicht angefaßt. Ich habe nichts gemacht.« Und dann begann sie zu weinen, aufrecht stehend, die Hand vor das Gesicht geschlagen, am ganzen Leib geschüttelt, ohne Trost.

Als die Frau und der Mann und der Soldat zum Lagertor zurückgingen, schien eine schmerzende Sonne, zum erstenmal seit Tagen.

»Der Krieg beginnt, ehe er ausbricht«, sagte der Mann.

»Und an seinem letzten Tag ist er nicht aus.«

Der Soldat spuckte auf die herbstliche Erde.

Ein paar Tage später fuhr Rejka fort, in einem überfüllten Zug, in dem es alles gab, was der Tag zu bieten hatte, Schmerzen, Schnaps, Gesang und Hoffnung, fuhr zurück in das Land, in dem ihre Väter nicht mehr lebten.

Begräbnis einer Gräfin

Die Gräfin stirbt an einem Märztag des Jahres zweiundfünfzig, umstanden von zwei Cousinen, einer Nichte und dem Hausarzt der Familie von Berg. Sie stirbt in Klapper, nicht weit von Lüneburg.

Die Gräfin heißt Henriette Else Amalie von Mollwitz, geborene von Berg. Sie liegt unscheinbar in den Kissen, ein kleines Gesicht, energisch und nicht schön, über einem mageren Körper, der im Rücken etwas verwachsen ist. Doch hat sie in ihm einen Sohn ausgetragen, den nachmaligen Rittmeister Paul von Mollwitz, den eine Kugel bei Waldai in den Kopf getroffen hat. So gab sie, wie Superintendent Schmaus in seiner Predigt sagt, dem Vaterland, was des Vaterlandes ist und hat doch dem Unglück nicht wehren können, denn neben dem Sohn ist ihr auch die Heimat verloren, der Trost, im Alter die Wege der Kindheit zu gehen. Hier steigen Tränen in etliche Augen, in anderen Mienen steht eingetrockneter Gram. »Herr, befiehl mir deine Wege«, singt ein gemischter Chor. Dann schreiten die Leidtragenden gemessen zu ihren Autos. Die Gräfin bleibt allein zurück in ihrem Etui aus warmem Eschenholz und wartet auf die Bediensteten des Beerdigungsunternehmens »Eos«, denen das weitere anvertraut ist.

Nicht in lüneburgischer Erde will sie ruhen. In ihrem Testament ist alles geordnet. Sie vermacht einhundertundvierzehn Stück Silber, Messer, Gabeln, Löffel, Teller, Terrinen, Schüsseln und Serviettenringe, Altsilber mit dem Wappen der Mollwitz, ihrer Nichte, bei der sie solange gelebt hat. Ferner vererbt sie 2500 Morgen Land ihrem Neffen. Allerdings, wie der an sein Erbteil kommen soll, das weiß er nicht. Das Silber liegt im Kasten, aber das Land liegt auf Usedom, wo die Russen herrschen und diese anderen, das Arme-Leute-Regime. Und die Strecke dahin ist sieben Jahre lang und wird jeden Frühling ein Jahr länger, wenn auch die Gräfin im Hoffen nicht verzagt hat, auch im Tod nicht, nur dort, steht in ihrem Letzten Willen, unter den Bäumen, die sie hat wachsen sehen, will sie begraben sein.

Verständlich jedem. Und doch erscheint die Vorstellung, daß man die sterbliche Hülle der Verblichenen allein auf die Reise schicken soll, wie eine Postsache, versehen mit der Ortsangabe, aber ohne Empfänger, den Hinterbliebenen solange befremdlich, bis Herr von Berg, der Neffe, einen bestimmten Gedanken äußert. »Deutschland«, sagt er, »hat seine Toten immer in fremder Erde zurückgelassen. Warum soll es sie diesmal nicht vorausschicken?« – »Noch dazu in die eigene Erde«, sagt Frau von Berg.

Insofern ist es günstig, daß man sich des Unternehmens »Eos« bedienen kann. Ihm steht ein Herr Bastmann vor, dicklich von Gestalt und Gesicht, bewandert in allen Fragen der Erd- und Feuerbestattung und unaufdringlich routiniert in der Abwicklung der deprimierenden Formalitäten. Aber nicht das macht in dem besonderen Fall seine Eignung aus, sondern daß es Bastmann zweimal gibt. Und »Eos« gibt es zweimal. Und zwischen beiden ist ein Strich auf der Landkarte, Markierung zwischen zwei Landkreisen ehedem, aber jetzt ist hier die Haut des Planeten geritzt. Nur mit besonderen Papieren fährt man hinüber und herüber, unter Wachtürmen entlang, an Drahtsperren vorbei, die gelten für die Lebenden. Doch auch die Hingeschiedenen, die zuweilen die Seite wechseln, um auf benachbartem Friedhof auszuruhen, neben den Anverwandten, brauchen bestimmte Regelungen für ihre letzte Fahrt. Und die besorgen im lokalen Rahmen

Bastmann und Bastmann, »Eos« und »Eos«, renommiert im kleinen Grenzverkehr der Toten. Wenn Bastmann und Bastmann, Zwillingsbrüder, rund und gesund und kaum auseinanderzuhalten, unter dem Schlagbaum ihre Leichen tauschen, scheinen sie manchem wie ein Abbild des versöhnlichen Wortes vom alles gleichmachenden Knochenmann. Was sie in ihren Kisten fahren, ist des irdischen Haders ledig. Wofür ein Herz auch geschlagen hat, am Ende ist es ein Muskel, ein schwächer werdender, ein stillstehender, Gewebe einfach, Staub schließlich, nicht Oststaub, nicht Weststaub, nur Staub. So sehen es jedenfalls die Brüder Bastmann, zwei Männer des Ausgleichs, dem ewigen Frieden arbeitsmäßig verbunden und dem irdischen durchaus zugetan, zumal, wenn man bedenkt, was der Krieg dem Bestattungsgewerbe an Kunden entzieht. Eine grobe Erwägung vielleicht, aber nicht von der Hand zu weisen für ein Trauermagazin.

Des einen Bastmann Leute also holen die Gräfin, wie besprochen ist, aus der stillen Kapelle in die Räume des Instituts. Ungerührt, aber behutsam, heben sie die Zierliche aus ihrem Gehäuse und betten sie in ein zinkenes Gefäß, backformähnlich. Darauf kommt eine Platte aus Metall. Zischend fließt Lötzinn in die Fugen zwischen Deckel und Wand.

Der andere Bastmann wartet schon, den Kühler seines schwarzen Autos ostwärts. Die Posten, angesichts des so gewohnten Vorgangs, prüfen die Papiere formlos. Die betrübliche Konserve wechselt das Gefährt.

Ein Schneeregen geht nieder. In mittlerer Geschwindigkeit, wohlverwahrt, fährt die Gräfin den Weg, den sie in Armut gekommen ist, zurück zu Korn und Rübenfeld, zu Wiese und Wald, zu Stall, Scheune, Schnapsbrennerei und Schloß. Sonntagabend, von niemand gesehen, fährt Bastmann vor das Pfarrhaus. Der Pfarrer, ein verwitweter Mann, schläft schon, nachhaltiges Klopfen weckt ihn, er öffnet, Bastmann tritt ein, bringt eine Menge Schriftliches:

die Überführungserlaubnis des Landrats von Lüneburg, das kollegiale Schreiben des Superintendenten Schmaus mit kurzer Darstellung der schon gehabten Trauerfeier, den Brief des jüngeren Herrn von Berg, in persönlichem Ton, der die Beisetzung, gegen die Bedenken wohl nicht erhoben werden können, vertrauensvoll in die Hände des Herrn Pfarrers legt, von dem, so ist weiter zu entnehmen, die nun Erlöste nicht selten gesprochen hat. Man hofft, er sei trotz verworrener Zeit wohlauf. Der Pfarrer überliest alles, auf der Stelle, ohne sich hinzusetzen, nie hat man von solch einer Rückkehr gehört, die Folgen sind unabsehbar, ihm fällt ein, daß er seit einem Jahr pensioniert ist.

»Ich bin pensioniert«, sagt er zu Herrn Bastmann. »Ich bin nicht mehr im Amt.«

Das jedoch kann Bastmann nicht kümmern, darf ihn nicht kümmern, ein anderer Trauerfall erfordert seine Rückfahrt, dreihundert Kilometer bei der Glätte.

»Mein Amt hier ist ja auch zu Ende«, sagt er zu Herrn Nothsack, so heißt der Pfarrer.

Der seufzt, zieht seinen Mantel über, ratlos in diesem Augenblick, aber natürlich nicht tatlos, wenn ein Sterblicher vor seinen Richter getreten ist. Er setzt seine Baskenmütze auf, und dann tragen sie den glatten, kalten Behälter in die Kirche hinüber, stoßen polternd an Tür und Wand und stellen die Gräfin endlich auf die abgetretenen Steinfliesen zu Füßen des Gekreuzigten. Und falls der sie nicht ohnehin ständig sieht, wenn es hell wird, wird er sie erblicken.

Wer außer ihm? Und mit welchem Zug um den Mund? Das fragt sich Nothsack und schläft nicht wieder ein. Denkt besonders ungern an den einäugigen Ortsfremden, Brause mit Namen, Bürgermeister, weil es zum Bauern nicht gereicht hat, noch früher ist er nach eigenem Eingeständnis etwas gewesen, was den Pfarrer schon des Namens wegen mißtrauisch machen muß: Anarcho-Syndikalist. Dann gibt es den Ortsvolkspolizisten

Mattfeld, ausgerüstet mit Pistole, Fahrrad und Notizblock, ein stilles Kind vor Zeiten, getauft und eingesegnet, und auch jetzt ein ruhiger Mensch, allerdings aus der Kirche ausgetreten, aus Gründen seiner Laufbahn. Geht vielleicht den die Gräfin etwas an? Und dann gibt es ein paar Saufbrüder und Schwängerer, die die Traktoren bedienen und meist nur bleiben, bis ihre Früchte reifen, und das dauert kaum ein Jahr. Können die etwas gegen die Gräfin einwenden, die stille tote Gräfin? Und dann gibt es den gewesenen Fremdenlegionär Pepel, der in eheähnlicher Gemeinschaft mit der Tochter des Postbeamten lebt, der soll sich an die eigene Nase fassen. Und dann gibt es den früheren Leiter der Abteilung Ablieferung im Kreismaßstab, der ist durch Heirat Bauer geworden und jetzt, wie jeder weiß, betrügt er die Erfassungsbehörde, weil er alle Schliche kennt. Und dann gibt es den entlassenen Politoffizier der kasernierten Polizei, der war ins Dorf zurückgekommen und wollte alles auf der Stelle verändern, wissenschaftlich, und weil er den richtigen Ton nicht fand und weil es nicht ging, wie er dachte, verzankte er sich mit allen, auch mit seinen eigenen Genossen, und schließlich weigerte er sich, zur Wahl zu gehen, weil sie nicht frei war, wie er sagte, nur die ehemalige Gutsköchin und er blieben zu Hause. Aber nicht jeder hat so einen ins Auge springenden Lebensweg aufwärts oder abwärts. Fast zweihundert andere sind noch da, Eingesessene und Zugesiedelte, Christenmenschen und Parteimenschen und oft beides, alle beugen sich über den gleichen Boden und haben die gleiche Erde unter den Nägeln. Was mögen die denken hinter ihren Stirnen rot und weiß, geteilt vom Mützenschirm? Früher war es schwer, heut ist es nicht leicht, denken krumm vom Bücken vielleicht die Alten. Die Jungen denken vielleicht an Motorräder.

Nothsack, ein Mann, an den Rand geraten, verdammt nicht alles, was er sich ändern sieht, und bewahrt doch ein warmes Erinnern an vergangene Tage, in denen die

Frau, die jetzt kalt in ihrer Kiste liegt, in der reservierten Bank saß, Patronin der Kirche, eine kleine steife Billigung im Gesicht, während Nothsack nach einfachen, bildhaften Worten suchte, es schien ihm, als streichle er damit tröstend über die dumpfen, vor ihm geneigten Köpfe, die er liebte.

Der Graf von Mollwitz war, wenn der Pfarrer für Gottes Allmacht zeugte, nicht so oft sein Gast. Der war ein großer schwerer Mann mit rotgeäderten Wangen, eine gute Partie für das schiefe kleine Freifräulein, aber in Wahrheit ist sie die Partie gewesen, denn das Gut war pleite, als sie den Grafen heiratete, und ihr Geld machte es mühsam rentabel. Der Graf stand als Major bei den Kürassieren in Pasewalk, und obwohl es das Regiment der Kaiserin war, soff er über alle Maßen, und als es keine Kaiserin und keine Kürassiere mehr gab, konnte er schon gar nicht damit aufhören, auf seinen Blutdruck achtete er nicht.

Eine tränenlose Gräfin stand an der Erbgruft, in die man den Grafen senkte, der Kriegerverein aus Greifswald spielte das Lied vom guten Kameraden, das Dorf schritt hinter dem Sarg und bestaunte die feine Verwandtschaft.

Wer hat da ahnen können, daß die Gräfin eine einsame Reise unternehmen wird, eingelötet, um nach dreißig Jahren neben dem Gatten zu ruhen, während Nothsack, noch immer am selben Ort, über diesen letzten Wunsch nicht froh sein wird, sondern schlaflos.

Der Superintendent Kunefke in der Kreisstadt Usedom, den er in aller Frühe anläutet, ruft »Mann Gottes« in das Telefon, womit er recht hat, aber ein Ratschlag ist das nicht. »Hören Sie sich doch mal um, Herr Amtsbruder.«

»Das ist es ja, ich bin nicht mal mehr im Amt«, sagt Nothsack. Er geht dann zu Fetzer, dem Kirchenältesten, der mistet seinen Schweinestall aus und sieht dem Pfarrer verwundert entgegen. Nothsack fragt nach Ferkeln und Kühen und Hühnern und nach Frau Fetzers Gesundheit, aber dann sagt er entschlossen: »Die Gräfin ist wieder da.«

»Was, unsere Frau Gräfin?« fragt Fetzer.

»Gestern abend, das heißt, eigentlich schon nachts«, sagt Nothsack, »ich hatte schon geschlafen oder fast geschlafen, also da klopft es. Erst leise, dann laut. Man brachte mir den Sarg.«

»Ach, sie ist tot«, sagt Fetzer.

»Tot«, sagt der Pfarrer.

»Vielleicht gehen wir mal in die Stube«, sagt Fetzer.

Frau Fetzer wischt die Wachstuchdecke ab und stellt zwei Gläser melkwarme Milch auf den Tisch, aber dann macht Fetzer mit bedeutsamem Gesicht die Tür vor ihrer Nase zu, und sie trinken jeder einen tiefen Schluck, der nach Kuh und Heu schmeckt, und Fetzer wischt sich mit seinem breiten Handrücken über den Mund und sagt: »Na, das gibt einen Skandal.«

Der Pfarrer sieht ihn mißbilligend und zugleich hilfesuchend an. »Ich fühle als Christ natürlich eine Verantwortung dafür, daß sie unter die Erde kommt, wenn sie einmal da ist.«

»Das stimmt, das fühlt man«, sagt Fetzer. »Und tot ist schließlich tot. Ich meine, sterben müssen wir alle.«

»Das Problem«, sagt Nothsack, »ist natürlich diffizil. Das heißt, ich fürchte, man wird von gewisser Seite ein Problem daraus machen. Obgleich ein Toter keinem Lebenden zu nahe tritt. Und schließlich hat sie hier viele Jahre lang gewirkt. Was glauben Sie, wird sich die Gemeinde für Ansichten bilden?«

»Ja«, sagt Fetzer, »ja. Da mag jeder so seine Meinung haben. Die Altbauern und die vom Gut und die Umsiedler auch, die kannten sie übrigens ja gar nicht. Also die älteren Leute, so wie unsereiner, ich meine, begraben muß sie werden, das steht ihr zu, und von mir aus soll sie, und warum eigentlich nicht hier. Aber was sagen die?«

Er weist mit dem Daumen zweimal über die Schulter.

»Sie war nicht für Hitler. Das weiß ich positiv«, sagt der Pfarrer. Fetzer nickt. Sie trinken die schöne warme Milch aus. »Man sollte jede Sensation vermeiden. Und die Würde des Todes achten«, sagt Nothsack bekümmert, ehe er geht. »Sie können sich ja mal umhören, Herr Fetzer.«

Fetzer hört sich um. Und indem er sich umhört, vertraulich versteht sich, kommt die Kunde von der Gräfin Wiederkehr, geflüstert, nicht geglaubt, doch geglaubt, bestaunt, begrinst, unter die Leute. Als die Sonne hoch steht, geht die Gräfin schon, ein mittägliches Gespenst, geheimnisvoll durch das Dorf und blickt in die niedrigen Fenster, hinter denen ein Gemunkel beginnt. Erst gegen Abend allerdings erreicht das Gemunkel den örtlichen Volkspolizisten Mattfeld, als der mit seinem Rad auf den Hof des früheren Gutsschäfers Peetz kommt, um sich einen Beutel Hühnerfutter zu holen.

»Du hast es wohl noch nicht gehört?«

»Was habe ich noch nicht gehört?« fragt Mattfeld. Und läßt danach sein Hühnerfutter stehen und radelt mit knirschender Kette zum Bürgermeister, der gerade sein Büro abschließen will, in dem die Genossen Grotewohl und Ulbricht auf gilbenden Fotos hängen und sehr jung aussehen.

»Paß auf, was ich gehört habe«, sagt Mattfeld außer Atem.

Brause, hinter seinem Tisch, fühlt, wie ein Schmerz von innen her in seine Stirn sticht, genau über seinem toten Auge, in die Braue, in die sich einmal im Bruchteil eines Herzschlags ein Splitter Stahl gesägt hat. So ist es immer, wenn ihn eine Aufregung befällt oder eine Verlegenheit oder selbst eine Lust. Blut, das in den Kopf steigt, meldet sich so. Und nicht, daß eine Gräfin aufgetaucht ist, erschüttert ihn im ersten Augenblick, sondern daß er, noch immer ein Zugereister, es erst jetzt erfährt, anstatt am Morgen oder wenigstens am Mittag oder weiß der

Teufel wann; den Kadaver des Feudalismus schiebt man ihm unter, und er merkt es nicht.

Mattfeld zur Seite, läuft er zum Pfarrhaus. Nothsack öffnet und bemerkt, daß nicht nur Brauses gläsernes Auge funkelt.

»Ich habe Sie schon erwartet, Herr Bürgermeister. Kommen Sie doch herein, Herr Bürgermeister.«

Politik macht man mit der Ruhe, und wenn es noch so schwerfällt, immer mit der Ruhe, sagt sich Brause und bleibt auf der Türschwelle stehen. »Sie sollen in der Kirche eine ortsfremde Leiche aufbewahren, Herr Nothsack. Ist das so?«

»Zu meiner eigenen Überraschung«, sagt der Pfarrer. »Zu meiner Überraschung kam gestern abend, es war schon dunkel, ich schlief schon, ein Wagen, ein ordentlicher Leichenwagen, und brachte auf dem Wege der Überführung von Lüneburg den eingesargten Körper einer Verstorbenen, dem die normalen Papiere beilagen, so daß mir die Formalitäten geklärt zu sein scheinen.«

»Dann zeigen Sie mal die Papiere.«

»Gewiß«, sagt der Pfarrer und tritt ins Haus zurück, um sie zu holen. Nur den Brief des jüngeren Herrn von Berg, obgleich auch der ihn schuldlos angetroffen hat, behält er für sich.

»Und handelt es sich hierbei«, fragt Brause nach einem langen Blick auf Daten und Stempel, »um die in früheren Zeiten hier ansässige Gräfin Henriette von Mollwitz?«

»Allerdings.«

»Um Mißverständnisse auszuschließen, die Gutsbesitzerin?«

»Diese.«

»So«, sagt Brause. »Die Leiche und alle dazugehören den Schriftsachen sind beschlagnahmt.«

»Dabei befindet sich der Brief eines Amtsbruders an mich persönlich.«

»Das werden wir prüfen. Übrigens sind Sie nicht mehr im Amt.«

»Das spielt doch keine Rolle.«

»Ihre Ansicht«, sagt Brause. »Nach meiner Ansicht spielt jetzt alles eine Rolle. Jede Kleinigkeit, verstehen Sie?«

Er steckt die Papiere ein, läßt den Pfarrer stehen und geht mit Mattfeld, dem Schweiger, wieder die Dorfstraße lang, vorbei am Kriegerdenkmal von vierzehn-achtzehn und am Konsum. Es ist schummrig, in den Fenstern geht das Licht an, lauter viereckige Blicke, gerichtet auf Brause.

»Vielleicht ist es eine Provokation«, sagt Mattfeld.

In Brauses Braue sticht es, Gott, ist der langsam, was soll es sonst sein?

»Indem, daß man uns täuscht«, sagt Mattfeld. »Vielleicht ist gar nichts drin in dem Sarg. Oder«, setzt er nach einer Pause hinzu, »was anderes.«

Reiner Quatsch, ausgeschlossen auf den ersten Blick. Aber auf den zweiten?

Wenn das kaum Glaubliche geschieht, daß an einem Märzabend des laufenden Jahres, unangemeldet, hinter dem Rücken des örtlichen Staatsapparates, sich die Vergangenheit ins Land schleicht, getarnt als Leiche sozusagen, obwohl doch die Genossen, die die Grenze bewachen, genug Instinkt haben sollten, solche Manöver zu durchschauen, wobei natürlich auch ein Versehen vorliegen kann; immerhin, wenn es also geschehen ist, warum nicht auch anderes, das noch keinen Namen hat, bis man dahinterkommt? Der Sarg zum Beispiel kann leer sein, ein erdenschwerer, nach unten steigender Versuchsballon, und was machen wir damit? Wir machen uns zum Beispiel lächerlich. Abgesehen davon kann in einem Sarg tatsächlich jegliches Ding aufbewahrt sein, beliebige Gegenstände, soviel wie reingehen. Jedenfalls scheint es Brause, so bedacht, daß die Fortbildungslehrgänge, die

Mattfeld von Zeit zu Zeit besucht, ihren Wert haben, dort bringen sie den Jungens die Technik verblüffender Vermutungen bei.

Der Pfarrer sitzt unterdes in seiner Küche, die ordentlich und kaum benutzt aussieht. Er hat sich zitternd mit der Schöpfkelle Wasser eingefüllt, er trinkt in kleinen Schlucken, die Tasse immer wieder abstellend, mit dem Handballen reibt er sich die Brust über dem Herzen. Doch noch ist die Prüfung nicht von ihm genommen, es klopft, und wieder steht Brause in der Tür mit flammendem Mal über dem Kunstauge.

»Wir möchten mal in den Sarg sehen.«

»Jetzt?«

»Auf der Stelle.«

Nothsack nimmt den Kirchenschlüssel vom Brett und setzt wie am Abend zuvor seine Baskenmütze auf.

»Ist Ihnen der Begriff Pietät geläufig?«

»Es besteht ein gewisser Verdacht«, sagt Mattfeld.

Nothsack mit erhobener Stimme: »Es handelt sich um einen verschlossenen Metallsarg.«

Brause, sachlich: »Wie macht man den auf?«

»Gewöhnlich macht man ihn nicht auf, nehme ich an.«

»Hammer und Meißel«, entscheidet Brause.

Mattfeld läuft nach Handwerkszeug, der Bürgermeister und der Pfarrer gehen schweigend zum Gotteshaus, und Hammer und Meißel klingt Nothsack im Ohr nach wie Hammer und Sichel, die Zeichen einer anderen Zeit, die auch ihren Stern hat, fünfzackig, nicht den. von Bethlehem. Licht geht an in der Kirche, es riecht wie immer nach kühlem Staub, vor den altersdunklen Bänken steht das stumpf schimmernde Metallgefäß die letzte Minute in Frieden.

»Aha«, sagt Brause bedeutsam.

Nie ist so ein Lärm an diesem Ort gehört worden. Eisen schlägt auf Zink. Nothsack will sich zurückziehen, aber eine schmerzliche Neugier hält ihn fest, duldend neben dem verbissenen Brause und neben Mattfeld, der stetig hämmert. Zinkspäne fallen, der Deckel klappt auf. Auf weißem Laken liegt die Vermutete, ein Kissen unter dem dünnen, frisierten Haar, die Lider durchsichtig über eingesunkenen Augäpfeln, den schmalen Mund geschlossen, die Hände gefaltet über einem anderen Tuch, das den kindlichen Körper verdeckt, nun ist sie wirklich angekommen. Dank Bastmann, Lüneburg, oder auch dank des Märzwetters, das immer noch Bodenfrost bringt, riecht sie nach nichts.

»Ist sie das?« fragt Brause.

»Es bestand kein Grund, daran zu zweifeln«, sagt Nothsack.

Mattfeld sagt ein bißchen enttäuscht: »Ja, ja, das ist sie. Erstaunlich. Man erinnert sich kaum noch.« Er klappt den Deckel wieder zu. Sie passen auf, daß der Pfarrer die Tür richtig verschließt. Vor den Häusern stehen die Leute im Dunkeln und sehen neugierig zur Kirche hinüber.

Brause und Mattfeld trennen sich. Brause läuft zu Schulze, Wegentin, Löffler, Suckow und Pohl, fünfmal Abendbrot bei seinem Auftritt, er spürt dabei seinen leeren Magen. Also rennt er noch zu Hause vorbei, läßt sich eine Stulle mit Speck belegen und sagt seiner Frau, daß es spät werden wird. Mattfeld radelt währenddessen zur MTS-Baracke und bringt diesen und jenen auf die Beine, zwei sind allerdings unterwegs mit Dorfdamen. Insgesamt machen sich unter einem großen steigenden Mond vierzehn Leute auf den Weg, nicht gerade glücklich über den Umstand, und treten in der Diele des Schlosses zusammen wie immer, Tagesordnung nicht wie immer.

»Wir als Partei«, sagt Brause zu Anfang und wirft gleich die Frage auf, warum ihm niemand was gesagt hat, wenn doch schon das Gerücht umlief. Die von der MTS wollen nichts erfahren haben, aber Pohl sagt: »Ich dachte, du weißt es schon.«

Und Suckow bohrt sich mit dem Finger im Ohr und sagt: »Die ganze Gräfin ist mir zum Beispiel ziemlich egal.«

Brause fühlt seine Narbe.

»Weil bei dir überhaupt alles egal ist, was?«

Das freut jeden außer Suckow, denn es bezieht sich darauf, daß der sich letzten Winter nach dem Verzehr von einundzwanzig Doppelkorn zu seiner Schwiegermutter gelegt hat, irrtümlich, wie er wiederholt erklärt hat, es ist ein Problem innerfamiliärer Natur und gehört demzufolge nicht hierher.

»Wir als Einheitspartei«, beginnt Brause noch einmal. Und dann wird sich die Partei uneins, hier und in der Stunde. Teilt sich in Erinnern und Nichterinnern, und auch die Erinnerungen teilen sich, die Redensarten kommen zu ihrem Recht, das Gute behält man, das Schlechte vergißt man, gewiß, so ist es, man soll die Toten ruhen lassen, wer wirft den ersten Stein, weiß Gott, es gab Schlimmere. Also soll sie beerdigt werden? Das kann ihr so passen. Lebendig darf sie nicht wieder her, das ist klar, aber tot? Es ist kalt in der Schloßdiele. Alle haben Joppen und Mäntel an und hocken unbehaglich auf den Stühlen. Und die vorige Zeit ist eingetreten, ohne anzuklopfen, Kindheit und lebenslange Gewohnheit, hat einen bitteren Geruch, aber auch einen lieblichen. Warum also soll sie nicht hier ruhen, die Gräfin, die dazugehört hat, wenn auch nicht gerade das letzte Stück. Aber wo soll sie denn liegen, die Gräfin? Etwa wo sie will, neben dem Grafen, unter dem Steinsockel mit dem Wappen der Mollwitz? Und warum nicht? Sonst will da sowieso keiner hin, da ist sie isoliert, ist das nicht ein Argument? Und soll sie etwa durch die Platanenallee fahren, die man den Herrenweg nannte? Ach, warum soll sie nicht, jetzt wächst das Gras dort, weil der Herrenweg ein Umweg ist. Mensch, Schulze, Zickenschulze, wer hat dir dein Land gegeben, die Gräfin oder wir? Was hat das damit zu tun? Das hat eine Menge damit zu tun. Nein, dort soll sie nicht liegen, und da soll sie nicht langfahren, sie soll in die Ecke des Friedhofs, wo man die Armen begraben hat und die französischen Gefangenen auch, oder besser noch, sie soll hinter die Mauer, wo die Selbstmörder hinkamen, in ungeweihte Erde, obgleich das vom marxistischen Standpunkt aus keine Strafe ist. Sagt da einer, das ist Leichenschändung? Genossen, überlegt eure Worte. Mann, was kratzt uns die, wenn sie tot ist? Man soll auch nicht vergessen, daß sie den Wöchnerinnen Brühe geschickt hat, einen Topf Hühnerbrühe, immer, wenn eine Frau vom Gut ins Liegen kam, das hat sie von sich aus getan, und mit den Kriegsgefangenen hat sie französisch gesprochen. Und wenn die so schwer arbeiten mußten und so wenig zu essen kriegten, daß acht daran umkamen, junge, gesunde Männer, da hatte sie selbst ja nichts mit zu tun, das machte alles der Inspektor Nagel, der war ein Scharfer und ein scharfer Nazi dazu. Aber die Gräfin selbst war nicht für Hitler. War sie vielleicht gegen Hitler? War sie, war sie. Oder vielleicht auch nicht. Jedenfalls nicht so sehr. Man soll auch Ihlenfeld nicht vergessen. Ihlenfeld, das wissen nur noch die Älteren, die auch noch wissen, wie damals, vor Hitler, im Dorf gewählt wurde, in eine Margarinekiste und immer deutschnational, und am Abend war Freibier. Aber all die Jahre gab es immer eine Stimme für die Kommunisten, nur eine, und die blieb auch allein, aber gerade deshalb machte sie Eindruck, wenn auch nicht auf der Wahlliste. Niemand brachte heraus, wer dahintersteckte, bis der Tagelöhner Ihlenfeld sich mal verquatschte, als er sich besoff, weil er Vater geworden war. Da hatte man ihn. Die Gräfin entließ ihn mitten im Winter. Er mußte aus seiner Wohnung und lief mit seiner Frau und dem Neugeborenen, einen Handwagen hinter sich, über die ganze Insel, aber sie sagten auf den anderen Gütern Bescheid, so daß ihn niemand anstellte. Sie sind bis nach Anklam gemacht, dort ist er in der Zuckerfabrik untergekommen, und weiter ist ihnen nichts passiert, nur das Kind ist gestorben beim Herumziehen in dem Frost. Nein, selbst in die Ecke zu den Ärmsten soll sie nicht, mit denen hat sie nichts gemein gehabt, im Leben nicht, warum also jetzt? Deswegen ist sie trotzdem nur eine tote alte Frau. So tot nicht. Ganz tot. Nicht als politischer Fakt, mein Lieber, Mensch, sieben Jahre sind lang. Sieben Jahre sind kurz. Was soll man denn machen? Nicht soviel Theater vor allem, um fünf ist die Nacht zu Ende. Also was? Dann muß sie wieder hin, wo sie hergekommen ist, rüber, ab. Geht denn das? Natürlich geht das. Und das Wort Leichenschändung, das hier schon zum zweitenmal fällt in dem Zusammenhang, ist eines Genossen unwürdig. Wir nehmen sie nicht, und damit fertig.

»Nobel«, sagt der ehemalige Gutsschäfer Peetz, »nobel ist das nicht.« Wo hat der so ein Wort her?

»Das Handzeichen«, fordert Brause. Neun zu fünf dafür, daß sie weg soll. Das reicht. Aber alle sind verärgert.

Wohin die Gräfin zurückkommen will, das ist ein schönes Land. Feld und Wald wechseln sich ab, Apfelbäume stehen in Alleen, die Luft ist herb und sauber, und dem Himmel, hoch und durchsichtig oder voller niedrig hängender Wolken, sieht man an, daß er gleich nebenan auf das Meer herabblickt, er hat dessen Farben und Launen. Im Winter, in kalten Nächten, hört man das Eis singen und bersten, und durch die Spiegeldecke der Wiesenbäche sieht man bis auf den kiesigen Grund, über dem todesträge die Fische schlafen. Wenn es taut, werden die Wege grundlos, eine Welt für Gummistiefel. Der Schlamm ist fett und verrät schon, was der Sommer bringen wird, Lupine, Korn, Kartoffeln und Rüben, alles die Menge, und die Rüben so stark, daß sie sich im Herbst, wenn schon der Reif auf die Felder fällt, kaum aus dem Boden brechen lassen.

Das Schloß hat sechzehn Zimmer und eine Halle und einen Wintergarten und eine Terrasse mit einer Freitreppe, die Allee aus Platanen läuft darauf zu. Über den roten Ziegelsteinhäusern der Gutsarbeiter, die nun Bauern sind, erhebt es sich noch immer haltbar. Nur der Fassade fehlt hier und da der Putz, der Wintergarten hinter verstaubten Scheiben ist leer, im ersten Stock wohnen zwei Familien, deren Ofenrohre aus den Fenstern ragen, und im Erdgeschoß ist die Dorfbibliothek untergebracht, von einem blonden Fräulein Schmieder verwaltet, die es bei ihren Kunden vor allem mit den russischen Büchern schwer hat, wegen der seltsamen, offensichtlich ohne Rücksicht auf den deutschen Leser ausgedachten Namen, Iwan Fedorowitsch Potempenko oder Kyrill Afanassewitsch Baranikow-Tulin etwa. Wer, nachdem er tagsüber einen Dreschkasten hat heulen lassen, soll sich so etwas merken? Und man sieht daraus übrigens klar: Die Russen sind eben doch keine Deutschen.

Zur Stadt Usedom hin läuft eine schmale, abgenutzte Straße. Daneben, an Holzmasten, ein Draht. In grauer Morgenstunde, wenn auch einen Tag später als Pfarrer Nothsack, speist Bürgermeister Brause ihn mit der bestürzenden Nachricht, daß die Gräfin wieder da ist, verstorben, aber unübersehbar. Und er meldet auch die Initiative der Parteigruppe, die fünf Gegenstimmen läßt er vorerst wegfallen. Usedom ruft Wolgast an und Wolgast Stralsund und Stralsund Rostock und Rostock Berlin. Antwort kommt schnell, kommt bald, schon mittags, auch zu Brause: Begräbnis undiskutabel, örtliche Entscheidung gebilligt, Gräfin zurück. Das ist ein Wort nach Brauses Herzen, würdig und revolutionär. Bleibt die Frage: Gräfin wie zurück? Und wann? Auf jeden Fall schnellstens. Doch schon nachmittags erreicht Brause eine Rückfrage: Der Sarg ist doch noch geschlossen?

»Wir haben ihn aufgemacht«, teilt Brause mit.

»Warum, zum Teufel, habt ihr ihn aufgemacht?«

»Um uns von dem vorliegenden Sachverhalt zu überzeugen«, sagt Brause.

»Das hättet ihr mal lieber sein lassen sollen«, sagt der Mann am anderen Ende und hängt auf.

Brause wundert sich. Und kann noch nicht wissen, was seine Genossen in Usedom, Rostock und Berlin, rundum fernsprechend, Argument und Gegenargument abtauschend, unter- und übergeordnete Gesichtspunkte einsetzend, die nationale und die Klassenfrage aufwerfend, inzwischen miteinander erleiden: Da ist eine Hygienevorschrift aus dem Jahr 1907, die den ferneren Transport einmal geöffneter Zinksärge verbietet. Und es erweist sich, daß der Sozialismus eine neuere und Preußen eine ältere Sache ist, nicht nur überliefert in gewissen Regeln über das Verreisen von Toten. Überhaupt, was heißt denn da Klassenfrage? Braucht nicht vielleicht jede Klasse Hygiene? Und wenn man eine Ausnahme macht, hören Sie, Genosse, eine ungesetzliche Ausnahme beim Versenden eines Sarges, wer muß eine solche Sendung annehmen? Niemand nämlich. Niemand ist dazu verpflichtet. Was aber dann? Und gehören nicht zu den letzten Dingen, die das zweigestückte Deutschland noch verbinden, die gemeinsamen Hygienevorschriften? Also man sieht, es gibt auch Unklarheiten im Jahr zweiundfünfzig.

Spät am Tag erfährt Brause, daß man die Gräfin doch begraben muß, Beschluß hin, Beschluß her. Das heißt, daß ihn sein Weg zu Nothsack führt, viele Augen folgen ihm. Nothsack läßt ihn höflich ein in sein Wohn- und Studierzimmer, wo er an seinem Sekretär zu sitzen pflegt, neben dem Fenster, das auf den Garten geht, und wo ein Buch aufgeschlagen liegt.

»Sie wird also hier begraben«, sagt Brause. »Auf Grund einer Hygienevorschrift, die mir ehrlich gesagt überholt erscheint.«

Der Pfarrer hat längst alles von der Parteiversammlung am Abend zuvor erfahren, doch er läßt sich seine stille Freude nicht anmerken, er sagt schlicht: »Es wird das Beste sein.«

»Wie sich wohl von selbst versteht, ohne jedes Aufsehen«, sagt Brause.

»In aller Stille«, sagt Nothsack.

»Und wie denken Sie sich den Hergang?«

»Nach Rücksprache mit Herrn Superintendent Kunefke, der sich wohl ebenfalls noch konsultiert hat, sind wir zu der Auffassung gelangt, daß es am wenigsten aufwendig wäre, wenn ich selbst, obwohl nicht mehr im Amt, die Beisetzung betreue, ein kurzes Gebet am Grab und so weiter. Die Erbgruft ist wohl nicht zeitgemäß? Mir scheint vielmehr, die Verstorbene sollte in der Reihe liegen, wie alle anderen Christenmenschen auch.«

»Der Ansicht bin ich nicht«, sagt Brause, ohne zu zögern.

»Welcher Ansicht sind Sie bitte?«

»Sie soll in die Ecke, wo die Franzosen liegen.«

»Glauben Sie wirklich, daß das nötig ist?«

»Ach, waren das keine Christenmenschen?«

»Ich meine nur, es wirkt kleinlich.«

»Ich finde, es wirkt richtig.«

»Ich entscheide es nicht allein«, sagt Nothsack, »obgleich ich meinen Einspruch gleich anmelde. Es tritt nämlich das Gegenteil ein von dem, was Sie wünschen, die Sache wird auffällig. Aber amtlich zuständig ist Superintendent Kunefke, mit dem ich mich besprechen werde.«

»Machen Sie das mal«, sagt Brause.

So trennen sie sich kühler, als der Märzabend ist, der die Fenster beschlägt. Nothsack ruft Kunefke an, der ihm rät, sich in christlicher Festigkeit nicht zu verhärten. Brause geht in die Kneipe, um ein Bier gegen den Ärger zu trinken, und ihm entgehen die Blicke in seinem Rücken nicht, die spöttischen: Wie wird der sich aus der Klemme ziehen? Dabei hat er die Frühjahrsbestellung, die Düngemittellage, den Dorfkindergarten und vier Fälle von Schweinepest am Hals, außer der Gräfin. Bei Fetzer, dem Kirchenältesten, treffen sich Fitzek, Berghahn und Lobesam, Altbauern alles, spielen Skat und bereden, wer mitgehen wird hinter der Leiche. Und beschließen, alle gehen mit, weil ihnen das nämlich keiner verbieten kann. Die alte Klevenow, ehedem Wäschebeschließerin auf dem Schloß, holt aus dem Mottenkugeldunst ihres Schrankes das schwarze Kleid, das ihr die Dahingegangene vor einundzwanzig Jahren geschenkt hat. Ihr Sohn, der den Trecker für die Molkerei fährt, sitzt mit von sich gestreckten Beinen am Tisch und sieht ihr zu. Das Vieh schläft dumpf in den Ställen, die Katzen schreien in den kahlen Sträuchern. Die Liebespaare hinter den Scheunen flüstern wie immer, aber auf dem Rückweg kommen sie auf die Gräfin. Der Mond blickt auf alles herab, aber nicht in die Menschen hinein.

Brause steht früh um sechs auf, steigt in die Hosen, geht auf den Hof und holt sich von der Pumpe einen Eimer Wasser. Da sieht er, an seiner Türklinke hängt ein Strick. Ein Strick mit einer Schlinge. Er nimmt ihn mit rein und legt ihn auf den Küchentisch. Und seine Frau, die noch im Nachthemd ist, muß sich auf einen Stuhl setzen und starrt Brause an mit einem Gesicht, das wie ein Fleck aussieht, weiß und leer.

Frühstück, ohne daß sie reden. Ein Mann muß sich vorstellen, wer die sind, die ihn hängen wollen, doch auch, wer er selbst ist. Muß in sich hineindenken, wie er hierher gekommen ist, in die Stube, an den Tisch. Muß herausfinden, ob alles seine Richtigkeit hat, bis dahin. Denn eine Zeit vorher ist er einfach ein Junge aus Stettin gewesen und dann Soldat, Fischer, Kohlentrimmer, Maurer, Fliesenleger und wieder Soldat, Lagerverwalter bei der Marine, fünfunddreißig Millionen Zigaretten unter sich, und dann fällt eine Luftmine in seinen Tabakladen, und ein Splitter rammt seinen Kopf, und im Lazarett lernt er eine Schwester kennen und geht nach dem Krieg in ihr Dorf und heiratet sie und schläft bei ihr bis auf den heutigen Tag.

Das hat seine Ordnung und das andere vielleicht auch: Kohlen trimmen und mauern und Fliesen legen, mal bei den feinen Leuten im Grunewald und anderntags auf dem Wedding. Der längste Streik dauert dreizehn Wochen, und das vergißt Brause nicht über dem Heilgeschrei und dem ganzen beschissenen Krieg, selbst wenn es bei den Zigaretten gemütlich zugeht bis diese englische Mine bumst, als schlüge jemand auf eine riesige Pauke, aber so hören es nur die, die weiter ab sind.

Warum soll Brause also nicht im Jahre fünfundvierzig die Partei aufmachen, die einzige, die er sich in dem Moment vorstellen kann, mit drei anderen im Dorf? Vielleicht, weil er nicht ahnt, was für eine Mühe da anfängt? Inzwischen weiß er. Und hat eben erfahren, daß noch mehr verlangt werden kann, denn was an einem Strick hängt, ist nicht nur Mühe.

Auf den Bildern, die er nach dem Krieg gesehen hat, in der Zeitung oder in der Wochenschau, sehen die Erhängten friedlich aus, ein wenig komisch in ihrer Hilflosigkeit, wie Puppen. Die Qual, die man ihnen zugefügt hat, ist nicht ablesbar. Und die danebenstehen, falls sie mit abgebildet sind, haben durchschnittliche, leidenschaftslose Gesichter. Was für welche sind das? Sie sehen so normal aus, daß auch, was sie tun, fast normal erscheint. So einer kann von überall her sein. Aber auch die da hängen, auf den Bildern, unter den Himmeln vieler Länder, können von überall her sein.

Brause läuft über den Friedhof und findet Nothsack bei einem frischen Sandhaufen, und in der Grube daneben, die in der Reihe liegt, schaufeln die Altbauern Lobesam und Schotte und der Neusiedler Boller.

»Das könnt ihr gleich wieder zuschippen«, sagt Brause.

»Graben Sie nur weiter«, sagt dagegen der Pfarrer.

»Sie kommt an die Mauer«, sagt Brause.

Die drei in der Grube stützen sich auf ihre Schippenstiele.

»Dann haben wir ja zwei Gräber«, sagt Lobesam gemütlich.

»Vielleicht stirbt noch einer«, sagt Schotte so dahin.

»Und wer?«

»Irgendwer«, sagt Schotte und erschreckt sich vor Brauses Blick. Der greift in seine Jackentasche, die ein bißchen absteht, holt den Strick heraus, hält ihn zwischen Daumen und Zeigefinger und läßt die Schlinge pendeln.

»Liebe deinen Nächsten wie dich selbst«, schreit er. »Und den Übernächsten? Was ist mit dem Übernächsten?«

Niemand versteht, was er meint, und er schreit weiter: »Aber darauf steht Zuchthaus, nach allem, was gewesen ist. Zuchthaus steht darauf.«

Dann stopft er den Strick wieder weg, läuft weiter. Lobesam, Schotte, Boller klettern aus der halbfertigen Grube, klopfen sich den Sand von den Hosenbeinen, verlegen, die Sache ist ihnen unheimlich. Nothsack dreht sich um und geht weg. Mit kurzem Atem denkt er an die fernen von Bergs, haben die ein Recht, ihn in solche Geschäfte zu verwickeln?

Brause zeigt seinen Strick herum und sieht zufrieden, wie sich die Leute erschrecken. Grinst einer hier und da? Vielleicht. Aber vielen geht ein Frösteln über die Haut, weil es Mord und Totschlag bisher nicht gegeben hat, jedenfalls hier nicht, und soll es auch nicht, jedenfalls hier nicht, und schon gar nicht wegen der, die da in ihrem Zinksarg liegt und endlich unter die Erde muß. Seit Sonntag ist sie da und jetzt ist Mittwoch, und was hat sie mitgebracht?

Mattfeld zieht Erkundigungen ein, wer ist früh wo entlanggegangen? Die Dorfkinder blicken neugierig auf seine schwarze Tasche, kann sein, er hat den Verdächtigen schon notiert. Ein BMW kommt aus Usedom und bringt den Genossen Wille von der Kreisleitung, der sich mit der Lage vertraut macht und besorgt wieder abfährt. Denn die Lage ist trotz allem so, daß in der Gärtnerei achtundzwanzig Kränze bestellt worden sind. Und ein Gerücht breitet sich aus, daß auf der ganzen Insel die Glocken läuten werden, ein Klang wird sich hinschwingen bis an das Meer, der Gräfin von Mollwitz wegen, ehemaliger Gutsbesitzerin, an einem Donnerstagvormittag um zehn.

Das müssen zentrale Stellen regeln. Brause regelt die Sperrung des Herrenwegs, durch Parteiauftrag, den kriegt der Buchhalter der MTS. Und läßt die Grube in der Reihe zuschütten und eine andere ausheben, hinter den acht armen Holzkreuzen der Franzosen. Dann wird es auch schon dunkel, und die Besteller holen verstohlen ihre Kränze ab. Die Katzen schreien erst später, wenn der Mond hochkommt, es hört sich an wie Kinderplärren oder wie die Stimmen von Geistern. Die Gräfin liegt in ihrem aufgebrochenen Zinkfutteral in der leeren Kirche, allein und in ewiger Kälte, aber sie macht, daß auch andere frieren und allein mit sich sind in dieser Nacht, die kein Ende nimmt.

Einer ist Brause, auf dem Rücken liegend mit offenen Augen denkt er an die Schlinge, horcht, ob da Schritte ums Haus gehen, und wundert sich, warum er keine Fensterläden hat. Aber auch ein anderer, der sich den ganzen Tag verstellt und den keiner entdeckt hat, liegt krumm in seinem Bett und schläft nicht ein und zittert, wenn er sich vorstellt, daß welche jetzt auf seine Tür zukommen, geradewegs, man hört, daß sie wissen.

Und der Kirchenälteste Fetzer sagt zu seiner Frau neben sich im Bett: »Gehen wir nun mit oder nicht?«

»Wozu haben wir denn sonst den Kranz?« sagt Frau Fetzer.

Der Pfarrer Nothsack liest noch ein Stück bei Fontane, eine freundlichere Welt, scheint ihm, aber die Gedanken laufen ihm weg, nach da und nach hier.

Früh ist es dunstig, und die Luft ist feucht und warm. Der Bürgermeister ist um acht in seinem Büro, die Narbe über dem Auge brandrot, und hat, obwohl das alte noch gut gewesen wäre, ein frisches Hemd an, nicht wegen der, versteht sich, sondern weil man nicht wissen kann, was noch für Leute kommen.

Um halb neun hält ein Auto, zwei Männer in dünnsohligen Stadtschuhen steigen aus und treten ein und zeigen einen Ausweis. Es handelt sich um zwei ahnungslose, ziemlich junge und magere Leute von der Zeitung, die eine Rundreise wegen des allgemeinen Standes der Frühjahrsbestellung unternehmen. Brause wünscht sie zum Teufel, aber was soll er tun, er schildert ihnen den besonderen Stand der Dinge. Sie setzen sich, sehen sich aufgeregt Brauses Strick an, man kommt auf die Kranzbestellungen zu sprechen, rechnet man auf jeden Kranz zwei Leute, so laufen sechsundfünfzig hinterher. Kein schönes Bild, politisch betrachtet. Aber als Reporter preisen die beiden still die Gunst der Stunde.

»Kränze und Sträuße«, berichtigt Brause. »Sogar mehr Sträuße als Kränze. Das heißt, weniger Leute. Damit ihr nicht denkt, wir sind hier nur Idioten.«

Und dann schießt ein noch dunkleres Rot in seine Narbe und er sagt: »Mensch, ihr könnt mir vielleicht helfen.«

Halb zehn kommt wieder ein Auto und bringt den Superintendenten Kunefke zum Pfarrer Nothsack. Sie drücken sich mit ernstem Blick die Hand, und Kunefke kriegt zunächst eine Tasse Kaffee, Nothsack hat die Kanne unter die Haube gestellt.

»Ja, mein lieber Herr Bruder«, sagt der Superintendent, »das ist so eine Sache, was?«

Er hat aber eine Vorstellung, wie die Sache zu bewältigen ist, in der in diesem Fall einzig gebotenen, zurückhaltenden Form. Nicht Nothsack, ohnehin nicht mehr im Dienst, wird des seelsorgerischen Amtes walten, sondern der Superintendent selbst, dem die Tote persönlich nicht bekannt war. Er wird dem Sarg auch nicht folgen, sondern ihn erst am Friedhofstor erwarten und zur Gruft geleiten, egal, wo die sich nunmehr befindet, hier gilt es mit Takt zu handeln und ohne Leidenschaft. Und zum Abschluß ein kurzes Gebet.

»Sie sind ja auch im Kreisfriedensrat«, sagt Nothsack, der sich keineswegs zurückgesetzt fühlt.

»Da sehe ich keinen Zusammenhang«, sagt Kunefke und nimmt aus dem Köfferchen, das er mit sich führt, seinen Talar.

Nothsack hilft ihm beim Zubinden im Genick.

Währenddessen fährt Fitzek, zwei Pferde vorgespannt, Richtung Kirche, wohl fühlt er sich nicht. Warum, verflucht, hat gerade er so einen Plattenwagen? Und wo bleiben die anderen? Hier und da sieht er hinter den Hoftüren schwarze Hüte und Kopftücher und sonntägliche Bratenröcke, nicht viele, und die zögern. Der Kirchenälteste Fetzer, den Kranz über dem Arm, tritt eben auf die Straße, mit ihm seine Frau. Von der anderen Seite wiederum taucht Brause auf, neben sich zwei Unbekannte, aber man kann sich schon denken. Und einem von denen hängt ein Fotoapparat am Hals. Fitzek mit seinem noch unbeladenen Wagen läßt er unbeachtet, doch vor dem Ehepaar Fetzer baut er sich auf.

»Was soll das, Otto«, ruft Fetzer ärgerlich, »was sind das für Leute?«

»Das will ich dir sagen, Heinrich«, sagt Brause gemessen, »das sind Leute, die ein paar Bilder machen. Zum Andenken.«

Ein Moment der Verblüffung, dann sagt Frau Fetzer so laut, daß es jeder hören kann: »Jetzt zeige, daß du ein Mann bist, Heinrich.«

Und als Fetzer zögert, weil ihm etwas heiß wird und weil er sich mit einem Mal nicht genau erinnert, was ihn diese Gräfin eigentlich angeht, will ihm seine Frau den

Kranz wegnehmen und allein losgehen. Da rafft er sich auf und sagt: »Das ist eine Gemeinheit, Otto, daß wir hier fotografiert werden.«

»Fotografieren tut nicht weh«, sagt Brause. Und schreit hinterher: »Aber Dummheit sollte weh tun.«

Berghahns kommen heraus, aber Schottes drehen um, samt Blumen, als sie den Fotografen sehen. Von Lobesams kommt, nach einem Wortwechsel, nur die Frau Boller allein. Die alte Klevenow ohne ihren Sohn. Die frühere Gutsköchin mit Mann. Die Altbauern Ruttig und Schirdewahn jeweils mit Frau Paselow, Merz, Seifert, früher Tagelöhner, jetzt Rentner. Die kleine Frau Grumms, die reihum den Nachbarn hilft und Mann und Sohn im Krieg verloren hat. Noch ein paar und ein paar auch nicht. Alle, bis auf die kleine Frau Grumms, beschimpfen den Fotografen. Doch der nimmt alles auf: wie Ruttig, Boller, Schirdewahn und der Rentner Seifert den Sarg, befremdlich metallen, aus der Kirchentür tragen und auf den Wagen schieben und wie Nothsack heran tritt und betet und wie die kleine Frau Grumms weint.

»Und siehe, ob ich auf bösem Weg bin, und leite mich auf ewigem Wege«, spricht Nothsack. »Denn so hoch der Himmel über der Erde ist, so läßt er seine Gnade walten über die, so ihn fürchten. Amen.«

Fitzek ruft »Hüh«, die Pferde zuckeln los, der Pfarrer schreitet neben dem Ehepaar Fetzer, und dann folgen die anderen, verlegen oder mit steinernen Gesichtern im Hinblick auf den Fotolinsenterror, die rechte Trauer kommt durch den Ärger gar nicht auf. Nur die kleine Frau Grumms tupft sich die Augen mit ihrem Taschentuch, vielleicht weil sie, wenn eine Gräfin so kläglich begraben wird, nun nichts mehr für sich selbst erhofft. Neugierige am Weg, immer sieht man auch Brause, aber nicht den Volkspolizisten Mattfeld, die bewaffnete Macht steht in Reserve. So bis zum Schloß, wo ein paar Mieter aus den Fenstern lehnen und lachen, und rechts rum. Zum Herrenweg, auf dem das Gras wächst, darüber die hohen Bäume, und unter ihnen entlang, wie sie es sich gewünscht hat, zum letztenmal die Gräfin. Doch nicht weit. Denn quer über den Weg steht ein Trecker mit einem Tieflader hinter sich, und kein Mensch ist da, um ihn wegzufahren. Zurück also, wieder am Schloß vorbei, wo die Leute gerade die Fenster zumachen. Nun gibt es zwei Möglichkeiten, und Fitzek ist für die kürzere, darum fährt er nicht durch das Dorf, sondern über den Gutshof, an den Ställen vorbei, in denen die Schweine grunzen und die Kühe mit ihren Ketten klirren. Superintendent Kunefke am Friedhofstor wartet ungeduldig. Er reiht sich hinter dem Wagen ein, den die Pferde weiterziehen, bis der Friedhof sich anhebt und hinter Sträuchern das freie Feld beginnt. Dort. Und Kunefke sagt einfach: »Henriette Else Amalie von Mollwitz, ruhe in Frieden. Aus Staub bist du geworden, zu Staub sollst du werden, Amen.«

Abwärts der Sarg und drei Hände Erde für die Gräfin. Der Rentner Paselow würde gern wissen, wie lange Zink sich im Boden hält, aber der Rentner Merz weiß es nicht. Der Fotograf kommt heran und macht von der Gruppe eine Aufnahme. Die ehemalige Gutsköchin bückt sich und hebt den Rock und zeigt ihm ihren Hintern, wenn auch, weil man März hat, nicht den nackten. Und jeder ist zufrieden, daß es nun vorbei ist.

Das Ende ist, daß alle einen heben. Die für die Beerdigung waren und gegen sie und die dritten, die ja die meisten sind. Gastwirt Dorlepper hat selbst verschiedene gekippt und sagt jedem, daß es ihm von Anfang an klar war, aber was, das sagt er nicht. Und die Fotografen sollen doch nur von der Zeitung gewesen sein. Mann, die werden nicht sagen, wo sie her sind.

»Nobel war das nicht«, sagt der ehemalige Gutsschäfer Peetz noch immer. Und Boller hat ein Bedürfnis, mit Brause anzustoßen, gerade mit dem. »Mensch, Boller«, sagt der Bürgermeister, »dazu gibst du dich her? Wo du auf ihrem Land sitzt, sonst hättest du nichts?«

»Vielleicht war es ein Fehler«, sagt Boller, der gern ein Wort dazu los werden will, »aber wenn sie erst unter der Erde ist, habe ich gedacht, nimmt sie es mir nicht mehr weg.«

»Boller, Boller«, sagt der Bürgermeister.

Ihr benutzt auch jeden Grund zum Saufen, sagen die Frauen. Und die Männer sagen, so ist es immer, alle reden vom Trinken, keiner redet vom Durst.

Selbst Pfarrer Nothsack gießt sich einen kleinen Magenbitter ein. Und weiß nicht, ob ihm leichter oder schwerer wird, weiß nur, daß die Gräfin weg ist und nicht wiederkommt.

Nagel zum Sarg

Natürlich war es Zufall, sagt K., daß die Eidechse in den Totenkopf kroch. Aber dadurch begann der Kopf zu rollen, und die Friedhofsarbeiter nahmen ihn hoch, und so entdeckten sie die Sache. Es steckte nämlich ein Nagel in dem Kopf. Ein verrosteter, vierkantiger Nagel. Dem Friedhofswärter fiel eine alte Frau ein, die hatte das Grab bis vor kurzem gepflegt. Im letzten Frühjahr hatte sie Fette Henne gepflanzt. Darunter, bis er seinen Platz nun räumen mußte, hatte in Frieden seit einunddreißig Jahren ein Mann namens Schmalfuß geruht, nur hatte er diesen Nagel im Kopf.

So was, sagt K., kommt mir dann auf den Tisch. Ich suche in der Kartei und finde eine verwitwete Frau Schmidt, die vordem eine verwitwete Frau Schmalfuß gewesen ist, und an einem stillen Donnerstag gehe ich da mal vorbei, Marienburger Straße, zwei Treppen. Ich klingle, sie öffnet, ich zeige meine Marke, sie sagt ruhig: Ich habe dreißig Jahre auf Sie gewartet. Und ich denke, Junge, denke ich, das ist ein Satz wie im Kino.

Dann sitze ich am Küchentisch, sie sitzt näher zum Fenster, die Hände im Schoß, hinter ihr auf dem Hof ist eine Baumkrone, und auf den Blättern flimmert die Nachmittagssonne. Sie sagt: Ich habe immer gewußt, daß Sie kommen, die ganzen Jahre, nur nicht gleich nach dem Krieg, da hatte ich es fast vergessen. Aber sonst habe ich es jeden Tag vor mir gesehen, es klingelt, ich mache auf, und die Polizei steht da, in Uniform oder welche in Zivil, mit Hüten auf den Köpfen. Aber Sie haben ja gar keinen Hut? Ich dachte auch immer, es würden zwei kommen.

Sie haben also eine Aussage zu machen, sage ich.

Ja, sagt sie, das will ich tun. Da fang ich am besten mit der Heirat an.

Wo Sie wollen, sage ich.

Wir haben nämlich zweiunddreißig geheiratet, sagt sie, im September, weil mein Mann da eine Wohnung in der Allensteiner Straße kriegen konnte, zum Hof raus, aber es war günstig, weil wir nur vierundzwanzig Mark Miete brauchten, und mein Mann hatte doch gerade wieder Arbeit gekriegt, als Tischler bei Löwe, an der Bandsäge. Es war auch nicht weit zum Friedrichshain, in fünf Minuten war man im Grünen, und wir dachten, das ist gut, wenn mal Kinder da sein würden.

Wir kannten uns gerade drei Monate, Pfingsten haben wir uns das erste Mal getroffen, beim Frühkonzert in Schmetterlingshorst. Vorher habe ich auch keinen so geliebt wie ihn. Ich war dreiundzwanzig, mein Mann war sieben Jahre älter. Ich blieb zu Hause, weil Doppelarbeit verboten war, jeden Tag zu fünf kochte ich Essen und wartete auf ihn und hatte nur immer Angst, daß er mit den Fingern in die Säge geraten sein könnte...

Sie macht eine Pause und sieht versonnen vor sich hin, und ich denke, damals, als sie sich um seine Finger sorgte, kann sie von dem Nagel noch nichts geahnt haben.

Sie sagt entschuldigend: Ich wollte nur sagen, daß es eine gute Zeit war, so war es doch, ich kann doch nichts anderes behaupten. Sehen Sie, und dann bekam er dieses Magenbluten. Drei Wochen lag er zu Hause und wurde immer elender, er konnte nur noch Suppe vertragen, und keiner wußte, was mit ihm los ist, bis ihn der Arzt ins Krankenhaus geschickt hat, die haben ihn gleich dabehalten.

Es soll Krebs gewesen sein. So jung und Krebs, das hat keiner gedacht, selbst der Doktor nicht. Sie haben ihm den halben Magen rausnehmen müssen. Als er wiederkam, sah er gelb und spitz aus, ein ganz anderer Mensch, dreißig Pfund leichter, es war ein Jammer. Aber daran hätte er nicht sterben müssen ... Sie schüttelt traurig den Kopf. Und ich blicke sie an und denke, daran ist er ja auch nicht gestorben, aber ich sage nichts.

Drei Wochen habe ich ihn gepflegt, sagt sie, und er begann sich zu erholen, da stürzte er eines Tages hintenüber, ohnmächtig, und als er zu sich kam, wußte er nicht, wo er war und erkannte mich nicht und konnte die Beine nicht bewegen. Die Nachbarn sind nach dem Arzt gelaufen, ach, das war ein Tag. Sie haben ihn wieder ins Krankenhaus gefahren, aber diesmal haben sie ihn nach zwei Tagen zurückgebracht. Steif und stumm lag er auf der Trage und der Doktor war auch da und hat mich auf die Seite genommen, in der Küche, und hat gesagt: Nun nehmen Sie mal alle Kraft zusammen, junge Frau. Es gibt noch immer Dinge, die sind stärker als die Wissenschaft, aber Sie müssen immer daran denken, wie jung Sie noch sind, und daß Sie Ihr Leben neu anfangen können. So hat er zu mir geredet, ich fing an zu zittern und mußte mich hinsetzen, und dann hat er mir mitgeteilt, daß ich meinen Mann verlieren muß, es gab keine Rettung mehr. Er konnte noch eine Woche leben oder auch einen Monat, länger nicht.

Ich habe mich zu meinem Mann ans Bett gesetzt und habe ihn angesehen, er hat geschlafen, und ich habe die halbe Nacht gesessen und habe nicht begreifen können, daß ich von ihm Abschied nehmen soll. Ich habe ihn gefüttert und Suppe gemacht, und der Doktor kam und hat ein Gummilaken verschrieben und hat mir wieder die Hand gedrückt. Mein Mann war sehr apathisch. Es wird wohl länger dauern, hat er gesagt. Er hatte auch die Idee, daß wir in eine Laubenkolonie ziehen sollten, wo er draußen liegen könnte. Ich mußte immer aus dem Zimmer, weil ich gleich losheulte; wenn ich in den Spiegel gesehen habe, war mein Gesicht ganz geschwollen. Wie sehen Sie bloß aus, junge Frau, haben die Nachbarn gesagt, es hat ihnen leid getan, weil ich so allein war. Mein Mann hatte gar keine Angehörigen, und meine Familie wohnte in der Lausitz, in der Nähe von Forst, wenn Sie das kennen ... Ich nicke. Forster Tuche, sagt sie erklärend. Ja, sage ich, ich weiß. Eines Nachmittags, sagt sie, als ich gerade in der Küche war, hat er meinen Namen gerufen, und als ich rein bin, hat er nichts mehr sehen können. Alles war schwarz um ihn rum, dabei standen seine Augen weit offen, er konnte nicht begreifen, daß er nichts sah, dann fing er an, durcheinander zu sprechen, und der Doktor kam und gab ihm Morphium und sagte, das ist das Ende. Das Ende, hat er gesagt.

An dem Abend habe ich mein Bett in die Küche geschoben. Ich hätte es nicht ertragen, daß ich neben ihm liege, während er stirbt. Ich hatte solche Angst, daß ich es mit ansehen müßte, aber ich hatte auch Angst, daß ich es einfach nicht bemerken könnte. Wenn ich von der Küche aus nichts merkte, das war anders, das war nicht meine Schuld, dachte ich. Aber die Tür habe ich offen gelassen, falls er mich brauchen würde.

Am Morgen kam der Doktor wieder, und ich fragte, ob man ihn denn nicht wieder ins Krankenhaus bringen könnte, und der Doktor sagte, da käme er ja her, weil ihm nicht mehr zu helfen sei. Er sei ein Pflegefall und so viele Plätze gäbe es nicht, aber er wolle es trotzdem versuchen, einen Sterbenden nähmen sie vielleicht. So haben sie ihn das dritte Mal geholt. Und nach einer Woche haben sie ihn wiedergebracht, weil er nicht gestorben war. Wieder das Auto und die Nachbarn auf der Treppe, und ich war wie versteinert. Denn ich hatte gefragt: Ist denn wieder Hoffnung, Herr Doktor? Nein, hat er gesagt, das dürfen Sie nicht denken. Es gibt keine Hoffnung, aber Sie müssen Geduld haben. So hat er gesagt, genau so. Sie haben ihn in sein Bett gelegt, und von dort ist er nicht mehr aufgestanden, zwei Jahre lang.

Und danach ist er aufgestanden? frage ich nach einer Weile.

Allmählich, sagt sie, während er so dalag und ich in der Wohnung herumging und auf die Straße, um einzukaufen, begann ich mir vorzustellen, daß er sterben müßte und daß ich weiterleben würde. Sein Gesicht war ganz klein geworden, sein Zustand war mal besser, mal schlechter. Er hatte immer Kopfschmerzen, aber er konnte wieder sehen. An manchen Tagen schrie er mit mir herum, manchmal sprach er für sich, aber manchmal machte er auch Pläne und machte sich Vorwürfe, meinetwegen. Das war am schlimmsten. Ich ging wieder arbeiten. Jeden Morgen stellte ich ihm das Essen hin und fuhr mit der 74 zum Dönhoffplatz und nachmittags wieder zurück und immer die Unruhe. Und der Doktor kam einmal die Woche und schüttelte nur immer den Kopf, so etwas gäbe es alle zehn Jahre mal, daß einer mit so einer Krankheit noch leben könne. Aber wenn ich ihn gefragt habe, ob man nicht doch eine andere Behandlung versuchen könnte, hat er nein gesagt. Und es war viel Geschrei um den Hitler in der Zeit, das fing doch damals an, aber ich habe den Kopf so voll gehabt, ich habe gar nichts verstanden. Ich weiß aber noch, wie der Reichspräsident Hindenburg gestorben ist, und wie ich gedacht habe, der kann sterben, aber so ein armer Mensch kann nicht sterben. Was hat einer bloß verbrochen, daß er nicht erlöst wird, haben die Nachbarn zu mir gesagt, und der Doktor hat gesagt, das ist ein Fall für die Fachbücher, und wenn man das von Anfang an hätte wissen können, hätte sich vielleicht ein Sanatorium dafür interessiert, wo sie solche besonderen Fälle untersuchen. Aber was hat mir das helfen können, all die zwei Jahre? Wir hatten einen Baum im Hof, genau wie hier, und der war grün, und dann wurde er kahl und wieder grün, und ich dachte, mein Leben geht vielleicht vorbei, an dem Fenster, neben dem Bett, in dem der Mann lag. Und dann fing ich an zu denken, daß es doch nur ein Zufall war, daß ich ihn kennengelernt hatte, wäre ich damals nicht nach Schmetterlingshorst gefahren, dann müßte ich nicht an diesem Hoffenster sitzen, in der Allensteiner Straße, was geht es mich denn an, es genügt doch, wenn einer zugrunde geht. Dann habe ich mich wieder geschämt und habe versucht, an ihn zu denken, wie er vorher war, aber er hatte gar keine Ähnlichkeit mehr mit sich selbst. Nur ich sah noch immer gleich aus. Im Nebenhaus war eine Kneipe, wenn ich da vorbeigegangen bin, was denken Sie, was die mir nachgerufen haben. Und einmal ist mir einer hinterhergekommen und hat mich im Hausflur gegen die Wand gedrückt, aber ich habe es nicht zugelassen, ich war auch nur einmal zu einem Ball, die ganzen zwei Jahre lang.

Sie sieht mich beschwörend an, dann sagt sie heftig: Ich habe keinen Plan gehabt. Ich schüttle den Kopf. Ich sage nicht, daß Sie einen Plan gehabt haben. – Aber ich habe immer gewußt, daß Sie kommen. – War es vielleicht ein Unfall? frage ich. Ich frage, weil ich denke, so ist es leichter für sie. Aber in dem Moment, wie ich sie so sitzen sehe, krumm auf dem Stuhl vor dem Fenster, die gefalteten Hände immer noch im Schoß, hoffe ich selbst, daß es so gewesen sein könnte, irgendein verteufeltes Mißgeschick, durch das ein Nagel in den Kopf eines Mannes geraten ist.

Sie sieht mich auch an, als erwäge sie, ob es ein Unfall gewesen sein könne, aber dann sagt sie wieder ganz gefaßt: Nein, es war kein Unfall. Am Nachmittag habe ich den Hammer schon in die Hand genommen, und in der Kiste waren noch ein paar Zangen und ein Bohrer und ein Hobel, und die Nägel, die waren auch in der Kiste. Ich hab alles vom Hängeboden geholt, es war sein Tischlerwerkzeug, und ich wollte es verkaufen, weil er es doch nie wieder brauchen würde, und von der Kasse hatten sie geschrieben, sie könnten nicht länger mehr zahlen. Es war August, ein warmer Abend, ich hatte die Fenster offen, und er lag mit dem Gesicht nach unten im Bett und hatte den ganzen Tag noch kein Wort gesprochen, und plötzlich dachte ich, daß man ihm vielleicht nur einmal auf seinen kranken Kopf schlagen müßte. Ich bin gleich aus der Wohnung gerannt, wie ich den Gedanken hatte, und durch die Straßen, ohne zu wissen, wohin, die Leute lehnten aus den Fenstern, es war warm und roch nach Regen, und ich dachte, daß ich so und so verloren war, mein Leben war hin, was ich auch machte. Aber das tust du doch nicht, dachte ich, und dann dachte ich ganz kalt: Und wenn es rauskommt, was soll schon sein? Als ich wieder raufkam, lag er noch immer wie vorher, er hatte sich gar nicht bewegt, wenn er nur was gesprochen hätte, aber es gab Tage, da lag er wie im Halbschlaf. Ich habe ihn angesehen, von weitem, ich bin nicht nah rangegangen, und mit einem Mal dachte ich, er könnte doch tot sein, weil ich ihn in Gedanken ja umgebracht hatte. Mein Gott, wenn bloß jemand dagewesen wäre, zum Reden. Ich wollte die Kiste vom Tisch nehmen, die Nägel sind hin und her gerutscht auf dem Boden. Ich hab einen rausgenommen und angesehen, er war spitz und an den Kanten geschliffen, und da wußte ich, daß ich es nicht tun konnte mit dem Hammer allein, aber mit dem Nagel könnte ich es tun. Ich hab das Fenster zugemacht, es war fast dunkel, aber soviel konnte man sehen. Und dann habe ich ihm den Nagel an den Kopf gehalten und mit dem Hammer zugeschlagen, es ging so leicht, und als er zusammengezuckt ist, war es schon zu spät, da habe ich ihm schon nicht mehr helfen können. Ich habe mich hingesetzt auf einen Stuhl und habe gedacht: Jetzt bist du eine Mörderin. Dieses Wort ist in mir rumgegangen, wie ich das Fenster wieder aufgemacht habe und die Kiste weggeräumt und wie ich ihn auf den Rücken gedreht habe, und ich habe genau aufgepaßt, ob Blut zu sehen ist, aber es war nichts, kein Tröpfchen. Und dann bin ich runter in den Milchladen im Haus und habe den Doktor angerufen, weil ich es nicht länger aushalten konnte, ob ich nun überführt würde oder nicht, und wenn, dann wollte ich es lieber gleich. Der Doktor kam und nickte schon mit dem Kopf, bevor ich viel sagen konnte, und war in einer Minute fertig mit der Untersuchung und hat gleich den Totenschein ausgeschrieben und hat gesagt, es wäre ein Fall gegen jede Regel gewesen, aber nun sei es zu Ende und der Tod sei eine Erlösung. Er sah wirklich erleichtert aus, und als er mir sein Beileid aussprach, hatte ich fast das Gefühl, ich sei eine richtige, ganz normale Witwe. Und so habe ich auch die Beerdigung durchgestanden, weil ich mich ja zwei Jahre darauf vorbereitet hatte. Aber vor mir selbst habe ich immer gewußt, daß ich eine Mörderin bin, die ganzen Jahre habe ich es gewußt.

Sie haben dann wieder geheiratet? frage ich.

Ja, sagt sie, vier Jahre später. Er war ein Bierbrauer und ein großer, starker Mensch, aber als der Krieg anfing, mußte er nach Frankreich und hat einen Schuß in den Kopf bekommen. In den Kopf, verstehen Sie? Auch in den Kopf. Als ich es erfuhr, habe ich es als Strafe für meine Schuld genommen, und als alles abbrannte unter den Bomben und ich mit dem Kind durch das Feuer gelaufen bin, im Jahr vierundvierzig, habe ich mich niemals beklagt, höchstens habe ich mal gedacht, jetzt müssen so viele unschuldig sterben, da kam mir meine Tat nicht mehr so schlimm vor. Aber daß ich eine Mörderin bin, habe ich immer gewußt.

Was für ein Kind? frage ich.

Sie sagt: Von meinem zweiten Mann habe ich eine Tochter. Und sie setzt zögernd hinzu: Ich habe auch eine Enkeltochter. Sie wohnen in der Prenzlauer.

Mord verjährt nach zwanzig Jahren, sagt K. Aber das habe ich ihr nicht erzählt. Das war nicht meine Sache. Ich habe ihr nur angekündigt, daß sie das Ganze noch mal zu Protokoll geben müßte. Es war ein bißchen komisch, ihr auf die Hände zu sehen, die verarbeiteten Hände einer sympathischen alten Frau. Sie wollte mir Kaffee kochen. Ich habe immer auf Sie gewartet, hat sie noch mal gesagt, seit vierunddreißig. Damals bin ich gerade geboren worden, habe ich gesagt. Das ist die Gerechtigkeit, hat sie gesagt. Und ich habe genickt, ja, ja, die Gerechtigkeit. Und eine Eidechse. Aber das habe ich ihr nicht gesagt.

Als der Regen kam

Hinter Harri, sagte K., waren wir zwei Tage lang her. Wir sind ihm fast in die Hacken getreten, so dicht waren wir hinter ihm. Wo soll einer schon hin, wenn er kein Dach über dem Kopf hat, es gibt da nicht viel Platz, die Bahnhöfe, die Wartesäle, ein paar Kneipen, die bis morgens Betrieb haben, das ist schon alles. Aber er muß so was wie den sechsten Sinn gehabt haben, wo wir rein sind, ist er hinten raus, einmal, glaube ich, ist er im selben Moment wie wir durch dieselbe Drehtür gelatscht, bloß anders lang. Das schlimmste war, daß es immerzu geregnet hat, zwei Tage die gleiche graue Soße. Der Regen hat ihn mürber gemacht als alles andere.

Er hatte ja nicht viel Vorsprung, und das lag daran, daß die Frau Kunde Hosen nähte, und gerade an dem Tag mußte sie liefern. Sie war immer pünktlich, drei Jahre lang die Zuverlässigkeit selbst, und deshalb wunderte sich der Zwischenmeister und ging am Nachmittag mal einen Sprung bei ihr vorbei, konnte ja sein, sie war krank. Niemand öffnete, aber durch das Schlüsselloch sah er Licht auf dem Korridor, und vom Hof aus konnte er feststellen, daß die Fenstervorhänge zugezogen waren, mitten am Tag. Er zog einen Nachbarn zu Rate, und auch der hatte Frau Kunde an diesem Tag noch nicht gesehen, übrigens auch den Untermieter nicht, der bei ihr wohnte, und andere Nachbarn traten dazu, laut wurde an Frau Kundes Tür geklopft, vergebens. Schließlich lief jemand zum Revier um die Ecke, und als man die Wohnung öffnete und eintrat, lag Frau Kunde in ihrem Bett, das Kissen über dem Kopf und die Beine hochgezogen, so, wie sie auf Harri gewartet hatte.

Der Verdacht fiel gleich auf ihn. Vor allem, als er um fünf nicht wie gewöhnlich von der Arbeit kam und als sich herausstellte, daß er da gar nicht gewesen war, das erste Mal seit dreizehn Wochen. Wir trieben die Anschrift von einem ehemaligen Freund von ihm auf, der spielte in so einem Rhythmusspeicher Gitarre, und als wir den gefunden hatten, stellte sich raus, daß er Harri seit zwei Jahren nicht gesehen hatte, aber wir bekamen eine neue Adresse, und da hörten wir wieder was, und dann kletterten wir auf einem Laubengrundstück ohne Klingel über den Zaun, um eine frühere Freundin von Harri zu besuchen, die stieg erstaunt aus dem Bett und wußte von nichts. Es war stockdunkel, und dieser Regen hatte schon begonnen, und wir wußten inzwischen auch, daß Harri nur auf Bewährung raus war.

Auf Frau Kunde muß er, als er vor ihrer Tür stand, gleich einen günstigen Eindruck gemacht haben, höflich und gerade zwanzig und eher etwas zu still als zu laut. Er hatte die Anschrift von einem weitläufigen Bekannten von ihr, der wieder ein entfernter Bekannter seines Vaters war, der hatte gesagt, vielleicht vermietet die Frau.

»Ach Gott, ich muß nicht vermieten«, sagte Frau Kunde, »ich meine finanziell, aber wenn ich jemand helfen kann? Ihre Eltern wohnen wohl nicht in Berlin?« Seine Eltern waren nach Prenzlau gezogen. »Das kann ich verstehen, daß ein junger Mensch in Berlin bleiben will«, sagte Frau Kunde.

Und dann lag Harri zum erstenmal in seinem neuen Bett in Frau Kundes Kammer, und die elektrische Nähmaschine hinter der Wand summte ihn in den Schlaf, auf Frau Kundes Zügen aber, während sie mit schnurgeraden Nähten Hosenbeine zusammenfügte, muß der Glanz einer guten Tat gelegen haben.

Pünktlich ging Harri in der Frühe fort, nachmittags kam er pünktlich zurück. Abends saß er in seinem Zimmer und las in einer Zeitschrift für Radiobastler, oder er ging auf einen Sprung was trinken, ein Glas Bier oder zwei, nie blieb er länger als bis elf, Frau Kunde war immer noch auf. Zwei- oder dreimal sah er ihr auch beim Nähen zu. Eines Tages, schon waren drei Wochen vergangen, sagte Frau Kunde: »Da sind noch ein paar Bratkartoffeln übrig, wollen Sie die essen, Harri?« – »Gern«, sagte Harri, denn die Stullen, die er sich schmierte, sahen sich von Montag zu Montag überaus ähnlich. »Und ein Ei dazu?« – »Gern«, sagte Harri noch einmal. Er nahm Platz und aß die fettigen, glatten Kartoffelscheiben, und wenn er aufsah, lächelte er dankbar und ein bißchen verlegen, und Frau Kunde lächelte auch, es bewegte sie seltsam, ihn da schmal am Tisch ihrer tadellos sauberen Küche zu sehen. Von nun an hatte sie häufiger Bratkartoffeln übrig, aber sie kaufte auch Makronen oder Apfelkuchen, oder man sah sie noch am Abend beim Fleischer, wegen Gänsebrust. Und während unter ihren flinken Händen die Hosenbeine aus den Stoffbahnen sprangen, wartete sie hinter der sanft vibrierenden Maschine auf das leise Geräusch des Schlüssels, wenn es dämmerte. »Wenn Sie mal was besonders Leckeres wollen, Harri, Sie brauchen es nur zu sagen!«

Harri ließ sich alles gefallen, er wurde nur ungezwungener. Morgens und abends lief er im Turnhemd durch die Wohnung, er war schlank, seine Haut war glatt. Um diese Zeit wurde Frau Kunde, die seit je eine Blondine war, immer blonder.

»Wie ist es denn, Harri«, sagte sie an einem anderen Tag, »wollen Sie nicht mal ins Kino?« Die Karten bezahlte Frau Kunde, nebeneinander saßen sie in dem halbleeren dunklen Saal, zufällig berührten sich ihre Knie, Frau Kunde zog ihrs nicht zurück. »Was ist denn, Harri, noch ein Likörchen?« fragte sie nach dem Film. Sie setzten sich in ein Lokal an einen kleinen runden Tisch, sie sah ihn lächelnd immerzu an, und er bemerkte, daß sie eine rosige Haut hatte, er schätzte sie auf runde vierzig, und damit hatte er annähernd recht. Natürlich zahlte Frau Kunde auch den Likör, und auf dem Nachhauseweg hakte sie sich ein, und oben an der Wohnungstür begann sie ein verspieltes Gedränge, wer zuerst reingehen sollte, Harri kam in die Klemme, seine Schulter drückte sich durch Mantel und Bluse tief in ihre Brust, und die war nicht unüppig, wir haben sie gesehen, wenn auch aus traurigem Anlaß. »Ach, Harri«, sagte da Frau Kunde.

Aber Harri hatte zu Frau Kunde keine feste Meinung, nicht zu Teilen von ihr und nicht insgesamt, vielleicht war sie ihm zu schwer oder zu alt, vielleicht dachte er über Wirtinnen anders, als es im Liede heißt, er war eben ein sanfter Junge und hatte auch einen gewissen Respekt vor Frau Kunde.

Er wollte ins Bett und ging im Turnhemd noch mal zur Toilette. Die Tür zu Frau Kundes Zimmer war angelehnt. »Harri«, rief sie, »kommen Sie noch mal rein?« Sie saß hinter ihrer Nähmaschine, aber sie hatte keine Hose im Griff, sie saß da nur so und hatte heiße Backen, oder besser Wangen, wenn Sie meinen.

»Schon schlafen, Harri?«

»Ja, Frau Kunde.«

»Sie haben eine gute Figur, Harri, da möchte ich mal Maß nehmen.«

»Lieber nicht.«

»Nur mal aus Spaß.«

»Ich bin kitzlig.«

Harri floh in sein Zimmer und in sein Bett. Und Frau Kunde verfolgte ihn kichernd und schwenkte ihr Schneiderinnenmaß und setzte sich schwer auf die Bettkante und beugte sich über ihn.

»Nur mal den Oberkörper, Harri. Es ist doch nur Spaß, Harri.« Sie legte ihm das Meßband um die Rippen, und es kitzelte ihn wirklich, er griff nach ihren Armen und mit einem Mal sank sie seufzend auf ihn, seine Hände wanderten an ihr entlang, sie rief: »Ich liebe dich, ich liebe dich, ich liebe dich«, und dann ging sie stöhnend unter in Not und Wonne, und Harri ging mit unter, obwohl er den Kopf lange oben behielt.

Daß diese wilde, weiche, warme Viertelstunde ihn in den Regen führen würde, in diesen trostlosen Strippenregen zwei Tage lang, und daß er sie zurücklassen würde, fast so, wie jetzt, nur für immer allein im langsam auskühlenden Bett, das wußten in diesem Moment nicht Harri und nicht Frau Kunde, verflucht, wenn sie es bloß gewußt hätten.

Künftig war Harri im Käfig, der war gebaut aus Frau Kundes lange gelähmter Zärtlichkeit. Zwischen Apfelkuchen, Bratkartoffeln und Gänsebrust schlichen sich Küsse und unvermutete Berührungen, auch brauchte Harri abends nicht mehr runter, Flaschenbier war im Haus. In Frau Kundes zu lange nur von der Nadel durchrattertem Leben war ein weicher Platz für Harri. Sie richtete ihm das Bett in ihrem Zimmer auf dem Sofa ein und schob die Nähmaschine auf den Korridor.

»So, wie wir stehen, Harri«, sagte sie, »ist das normal.«

Harri ließ sich verwöhnen und sah dafür zu, wie sie sich hinlegte und wie sie aufstand. Nur an den Anblick ihrer allzu vollen Schenkel gewöhnte er sich nicht, sie schien nur Strümpfe zu haben, die gleich über dem Knie aufhörten. Bevor sie ins Bett gingen, immer zuerst in ihrs, saß er da und las, und sie nähte. Später, noch feucht von ihrem Schweiß, tappte er im Dunkeln zu seinem Sofa, rollte sich in seine Decke und dachte still für sich: Es weiß ja keiner.

Einmal wachte er nachts auf und hörte sie mit einem Pfeifton atmen. Da tat er sich plötzlich leid und dachte: Ist das etwa meine Jugend?

Wäre sie klug gewesen, hätte sie ihm ein bißchen Luft gelassen, aber sie war ja nicht klug, sie war verrückt. Wenn er sich nachmittags verspätete, aus unschuldigen Gründen, und er verspürte zunehmend Lust, sich zu verspäten, erwartete sie ihn unruhig und voller Vorwürfe, dann war sie ihm lästig. Wenn sie es bemerkte, erschrak sie und bestand auf sofortiger Versöhnung, das war ihm noch lästiger. Und am nächsten Tag hatte sie einen frischen Ton Blond im Haar.

Nach so einem unnötigen Ärger, als alles wieder gut war, und doch nicht ganz gut, sagte Frau Kunde: »Willst du dir nicht etwas anschaffen, Harri? Ein bißchen Geld, wenn es nicht zuviel ist, könnte ich dir doch geben.«

Harri mußte überlegen. Er hatte eigentlich keine Wünsche. Er wollte, nebenbei bemerkt, auch nicht ausziehen bei Frau Kunde. Nur trug er sich geheim mit der Absicht, bei passender Gelegenheit wieder in die Kammer zurückzukehren. Mit Wehmut dachte er an die stillen Abende der ersten Wochen, abseits von Frau Kundes vollblütiger Aufmerksamkeit, so sollte es wieder sein. Und beim Nachdenken fiel ihm ein, wie schön es wäre, wenn er dazu noch ein Radio hätte. »Ein kleines Radio«, sagte er. »Aber das kannst du doch, Harri«, sagte sie und war fast so gerührt wie an dem Tag, als er auf der Stuhlkante sitzend zum erstenmal ihre Bratkartoffeln gegessen hatte. Sie gab ihm dreihundertzwanzig Mark. Am Nachmittag wollte er das Radio mitbringen. Aber er kam nicht.

Um die Stunde, da sich sonst sein Schlüssel im Schloß drehte, begann sich angenehm langsam eine Kneipe um ihn zu drehen, in die hatten ihn zwei Kollegen geführt, um ihn beim Kauf des Radios zu beraten. Das Lokal drehte sich und blieb wieder stehen, sie tranken und aßen auch immer mal eine schöne Knackwurst zwischendurch und redeten und sangen und spielten »Chikago« und »Gerade, gerade, krumm«. Und Harri hatte das belebende

Gefühl, daß es auf der Welt die unterschiedlichsten Menschen gibt und daß er einen freundlichen Haufen Geld in der Tasche hatte, selbst als er bezahlte, blieb noch eine Menge übrig. Sie gingen dann noch in eine andere Bude mit Musik und tranken drei Flaschen Sekt und sahen zu, wie ein Mädchen in Netzstrümpfen mit dem Hintern einen Schirm balancierte, und schließlich schlief Harri mit dem Kopf auf dem Tisch ein, aber von Frau Kunde träumte er nicht. Einer der Kumpels nahm ihn mit zu sich, von da aus ging er zur Arbeit. Kurz nach fünf kam er nach Hause wie immer.

Frau Kunde war außer sich. »Wo ist das Radio?« Harri hatte es nicht. »Wo ist das Geld?« Harri hatte keins mehr. Da war ihr klar, daß sie betrogen war.

Hätte Frau Kunde über ihr Gefühl sprechen müssen, vielleicht hätte ihr die Stimme versagt. Aber über Geld konnte sie reden. Sie verlangte die dreihundertzwanzig Mark zurück, auf der Stelle. »Ein Vertrauensbruch unerhörter Art«, sagte sie. »Betrug«, sagte sie. »Diebstahl«, sagte sie. Sie suchte nach stärkeren Worten, sie sagte: »Polizei.«

Zum Teufel, sie wußte nicht, was sie anrichtete damit, weil sie nicht wußte, was wir wußten, als wir die Nacht danach durch die Pfützen trabten, nämlich, daß Harri nur auf Bewährung raus war. Sie konnte es nicht wissen, vorher nicht und nicht nachher, weil sie den Regen nicht mehr erlebte, der an dem Abend noch über der Nordsee hing.

Der Tag endete dennoch wie immer. Sie sagte, sie würde ihm verzeihen, wenn er ihr verziehe. Harri nickte nur und kroch stumm auf sein Sofa. Er war ganz verwirrt. Denn es war noch nicht lange her, daß er aus dem offenen Garderobenschrank in einer Badeanstalt eine Brieftasche genommen hatte. Er hatte kein Geld gebraucht. Dem Gericht schien eine Fehlleistung vorzuliegen, auch die Jugend und die geringe Lebenserfahrung des Angeklagten wurden beachtet, eine milde Strenge war am Platze. Das Schlimme für Harri war nur, daß er noch immer nicht wußte, warum er es getan hatte. Doch allmählich in der Zelle mit zwölf Mann, in der sein Fall gar nicht zählte, ließ er den Schreck in sich zu Boden sinken und dort ruhte er, bis Frau Kunde ein böses Wort gebrauchte, sie sagte: »Polizei.«

Was auf der Hand lag, fiel Harri nicht eine Sekunde lang ein. Das Geld war nicht gestohlen, sondern geborgt, er mußte es nur zurückzahlen. Aber Harri überlegte nicht, er erschrak. Der Schreck war wieder da und die Badeanstalt mit den Gesichtern der Badegäste, die zusammenliefen, als die Polizei ihn mitnahm, er erinnerte sich an den langen Gerichtskorridor, der nach Bohnerwachs roch, und wie es sich gehört, dachte er auch an seine Mutter und wie sie ihn angeblickt hatte, tröstend, doch ohne Verständnis. Jetzt sah ihn Frau Kunde an, mit Abscheu und Liebe, umrahmt von onduliertem Blond. Er mußte Frau Kunde umbringen. Nach allem, dachte er in völliger Panik, kann ich das auch noch tun.

Es war um elf herum, sie saß bekümmert an der Maschine und nähte die Hosen, die sie nachmittags aus tiefer Unruhe nicht geschafft hatte, er lag hinter der Wand unter seiner Decke und spürte den Stahl der großen Schneiderschere an seinem Bein. Er wartete, daß sie ins Zimmer kommen und ins Bett gehen würde. Vielleicht, dachte er, jage ich ihr auch nur einen Schreck ein. Ich mach ihr solche Angst, daß sie keinen Mucks sagt. Aber sie kam nicht, sondern nähte und nähte, und er wurde immer müder, und im Einschlafen träumte er von einem Schiff, mit dem er über ein warmes, völlig glattes Meer fuhr, die Schiffsmaschine ratterte sanft.

Als er mitten in der Nacht aufwachte, war es still. Frau Kunde mußte in ihrem Bett liegen. Er konnte sie aber nicht sehen in der Dunkelheit und auch nicht hören, so angespannt er auch lauschte.

Gerade deshalb schien sie ihm allgegenwärtig zu sein, es war, als wenn sie auf ihm lag, weich und immer schwerer, bis sie ihn unter sich erdrückte. Er fuhr hoch, seine Hand berührte die Schere. Er schlich auf ihr Bett zu, bis seine Knie an die Bettkante stießen. Sie bemerkte ihn und sagte halb im Schlaf: »Es ist so dumm, sich zu zanken, Harri.« Er fiel auf sie, und während sie ihn an sich zog, stieß er die Schere durch viel Fleisch bis in ihr einsames Herz.

Geld, sagte K., hat er nicht mitgenommen. Er muß sich das Blut abgewaschen haben und ist gleich los. Nach Geld hat er gar nicht gesucht, und deshalb haben wir ihn auch gekriegt, nachdem wir zwei Tage hinter ihm her waren, immer durch die Brühe. Er kam nämlich zum Autobushof, wo er noch für einen Tag Lohn zu stehen hatte, die haben uns angerufen. Er hatte die ganze Zeit keinen Happen gegessen, und geschlafen hatte er auch nicht, er war so müde, daß er am hellen Mittag gegen einen Baum gerannt ist. Aber das schlimmste war, daß es immerzu geregnet hat, Tag und Nacht, wie aus Eimern.

Immer icke

Krankenhausgeschichten gibt es eine ganze Menge, und auch an Matrosengeschichten herrscht kein Mangel. Hier ist die Geschichte eines Matrosen im Krankenhaus. Natürlich ist der Aufenthalt eines Matrosen in einem Krankenhaus kein Umstand, der von vornherein die Neugier des Lesers wecken muß, etwa wie die Anwesenheit eines Tauchers auf dem Mount Everest, obgleich gerade Matrosen, wenn sie in ihren Uniformen auch im Winter mit bloßem Hals herumlaufen, auf mich immer einen Eindruck beneidenswerter Gesundheit machen. Ich könnte also schon verstehen, wenn sich jemand mit leiser Verwunderung fragte: Wie kommt denn ausgerechnet ein Matrose ins Krankenhaus?

Aber was ich berichten will, zielt nicht auf dieses Problem. Ich setze der Einfachheit halber sogar voraus, daß sich jeder darüber klar ist: Auch Matrosen werden krank. Sie haben Grippe, Blinddarmentzündung, rote Augen, Heimweh, Nierensteine und zwei, drei andere Leiden, die vor allem auf sentimentale Haltungen in den Gastlichkeiten fremder Küsten zurückzuführen sind. Die Seekrankheit, die ihnen arbeitsmäßig zukommt, haben sie dagegen, wie man weiß, nur selten.

Mein Matrose lag übrigens in keinem Hafenkrankenhaus. Er fuhr auch nicht zwischen Rostock und Havanna hin und her und kreuzte nicht die Biskaya und brachte kein Stückgut nach Indien oder Afrika. Er diente in der Weißen Flotte, und das war nicht die Eismeerroute, sondern der Kurs von Treptow über die Spree, den Müggelsee und die Dahme zurück nach Treptow, vier Stunden und drei Mark fünfzig die Fahrt. Und während er auf dieser Linie seinen Mann stand, wie andere auf einer anderen, fiel ein Schatten auf seine Lunge und damit vorübergehend auch auf sein Leben, obgleich es da, wollte man ihm glauben, ohnehin an Sonnenschein fehlte.

Mein Matrose hieß Paul Lademann, und niemand sah ihm an, daß er Ruhe und Mehlsuppe brauchte. Er hatte die Statur eines Mittelgewichtlers von der Art, die die Halbdistanz bevorzugt. Er war breitschultrig und untersetzt und hatte einen kleinen entschlossenen Mund und etwas vorstehende entschlossene Augen und einen entschlossenen Gang, die Füße geradeaus, und eine entschlossene Art, nur seinen eigenen Ansichten zu trauen. Wollte man ihm nämlich glauben, so warf der liebe Gott, wann immer er Zeit hatte, einen Stein nach ihm. Paul Lademann kleidete diesen mißlichen Umstand in die einfachen Worte: immer icke.

An dieser Stelle sei der überwiegend hochdeutsch empfindende Leser hingewiesen auf den gravierenden Unterschied zwischen der Wendung »immer icke« und der ihr verwandten, für den Gebrauch in den Schulen zu empfehlenden, korrekten Wortfolge »immer ich«. Letztere nämlich ist zunächst einfach eine humorlose Behauptung, ein wenig anmaßend zudem, sehr leicht entsteht der Eindruck eines einzelgängerischen, sich vordrängenden Menschen, eines Angebers und Wichtigtuers. Die Formulierung »immer icke« dagegen bringt einen völlig anderen Sachverhalt zum Ausdruck, wobei ich Fragen der Wortmelodik nur insofern berühre, als ich anmerke, daß ihr ein klagender Ton unmißverständlich anhaftet, ein Vorwurf an uns alle, der Mitleid bewirken kann, ein sozialer Impuls, eine Sehnsucht nach Gerechtigkeit, die nachdenken macht. Dem nur geringfügig und doch folgenschwer geänderten Wortpaar liegt jeder Ausdruck von Eitelkeit fern, im Gegenteil, ein Hauch Resignation ist spürbar, aber auch eine gewisse Robustheit, die hoffen läßt. Wer so sich ausdrückt, schläft nicht in den Betten der Reichen, sondern teilt sein Lager mit den Erniedrigten und steht mit diesen auf, wenn auch vielleicht mit dem linken Fuß zuerst.

»Immer icke«, sagte jedenfalls Paul Lademann, wenn er die Besonderheit seiner Lebensbahn in knapper Form umschreiben wollte. »Schon als Kind«, sagte Paul Lademann, »immer icke.« Er aß Blaubeeren und andere tranken die Tintenflasche aus, wer wurde bestraft? Er verzehrte sein Mittag beim Gewitter, und als die Mutter nicht hinsah, hieb sein Bruder, gerade als es blitzte, mit der Faust auf den wackligen Tisch. Es war ein sehr wirksamer Einfall. Die Teller klirrten, Suppe verspritzte, die Löffel fielen runter, die kleine Schwester plärrte, die Mutter schrie auf, faßte sich und gab ihrem Kind Paul Lademann eine Ohrfeige.

»Ich war es nicht«, brüllte Paul.

Weil er nicht lügen sollte, kriegte er noch eine.

»Ich war es nicht«, schrie er noch einmal.

Aber in dem Augenblick schlug der Blitz wirklich, grellweiß und ohrenbetäubend in die Kastanie, die vor dem Fenster stand. Und das wurde eine der beliebtesten Familiengeschichten, immer wieder schön und gruselig zu hören und vor allem auch belehrend.

Denn: Mit solchen Dingen spaßt man eben nicht.

Und natürlich wäre der Blitzschlag nur halb soviel wert gewesen ohne Paul Lademann, wie er, um das Gewitter zu verspotten und Mutter und Geschwister zu ärgern, mit der Faust auf den Tisch haut, und es half auch nichts, daß sein Bruder irgendwann, als die Tat schon in das Licht eines zwiespältigen Ruhmes geraten war, darauf bestand, er wäre es gewesen. Niemand wollte eine so schöne Geschichte mehr ändern, und die Pointe war jedesmal: Und stellt euch vor, er gibt es bis heute nicht zu.

»Immer icke«, sagte Paul Lademann nicht ohne einen bestimmten, bitteren Stolz. Er wußte ein Dutzend solcher

Vorfälle, die sich hinzogen über Kindheit, Jugend und frühe Mannesjahre.

Damals, als wir im Krankenhaus lagen, war er zweiundzwanzig und ein Junge, der jedes Ding auf der Welt für möglich hielt. Dementsprechend traf er nüchtern seine Vorkehrungen. Dazu gehörte, daß er Bescheinigungen sammelte. Mit Ausnahme von alten Briefumschlägen warf er niemals ein Stück Papier weg, auf das jemand einen Stempel gedrückt hatte. Er besaß Impfscheine und Schwimmzeugnisse, Eintritts- und Austrittserklärungen, Reisebescheinigungen aus den Tagen, wo man auf den Eisenbahndächern nach Kartoffeln fuhr, außerdem Zuzugsgenehmigungen, Freistellungen, Bewerbungsschreiben, Tauglichkeitsatteste, Untauglichkeitsbefunde, und besonderen Wert legte er auf solche Beurkundungen, die sich gegenseitig ausschlossen. Alle diese Dokumente sammelte er in einer Mappe, die er von Zeit zu Zeit mit ernstem Gesicht durchsah. Doch allzuviel Sicherheit gab ihm die Mappe nicht, mannigfaltige Situationen blieben unbescheinigt, und er sprach gern und ausführlich über das Problem, wie man mit Hilfe von Kartoffelscheiben oder einem gekochten Ei einen Stempel nachmachen könne.

Andererseits richtete Paul Lademann seine etwas vorstehenden Augen auch auf einen anderen, mehr sinnlichen Gegenstand: Er hielt für möglich, daß eine Frau in sein Leben träte, um es auf wunderbare Weise zu ändern. Zu diesem Zweck verfolgte er in einschlägigen Zeitschriften die Briefwechselspalte. Er korrespondierte mit fünf bis sieben Partnerinnen, von denen er immer eine fallenließ, wenn eine neue hinzukam – um sich einen gewissen Überblick zu verschaffen, wie er sagte. Er spielte auch in der Leipziger Klassenlotterie und rechnete zu meinem Erstaunen vor jeder Ziehung ziemlich fest mit einem Gewinn.

»Es gibt nämlich Sachen, die ahnst du nicht«, sagte er.

Nachmittags rückten wir zwei Betten aneinander; und einer setzte sich dazu, und wir spielten Schieberramsch. Und als wir die Karten nicht mehr sehen konnten, spielte ich mit Paul Lademann Schach.

»Schach ist ein Glücksspiel«, erklärte er mir.

Wir spielten tagelang, und er verlor immer, aber er gab sich niemals geschlagen. Er war ein Denkmal der Hartnäckigkeit. Er hatte allein den König, und ich hatte Turm und Pferd.

»Du kannst aufgeben«, sagte ich.

»Warum?« fragte er.

»Es sind noch elf Züge.«

»Na und? Du kannst ja noch was falsch machen.«

»Was soll ich denn bei der Stellung falsch machen?«

»Ich hab ja vorhin auch was falsch gemacht«, sagte er. »Reine Glückssache für dich.«

»Was heißt Glückssache? Du hast einen Fehler gemacht.«

»Na und? Meine Fehler sind dein Glück.«

»Aber ein Fehler ist ein Fehler«, sagte ich geduldig.

»Quatsch«, sagte Paul Lademann genauso geduldig, »Schach ist ein Glücksspiel.«

Jetzt aber, noch ehe mich jemand fragen kann, wann denn nun das Wesentliche in der Geschichte von dem Matrosen im Krankenhaus anfängt, lasse ich eine weitere Figur aus dem Dämmerlicht der Erinnerung treten, und man wird noch sehen, daß ich mich damit dem Thema einen gewaltigen Schritt nähere. Der jetzt auftritt, heißt Robert. Ich lasse ihn durch die Tür kommen, morgens gegen zehn, wie es sein Amt verlangte, denn Robert war unser Stationsarzt. Er war semmelblond und hatte ein mächtiges rotes Gesicht mit einer schweren hängenden Nase und einem zu schmalen Mund, in dem man keine Zähne sah, wenn er sich wie ein kleines rundes Loch öffnete, und hellblauen Kugelaugen, die ähnlich entschlossen blickten, wie die von Paul Lademann. Er sagte »du«

zu uns und sprach nicht lateinisch über unsere Defekte und deutsch auch nur selten. Wenn er eintrat, fragte er in gezogenem Ton: »Naaa?« Dann ging er an den Betten entlang, grinste nach hier und nach dort, warf einen gerunzelten Blick auf diese und jene Fieberkurve, aber niemals entdeckte er etwas Beunruhigendes, und ehe er uns verließ, sprach er: »Ihr habt sowieso nischt.«

Und so vermittelte er uns ohne jede Dämonie, Hypnose und andere ehrgeizige Mittel ein solides Vertrauen in den Umstand, daß ein Kranker wieder gesund wird, wenn man ihn nur in Ruhe läßt.

Das waren Roberts heitere Morgenvisiten. Aber manchmal trat er auch bekümmert durch unsere Tür, seine Nase wirkte größer, sein Mund noch kleiner, und dann ging seine Rede so: »Heut nacht ist uns der Zupke abgekratzt, Zimmer elf. Drei Tage, nachdem wir ihn operiert haben. Und wißt ihr, wieso? Bloß wegen dem verdammten Wetter. Wegen dem niedrigen Luftdruck. Hätten wir ein Hoch, würde er leben. Aber dieses lausige Tief seit drei Tagen, da mußte er sterben. So ist das eben.«

»Und Sauerstoff?« fragte unser Matrose Paul Lademann.

»Wat willste wissen?« fragte Robert aus tiefen Gedanken.

»Hilft da nicht künstlicher Sauerstoff?«

»Mal hilft er«, sagte Robert. »Und mal hilft er nicht.«

Ich nehme heute noch an, so ist es. Denn die meisten Sachen helfen mal, und mal helfen sie nicht. Aber damals gab uns der Freimut, mit dem Robert uns teilhaben ließ an seiner ratlosen Betrübnis über den Hingang eines Menschenbruders, sehr zu denken.

Vor allem Lademann, wen konnte es wundern, machte sich seine Gedanken. Denn es war gerade zwei Tage her, daß der Chefarzt, ein gepriesener Operateur, hinter sich den Oberarzt und unseren Robert und noch zwei Doktoren und vier Studenten, an seinem Bett gestanden und ihm eröffnet hatte, daß zur Beförderung seiner Genesung gewisse Gewebestränge, die ihm Rippenfell und Lungenfell unzulässigerweise verbanden, umgehend durchtrennt werden müßten. Zwar hatte ihm Robert anschließend beruhigend versichert: »Das ist ein Klacks für einen Mann wie dich«, aber das war eben Roberts Art, und es war ja derselbe Robert, der uns jetzt so bekümmert in Kenntnis setzte über den fatalen Einfluß der Witterung auf den Gang der Medizin.

Paul Lademann jedenfalls begann sich mit der Wetterprognose zu befassen, und jedes Wolkenfeld, das sich von Island oder den Azoren her ostwärts wälzte, warf seinen Schatten weit voraus auf ihn.

»Wenn es regnet, lehne ich die Operation ab«, erklärte er uns.

Es regnete nicht, als er drankam. Es war ein durchschnittlich freundlicher Tag, an dem der Matrose Lademann im Morgengrauen zwischen Nabel und Hals rasiert wurde und kein Frühstück bekam, sondern eine Injektion, die ihn träge machte. Um acht sollte er hinfahren: den Gang mit seinen dreißig Türen entlang, hinunter mit dem Fahrstuhl, hinein in den gefliesten Raum mit dem schwer durchschaubaren Instrumentarium, das in gleichem Maße Vertrauen und Mißtrauen weckt. Um acht Uhr oder wenig später sollte er aus seinem fahrbaren Bett auf den verstellbaren Tisch umsteigen, sich auf die Seite legen, den Arm über den Kopf nach hinten strecken, damit sorgende Finger seinen Puls tasten könnten, sollte mit einem Laken bedeckt werden, in dem ein Rechteck ausgespart war, damit die unverletzte Haut, mit kühlendem Alkohol gesäubert, frei läge für den Einstich der Kanülen zum Zweck schnell wirkender lokaler Betäubung und anschließend für das geübte Messer des kunstvoll operierenden Chefs, der zwei Schnitte zwischen die Rippen setzen würde, sekundiert von seinem Oberarzt, während Robert, weil es ein Fall von seiner Station war, ihnen mit seinen blauen Kugelaugen entschlossen über die Schulter blicken würde. Paul Lademann hatte bei Leuten, die sich dem Eingriff schon unterzogen hatten, nachgefragt und auch uns in die Einzelheiten eingeweiht. Man würde ihn auffordern, tief und regelmäßig zu atmen. Und während er keinen Schmerz fühlen würde, höchstens einen dumpfen Druck, geschähe dies: Der Chef steckt in den ersten Einschnitt eine Optik mit einer kleinen Lampe und sieht sich um in Lademanns dunkler Brust, in den zweiten Einschnitt aber führt er ein zweckmäßiges Gerät mit einem elektrisch heizbaren Draht an der Spitze, mit dem er, was immer des Patienten Gesundung zwischen Lunge und Rippen im Wege steht, blutlos zerschneidet. Und es würden nicht mehr als zwanzig Minuten vergehen, sagen wir eine halbe Stunde, und ein Faden aus Katzendarm würde die Wunden schließen, und um neun, Jungens, wird Paul Lademann wieder unter uns sein und hat es hinter sich.

Um neun an diesem Morgen war er allerdings nicht zurück, sondern noch gar nicht weg. Allmählich erwachte er aus seinem flachen, medikamentös geförderten Schlummer, sah nach der Uhr und blickte mit scharfem, skeptischem Interesse auf die Situation. Die Schwester, die wir riefen, wußte nichts, und auch die Oberschwester erklärte, sie könne nur auf einen Anruf warten oder auf Robert, denn der sei im Moment nicht da. Paul Lademann nickte, weil er alles vorher gewußt hatte: »Immer icke. Ich habe es euch gesagt.«

Um elf kam Robert und sagte: »Nun reg dich mal nicht auf. Unten haben sie ein Ding, das dauert.«

Und um zwölf, als wir unsere Teller mit Kartoffeln, Soße und Fleisch vollluden, kriegte Paul Lademann mit leerem Magen eine zweite vorbereitende Spritze. Um eins lag er in halbem Schlummer, um halb drei war er wieder wach. Er klingelte und Robert kam und sagte: »Sie haben heute lauter Dinger, die dauern. Aber jetzt geh ich mal selbst runter.«

Und dann wurde es langsam Abend. Die Schwestern wechselten. In der Küche über dem Flur klapperten die Teller. Wir versuchten Paul Lademann aufzuheitern, aber die längste Zeit verbrachte er bitter und stumm und bekam kein Abendbrot und erfuhr um neun, daß er nicht mehr drankäme, aber um halb zehn kam die Nachricht, daß er nun doch an der Reihe sei, und zwar sofort.

»Ich schreibe an die Regierung«, rief er und empfing seine dritte Beruhigungsspritze. Dann wurde er hinausgerollt, mit dem Gesicht eines Mannes, der verstanden hat, daß er chancenlos einem absurden Prinzip geopfert wird. Mit demselben Gesicht, stelle ich mir vor, kam er unten an. Zunächst waren nur zwei Schwestern da, die eine zog Spritzen auf, die andere legte Lademann hin, wie er liegen sollte, und schnallte ihm einen Riemen um die Beine. Dann trat Robert ein, in einem blau-weiß gestreiften Kittel, in dem Paul Lademann ihn nie zuvor gesehen hatte.

»Dann wollen wir mal zusammen rangehen«, sagte er. »Du hast doch nicht etwa Angst?«

»Angst nicht«, sagte Lademann unbestimmt und bemerkte erstaunt, daß die Türen schon geschlossen wurden. Er hörte, wie Robert ein paar Anweisungen gab, und fragte mit plötzlichem Mißtrauen: »Ist denn der Chef nicht da?«

»Der hat heute genug gemacht.«

»Und der Oberarzt?«

»Der auch.«

Da begriff Lademann endgültig, daß es nicht der Wettergott war, der ihm eine Falle stellte. Es war überhaupt kein Gott. Es war der Geist der Qualifizierung. Robert nämlich, der im Kriege geschnitten und gesägt hatte, qualifizierte sich nun für die kleinere Chirurgie im Frieden, und diese späte Stunde und die Rippen des Matrosen Lademann waren ausgewählt, daß er sich bewähre. Aber als Lademann dieser Umstand ins Bewußtsein trat wie ein spitzer Schmerz, zog man ihm schon ein Laken über den Kopf, die Haut über seiner Brust wurde fühllos wie Papier, jemand griff nach seinem Handgelenk, und ihm blieb nichts übrig, als heftig und stoßweise zu atmen. Irgend etwas wurde zwischen seine Rippen gezwängt, dies schien ein wichtiger Augenblick zu sein, denn alle schwiegen, bis Robert nach einer Weile enttäuscht sagte: »Also ein Stück weiter oben wäre es günstiger gewesen.«

Ich weiß nicht, ob Haß die Sinne schärft, ob er eine Säure ins Blut treibt oder die Nervenenden zwirbelt. Paul Lademann jedenfalls behauptete nachher, daß er in diesem Moment den Stahl in seiner Brust gespürt hatte. Er rief: »Ich merke alles.«

»Quatsch nicht«, sagte Robert.

»Ich merke alles«, schrie Paul Lademann noch einmal.

»Kannst du gar nicht«, sagte Robert mit großer Gelassenheit.

»Soll ich Ihnen sagen, wo Sie jetzt sind?«

Er sagte es.

»Donnerwetter«, sagte Robert, »das wundert mich.«

Und er gab dem Matrosen noch einmal zwei große Spritzen, und dann machte er weiter, und eine halbe Stunde lang redeten sie kein Wort. Robert tat, was er konnte, und blickte die ganze Zeit mit seinen zusammengekniffenen, blauen Augen in Lademanns unerforschte Brusthöhle. Schließlich richtete er sich auf und sagte: »Jetzt bist du sauber bis auf einen Strang.« Er machte eine Pause und fügte hinzu: »Aber der steht verflucht dicht an der Aorta.« Dann machte er noch eine Pause, so daß jeder, auch der Patient Lademann, sich eine Vorstellung von der Aorta machen konnte, wie sie vom Herzstrom durchpulst sich ahnungslos dahinzieht, während sich in verfluchter Nähe ein Makel verbirgt, dem Robert mit tastender, doch entschlossener Schneide sich nähert.

»Jetzt ist die Frage«, sagte Robert, »gehen wir da selbst ran oder holen wir den Oberarzt?«

Für Paul Lademann war es keine Frage.

»Ich verlange den Oberarzt!« brüllte er. »Ich will leben.«

»Mann, sind deine Nerven kaputt«, sagte Robert, »und dabei bist du noch so jung.«

Und dann warteten sie eine Viertelstunde, denn der Oberarzt lag schon im Bett. Und Robert sagte ein bißchen vorwurfsvoll: »Wie soll ich denn mit dir was machen, wenn du kein Vertrauen hast?«

Der Oberarzt kam und sagte »Aha« und sagte »Na, das haben wir gleich« und lobte Roberts Vorsicht. Und alles war gut, nur daß Paul Lademann die Treppen zu Fuß rauf mußte, weil inzwischen der Fahrstuhl nicht mehr funktionierte. Aber Robert und die Nachtschwester schleppten ihm sein Bett hinterher, und so fuhr er wieder bei uns ein, Mitternacht war vorüber, Robert stand noch ein Weilchen an seinem Fußende, betrachtete ihn väterlich und sagte schließlich: »Na siehste.«

Paul Lademann schloß die Augen und sagte still: »Immer icke.«

Nun glaubten auch wir daran. Und die Geschichte mit einem Mädchen namens Elfi hätte wirklich nicht passieren müssen, um irgend jemand davon zu überzeugen, daß Lademann ein paar besondere Knoten in seinem Lebensfaden hatte.

Dabei hatte er seine Vorsorge getroffen, vielleicht sogar, wenn man an das Ende denkt, zuviel davon. Nachmittags stand er vor dem Spiegel und rieb sich rundherum mit Kölnischwasser ein.

Abends, als wir uns auszogen, zog er sich an. Mit Hemd, Krawatte und Anzug legte er sich ins Bett und deckte sich zu bis zum Hals, und auch die Arme ließ er nicht draußen. So wartete er auf die Schwester, die allabendlich nach unseren Wünschen fragte, soweit sie in ihre Zuständigkeit fielen, uns zuerst, denn wir waren das Zimmer eins. Und gleich nach der Schwester wollte Paul Lademann hinaus und die Treppe hinunter und konnte so, zeit- und ortskundig, die Haustür noch offen finden und den Park gewinnen und den Weg zu Elfis Tür und hinter der Tür vielleicht den Weg zu ihrem Herzen. Doch an dem Abend, und ich schwöre, es kam kein anderes Mal vor, begann die Schwester nicht bei uns, sondern in Zimmer dreißig. Sehr langsam kam das Türenklappen auf uns zu, eine Stunde verging darüber, und die ganze Zeit lag Paul Lademann, unzweckmäßig bekleidet, in seinem Bett, und als wir unsern Gutenachtgruß endlich weg hatten, war unten zugeschlossen. Jetzt aber zeigte der Matrose Lademann seine bemerkenswerte Lebenskraft. Er warf mir seine Jacke und seinen Mantel auf das Bett, lief durch das Nebenzimmer und erschien auf einer Balustrade, die auf hölzernen Pfeilern stand.

Und wer Paul Lademann an diesem Herbstabend dort herunterklettern sah, der mochte durchaus Roberts Vermutung teilen, daß wir »sowieso nischt hätten«.

Aber auch unsereiner konnte glauben, daß selbst die Matrosen, die die Schiffe zwischen Treptow und Grünau bedienen, eine mystische Erinnerung in sich tragen an Karavellen, Koggen und Korvetten, in deren hohen Takelagen der Weltwind pfeift. Der Matrose Paul Lademann winkte aus nebliger Dunkelheit hinauf, ich winkte zurück, warf ihm Jacke und Mantel hinunter und schloß das Fenster.

Genugtuung erfüllte uns. Wir wechselten noch ein paar schläfrige Worte, und unsere Gedanken folgten Paul Lademann, wie er über den Krankenhauszaun setzte, durch den nächtlichen Wald marschierte, das Gekläff der Dorfhunde nicht achtete und bei Elfi anklopfte. Und deren Eltern waren verreist. Ehrlich, wir waren mit ihm in Gedanken, und wir freuten uns auch schon auf seinen Bericht.

Und daß er ziemlich anders ausfiel, als zu erwarten stand, beleuchtet eben die bedauerliche Schlagseite, mit der Paul Lademanns Schicksalsschiff im Wasser lag, so wie das unschuldige Frühlicht sein unheimlich geschwollenes Auge beleuchtete, als er um Viertel sechs, noch vor der Morgenschwester, wieder bei uns auftauchte.

Er winkte stumm ab und legte sich hin.

Erst nach dringlichem Fragen erfuhren wir, daß nicht etwa die Faust eines Nebenbuhlers ihn getroffen hatte, sondern abermals eine anonyme Mißgunst, auch ich war ihr Werkzeug, vor allem aber Paul Lademann selbst.

Voraussehend, daß eine Nacht lang sein kann und wohl auch schwächend, und gebildet genug, um zu wissen, daß ein Kavalier etwas mitbringt, hatte Lademann eine Pfundbüchse Leberwurst in seine Manteltasche gezwängt.

Als ich nach geglücktem Mantelabwurf noch hilfreich aus dem Fenster lehnte, als er noch mit aufwärtsgekehrtem, von glücklichen Erwartungen erhelltem Gesicht nach oben blickte, traf ihn scharfkantig die eigene Voraussicht, sozusagen ein Büchsenschuß besonderer Art. Und das gab der Nacht, noch ehe sie im poetischen Sinne anfing, eine triste Wendung, die darin bestand, daß Elfi einen wankenden Mann einließ, dem sie später, Stunde um Stunde, eine kühlende Messerklinge auf sein geschlossenes Auge drückte, während er das andere schmerzhaft aufriß.

Und weiter?

»Weiter nichts«, sagte Paul Lademann.

Und dann mußte er Robert ausführlich erklären, wie er auf dem Pantoffel ausgerutscht wäre und mit einer halben Drehung, während die haltsuchende Hand abglitt, mit dem Auge auf die Bettkante geschlagen sei, und Robert verordnete ihm etwas Kühlendes und sagte vorwurfsvoll: »Solche Dinger machst nur du.«

Paul Lademann nickte stumm, und wir wußten, was er dachte. Und als Robert raus war, sagte er es. »Immer icke«, sagte er.

Natürlich könnte eine Wurstbüchse unter ähnlich heimtückischen Umständen auch jemand anderem auf den Kopf fallen als einem Matrosen, und es müßte nicht im Krankenhaus geschehen. Hier stoße ich wohl an die Grenzen meines Themas, und was die Grenzen des Typischen angeht, so überschreite ich sie vielleicht schon; der theoretisch beschlagene Leser könnte es mir vor halten. Und dem könnte ich, einigermaßen verlegen, nur entgegnen, daß selbst eine dumme Geschichte eine Logik hat: Sie ist eben passiert.

Bruder Alfred

Nun muß Barleben in die Stadt, sein Bruder Julius ist gestorben. Hoffentlich regnet es nicht, sagt er, bei Regen ist eine Beerdigung nicht schön. Wie alt ist denn der Bruder geworden? Sechsundachtzig. Ein schönes Alter. Ja, ja, ein schönes Alter. Und sind noch mehr Brüder? Noch einer, aber der ist auch schon tot. Der hieß Alfred. Und wie alt war der? Der war anderthalb, sagt Barleben. Der ist in den Waschkessel gefallen. Mutter war bloß mal schnell auf dem Hof, 1890, und da ist es passiert. Ich hab ihn gar nicht gekannt. Ich war noch nicht da.

Barleben kam also später, und der Waschkessel stand glücklicher. Barleben war vier Klassen lang in der Dorfschule, sechs Jahre auf dem Gut, vier Jahre auf dem Havelschleppkahn, drei Jahre bei den Husaren, ein Jahr bei den Russen, dreiundvierzig Jahre im Sägewerk, zwei Jahre in der Genossenschaft, neun Jahre Rentner. Er hat sieben Mädchen geliebt und eins geheiratet. Er hat zwei Söhne und eine Tochter gezeugt. Ein Sohn liegt in Polen, der andere arbeitet beim Wasserbau im Büro, mit einem Arm. Die Tochter ist verheiratet, Barleben hat vier Enkel. Er hat fünf Hunde gehabt, der letzte bellt noch heiser. Er hatte zwei Pferde, hinter dem einen ist er über den Acker gegangen sechzehn Jahre, hinter dem anderen fünf. Er hat eine Menge Hühner gehabt, auch Ziegen, Schweine, Tauben, einen Truthahn und an die zwanzig Katzen. Er hat mindestens zwei Wälder zersägt, Jahr für Jahr und Stamm für Stamm, zu Brettern von einem oder anderthalb Zoll oder dünner. Er hat achtunddreißigmal auf vier Morgen Land gedüngt, gepflügt, gesät, gepflanzt, gejätet, gehackt, gemäht, gegraben, geharkt, geeggt. Er hat zuletzt in der Genossenschaft das Korn abgewogen von achthundert Morgen Land. Er hat etwa dreitausend Fische geangelt, Barsch, Rotfeder, Plötze, Zander, Aal und Hecht. Er hat viel Kartoffeln und viel Brot gegessen, aber nicht zu jeder Zeit gleich viel. Er hat vielleicht sechstausenddreihundertfünfundfünfzig Glas Bier getrunken und annähernd viertausendundelf Schnäpse, meist Korn oder Weinbrandverschnitt, weniger Likör. Er hat in seinen sechs Kirschbäumen vierundneunzig Stare geschossen, alle mit Schrot. Er hat zwei Sack Rüben gestohlen, eine Sichel, eine Axt, eine Malerbürste und einen Plastikeimer. Er hat seine Frau zweimal ins Krankenhaus gebracht, beim zweiten Mal ist sie gestorben. Er hat den Kaiser nicht gesehen und den ersten Reichspräsidenten nicht und nicht den zweiten und den Führer nicht und nicht den neuen Präsidenten. Den Vorsitzenden hat er im Fernsehen gesehen. Außerdem Gagarin, schon zwei Päpste, die Königin Elisabeth und so weiter.

Sein Bruder Alfred hat nichts gesehen, kein Mädchen geliebt, kein Holz gesägt, kein Bier getrunken und nichts gestohlen, weil in einem schlimmen Augenblick, 1890, die Mutter für einen Sprung auf dem Hof war.

Wenn nun, droben im Oberland, im selben Jahr, der Bruder Adolf in den Kessel gefallen wäre?

So fallen einem noch ein paar ein.

Johanniter und Blei

Im Westen ist auch nicht alles gut.

Das sagt mir überzeugt Frau Schrader, meine Nachbarin, und bezieht sich dabei auf das Geschick ihrer jüngeren Schwester Elfriede, die einem Mann gefolgt ist, in Liebe und guter Hoffnung, der Sonne nach über die Grenze, die damals noch offen war. Und dann gleich mit dem Flugzeug, hoch, hoch hinaus bis nach Württemberg in ein Barackenlager. In einem anderen Lager, in zwei Stunden mit dem Bus zu erreichen, wußte sie, war er. Doch niemals kam er, um Elfriede zu umarmen und auch nicht, um wenigstens nach dem Kind zu fragen, das sich in ihr schon regte. Und als sie sich selbst auf den Weg machte, fand sie heraus, daß er verschwunden war, und keiner wußte, wohin. Es stand also schlimm um Elfriede und um das Kind ohne Vater, aber ihren Stolz hatte sie noch und wollte auf keinen Fall zurück in den hämischen Osten, verlassen und gescheitert, eher hätte sie jede Last auf sich genommen.

Es fügte sich günstiger, als sie gedacht hatte. Sie bekam Flüchtlingshilfe und eine Stellung in der Ausgangskontrolle eines Hemdenversandes. Das erste Jahr war bitter und einsam, aber im zweiten Sommer hatte sie genug zurückgelegt, um acht Tage mit einer Reisegesellschaft nach Heiligenmerkel in Oberbayern zu fahren, von wo sie ihrer Schwester, der Frau Schrader, eine Postkarte schickte. Darüber hinaus lernte sie dort Herrn Dullenstedt kennen, einen stattlichen Mann in einem braunen Tweedsakko, der sie abends, wenn Klein Marlies schon schlief, an der Hand über die Waldwege führte und ihr Mißtrauen in vier Tagen überwand, weil er ihr nicht nur ein Gatte, sondern auch ihrem Kind ein Vater sein wollte.

Der Mann war korrekt. Redlich stand er zu seinem Wort und gab Elfriede seinen ehrlichen Namen, Dullenstedt, wie gesagt, gab ihr Bett und Tisch im Stadtteil Charlottenburg und von seinem Elektromeistergehalt, was der Haushalt brauchte. So war sie wieder in Berlin, wenn auch auf der anderen Seite der Welt, und schickte ihrer Schwester, meiner Nachbarin, hin und wieder Kaffee und Schokolade, so daß die reinen Herzens sagen konnte: Meine Schwester Elfriede? Was denken Sie, der geht es blendend. Bis Dullenstedt eines Abends sagte: »Ich hole mir schnell mal eine Schachtel Zigaretten von unten.«

Es war ein Frühsommerabend mit einem Himmel, der lange rot blieb. Die Kabrioletts fuhren offen, die Mädchen trugen helle Kleider, Atmen war leicht und verschiedene Sehnsucht machte sich bemerkbar, auch die Sehnsucht nach Bier. Dullenstedt ging in ein Lokal, in dem er gelegentlich Kunde war, Stimmengewirr empfing ihn, es war voll, doch er fand einen Platz an der Theke. Er bestellte sich eine Schachtel Stuyvesant und ein Johanniter. Die Zigaretten steckte er in die Jackentasche, dann heftete er, die Zunge am Gaumen reibend, den Blick vorfreudig auf den weißen, porigen Schaum, der an dem von der Kühle beschlagenen Glas hinab auf das Chromblech des Schanktisches floß. Aber ehe er dazu kam, den ersten Schluck zu tun, den schönsten von allen, sagte rechts von ihm eine Stimme, die warm und verraucht klang, etwa so, wie die Luft im Lokal schmeckte: »Kaufst du mir auch ein Bier, Süßer?«

Dullenstedt wandte sich zur Seite. Neben ihm stand eine Frau mit türkisfarbenen Clips in den Ohrläppchen, Mittdreißigerin, die ihm unter breitem Lidstrich stetig ins Auge sah, allerdings eher überdrüssig als ermunternd. Es war nicht auszumachen, ob sie von ihm irgend etwas wollte, außer einem Bier. Während er zu erwägen begann, ob hier nur ein plumper oder ein letztlich doch schmeichelhafter Wunsch an ihn gerichtet wurde, sagte links von ihm eine andere Stimme, weich, aber mit einem fremden Akzent: »Sie werden doch für diese Nutte kein Bier kaufen ...«

Dullenstedt drehte den Kopf und erblickte einen schmächtigen Mann mit schwarzem, fettigem Haar, dunklen, ein wenig feuchten Augen und einer olivfarbenen Haut, und das alles in einem hellen Staubmantel mit hochgeschlagenem Kragen, der an den Kanten nicht ganz sauber aussah. Süden, tippte Dullenstedt unbestimmt. Deshalb ging er gleich mal zum »du« über, das leichter zum Herzen spricht und sagte ruhig: »Paß mal auf, mein Junge. Ob ich dieser Dame ein Bier kaufe oder nicht, ist einzig und allein meine Sache, erstens. Und zweitens ist diese Dame für dich keine Nutte, sondern immer noch eine deutsche Frau. Verstanden?« Dann rief er, jetzt klar entschlossen, »noch ein Johanniter« über die Theke und nahm endlich einen langen Schluck aus seinem Glas und sah sich auch einmal nach der Frau mit den Ohrclips um, aber die lächelte nur rätselhaft.

Der schmächtige, schwärzliche Mann wiederholte unbelehrt: »Sie werden doch für diese Nutte kein Bier kaufen!«

Einen Augenblick lang wunderte sich Dullenstedt einfach. Der Akzent schien ihm jetzt französisch zu klingen. Aber das mußte im Moment ungeklärt bleiben. Und auch, welche Fäden sich weben mochten zwischen dem da und der Frau an seiner anderen Seite, zog Dullenstedt nicht in Betracht. Blond, stämmig und deutschstämmig, Elektriker mit Abendschule, trat er für sein überliefertes Recht ein, Bier zu spendieren, für wen er wollte und wann er wollte, noch dazu in Charlottenburg. Vielleicht sah er nicht, daß die Mundwinkel des Nichthiesigen unbegreiflich zuckten? Vielleicht sah er es durchaus. Was gingen ihn ausländische Mundwinkel an? Er stellte sein Glas vernehmlich ab und sagte: »Das ist vielleicht bei euch so, in der verlausten Gegend, wo du herkommst und wo ihr die Fensterritzen mit Kamelmist verschmiert, daß da in den Kneipen bloß Nutten rumstehen. Wenn ihr überhaupt Kneipen habt, das ist noch die Frage. Aber gesetzt mal den Fall, und angenommen also, du lungerst da rum und läßt für so eine Schickse ein Bier springen, und ich stehe zufällig daneben, dann werde ich ja auch nicht sagen, daß du dieser Nutte kein Bier kaufen sollst. Weil mich das nämlich gar nichts angeht, verstehst du? Und umgekehrt geht es dich nichts an, kapiert? Weil, wem ich ein Bier kaufe, immer noch und auch in Zukunft ausschließlich meine Sache ist. Und im übrigen ist diese Dame für dich keine Nutte, sondern immer noch eine deutsche Frau.«

Soweit Dullenstedt. Der andere faßte ihm darauf an die Jacke, Dullenstedt gab ihm einen Stoß, der Wirt und zwei robuste Stammkunden zögerten nicht und warfen den gestikulierenden Mann, dessen Protest keiner verstand, vor die Tür.

»Der spinnt nämlich«, sagte die Frau.

Doch Dullenstedt, nachdem er seine Ehre gewahrt hatte, war sich der ihrigen nicht mehr so sicher. Als häuslichem Mann fiel ihm Elfriede ein, die jetzt im Fernsehen die Ratesendung sah. Er zahlte die beiden Bier und die Zigaretten und ging hinaus in die sanfte Dämmerung.

Jemand trat auf ihn zu. Aus dunklem, marokkanischem Stolz sprang ein grelles Licht, sprang aus schwarzem, am Taschenfutter blankgeriebenen Stahl direkt in Dullenstedts Augen, und drinnen hörten sie, was er schon nicht mehr vernahm, den Schuß.

Und jetzt, sagt Frau Schrader und beendet damit ihren Bericht über das Problematische des Westens, jetzt hat meine Schwester wieder keinen Mann.

Kohlen und Kavallerie

Sie haben so einen festen Händedruck, sagt der Kohlenhändler.

Ich winke ab.

Doch, doch, sagt der Kohlenhändler, üben Sie nebenbei ein Handwerk aus?

Das kann ich wirklich nicht sagen.

Oder treiben Sie vielleicht Sport?

Ich winke wieder ab, aber meine Eitelkeit gebietet mir zu sagen, daß natürlich, ab und zu, sonnabends früh, viel zu selten allerdings, ein wenig Gymnastik, ein bißchen Boxen am Sandsack...

Kennen Sie Cassius Clay? fragt der Kohlenhändler.

Natürlich, sage ich.

Gut, was? Sehr gut.

Aber Sie selbst, aktiv, nicht, was?

Früher habe ich mal Fußball gespielt.

Das ist auch schön. Sehr ästhetisch, jedenfalls im Fernsehen, sagt der Kohlenhändler. Ich meine, ich bin gar nicht sicher, ob ich selbst so einen Fußball überhaupt richtig treffen würde. Aber ich sehe es mir gern an, tatsächlich.

Der Kohlenhändler ist ein kleiner, sklerotisch wirkender Mann, Endsechziger mit rosiger Haut und zwinkernden Augen, er erinnert an einen Lord im Farbfilm.

Ich selbst bin mehr Turnierreiter und Kavallerist, sagt er.

So? sage ich erstaunt.

Ja, sagt er. Aber mit der Kavallerie ist es ja vorbei heute. Leider. Tatsächlich. Nun wollen wir mal zugeben, sie würde ja auch nicht mehr richtig reinpassen, nicht wahr?

Das stimmt allerdings, gebe ich zu.

Obgleich es schade ist. Sehen Sie, von der Kavallerie hat doch ein großer Teil der Wirtschaft gelebt. Nehmen sie nur Zaumzeug und Sattel, die Sattler. Die Schmiede. Der Hafer, die Landwirtschaft. Überhaupt die Pferdezucht. Na und die Gaststätten? Na und ob. Das waren doch alles Freiwillige bei der Kavallerie, die gaben Geld aus ...

Daran denkt man gar nicht so, räume ich ein.

Was meinen Sie, sagt der Kohlenhändler. Ich war Leipziger Ulan.

In Leipzig waren Ulanen?

Natürlich, sagt er. Und in Torgau waren die Husaren und in Großenhain auch. Eine Mitteilung aus der Kindheit meines Vaters kommt mir in den Sinn, und ich rufe aus: Und in Pasewalk waren die Kürassiere. Richtig, sagt der Kohlenhändler. Und in Parchim waren die Dragoner und in Stendal waren die Husaren und in Quedlinburg die Kürassiere und in Halberstadt auch und in Gardelegen waren wieder die Ulanen.

Er nickt mir triumphierend zu; Morgenrot, Morgenrot, leuchtest mir zum frühen Tod, aber auf dem Rücken der Pferde liegt das Glück dieser Erde.

Na ja, man lebt von der Erinnerung, sagt er.

Vorbei ist vorbei, sage ich.

Das waren zehn Zentner Briketts und fünf Zentner Koks?

Wenn es möglich ist.

Na ja, sagt er, es klappt schon.

Wir reichen uns die Hand, ich steige in mein Auto, aber so wie er mich ansieht, scheiden wir als Reiter.

Worin besteht das Neue auf dem Friedhof?

Die Straßen waren glatt, es schneite die ganze Zeit. Wir vermieden es, über den Anlaß unserer Fahrt zu sprechen. Nur einmal sagte mein Vater: »So geht einer nach dem anderen.«

Vor dem Haus am Rand der Siedlung, hinter der die Haffwiesen beginnen, standen schon zwei Autos, ein Skoda und ein Trabant. Drei Nachbarkinder sahen neugierig zu, wie wir ausstiegen. Meine Mutter und Tante Hedwig waren steif vom langen Sitzen. Die Blumen ließen wir im Wagen.

Als wir den Hof betraten, sah uns meine Tante Lene durch das Küchenfenster, und wir sahen sie. Ihre Augen leuchteten freudig überrascht, ihre Stimme kreischte jugendlich: »Die Berliner sind da.«

Aber gleich darauf, drinnen, als die Frauen sich umarmten, weinte sie und schniefte durch die Nase. Ich drückte ihr die Hand, ebenso meinem Cousin und meiner Cousine, die ich zehn Jahre nicht gesehen hatte, und brachte es nicht fertig, »Herzliches Beileid« zu sagen. Meine Cousine hatte einen Mann, ihren zweiten, den ich nicht kannte, und einen Sohn, den ich einmal gesehen hatte, als er im Garten spielte. Jetzt diente er in der Armee und hatte einen Tag Sonderurlaub. Auch mein Cousin war verheiratet, seiner Frau war ich nie begegnet. Wir begrüßten uns alle freundlich, in komischer familiärer Fremdheit, redeten Belangloses (der Straßenzustand bot sich an), stolperten über das ungewohnte »Du« und ließen den Grund unserer Anwesenheit unerwähnt.

»Hoffentlich reicht das Essen«, rief Tante Lene in der Küche und lief geschäftig hin und her und legte noch zwei Scheiben Fleisch in die Pfanne. Die Frauen stellten Teller und Schüsseln auf den ausgezogenen Tisch. Wir zwängten uns in dem kleinen Zimmer auf unsere Stühle und wünschten uns guten Appetit.

Der Platz meines Onkels Rudolf blieb nicht frei. Dazu war es zu eng. Wo er immer gesessen hatte, am Kopfende, gegenüber dem Fenster, saß nun, wie es wohl richtig war, Tante Lene, seine Witwe. Als wir uns mit übertrieben höflichem »Bitte« und »Danke« die Schüsseln zureichten, um unsere Verlegenheit zu überspielen, als wir zu essen begannen, dachte vielleicht jeder an ihn. Dort hatte er gesessen, mit rotgeädertem Gesicht und hellblauen Augen. Dort saß er, erzählte mit langsamem Temperament Geschichten, machte Späße auf Kosten seiner Frau, hörte nicht auf zu lachen, solange sie nicht aufhörte zu schimpfen, goß seinen selbstgemachten Wein ein, und seine kranke rechte Hand bewegte sich täppisch auf dem Tisch.

Wir aßen, und Tante Lene liefen die Tränen über das Gesicht, als sie berichtete, wie es ihm zuletzt gegangen ist. Er hat die Schmerzen nicht aushalten können und hat verlangt, daß sie ihm einen Ziegelstein auf den Kopf schlagen soll. Aber Weihnachten hat er noch am Fenster gesessen und sich über die Kinder geärgert, die mit dem Schlitten gegen seinen Zaun gefahren sind; Jahr für Jahr war es dasselbe. »Seit dreißig Jahren hat er sich darüber geärgert«, sagte Tante Lene. Und dann sagte sie, beruhigt über den Tisch blickend: »Seht ihr, es hat für alle gereicht, Gemüse und Kartoffeln sind sogar noch übrig.«

Der Weg war vereist, so daß die Frauen sich einhakten. Vor dem Friedhofstor war eine Rodelbahn, aber die Kinder fuhren geschickt und rücksichtsvoll um uns herum. Ich wickelte unsere Blumen aus und steckte das Papier in die Tasche. Die Kapelle war geheizt.

Wir setzten uns auf die Stühle rechts vom Sarg und warteten. In den Fensternischen brannten Kerzen. Nach und nach kamen andere Trauergäste und setzten sich auf die linke Seite, meist ältere Leute mit den Mienen maßvoll mittrauernder Nachbarn, dann zwei Männer in Postuniform und eine üppige Frau in Skihosen und einer Postjacke. Eine andere Frau in einem Pelzmantel erschien, ging routiniert in die Tiefe der Kapelle, stellte ihre Handtasche auf das Harmonium, setzte sich davor, holte ein Tuch aus der Handtasche und wischte sich die Nase. Ein jüngerer Mann in einem schwarzen Anzug, der ihm zu knapp geworden war, trat ein und drückte den Leidtragenden in der ersten Reihe in stummer Anteilnahme die Hand. Ich saß in der zweiten Reihe. Der Mann hatte, hinter einer Brille, erschrockene Augen, er trug eine rote Kunstledermappe in der Hand, an seinem Revers sah ich das Abzeichen der SED. Das Harmonium begann zu spielen. Als es endete, trat der Mann im schwarzen Anzug an seinen Platz am Kopfende des Sarges, schlug seine Mappe auf und fing an zu reden, und was er redete, las er ab.

»Wir haben uns zusammengefunden aus traurigem Anlaß. Wir haben Abschied zu nehmen von Rudolf L., dem Mann, dem Vater, unserem lieben Kollegen und Genossen ...«

Er sprach schnell und leise und wirkte unsicher. Erst jetzt wunderte ich mich, warum eigentlich kein Pfarrer da war. Und ich erinnerte mich undeutlich, daß Onkel Rudolf vor langer Zeit aus der Kirche ausgetreten war, aus Gründen seines Weltbildes und ein wenig auch aus Gründen der Sparsamkeit. So gab es also keine Predigt, sondern eine Rede, eine leise vorgelesene Rede. Und es fehlten ihr jene Wendungen, die das Unabänderliche verklären und die das Gemüt so seltsam anrühren, auch wenn wir nicht glauben.

Nicht der Gottesknecht Rudolf L. hatte seinen Erdenwandel nun beschlossen und war eingegangen in den

Herrn nach unerforschlichem Ratschluß, sondern der Postangestellte Rudolf L., wollte man dieser Rede glauben, war einfach gestorben. Der Mann im schwarzen Anzug gab sozusagen eine kurze Einschätzung des Hingangs meines Onkels Rudolf. Er kennzeichnete die Pflege, die Tante Lene ihm hatte angedeihen lassen, als aufopfernd, wenn auch am Ende vergebens, die Überführung in das städtische Krankenhaus war nicht länger vermeidbar gewesen, die dortige Behandlung erfolgte nach besten Kräften, doch auch sie konnte nicht verhindern, daß der Erkrankte, der sich den Umständen nach tapfer verhielt, in einer Mittwochnacht, um zwei Uhr dreißig, verstarb. Es folgte ein Goethezitat tröstenden Charakters, dann wandte sich die Rede dem Lebensweg des Toten zu, der schon im Jahr 1911 aus hinterpommerscher Kleinstadt nach Berlin gezogen war, um dort das Schlosserhandwerk zu erlernen. Zwei Jahre später trat er dem deutschen Metallarbeiterverband bei. Dann aber mußte er, sagte die Rede, in den vom Imperialismus verbrecherisch vom Zaun gebrochenen Krieg ziehen, wo er eine schwere Verwundung erlitt, die ihm die weitere Ausübung seines Berufes verbot.

Ich weiß nicht viel von Onkel Rudolf, aber von dieser Verwundung, die er sich in Frankreich holte, hat er mir erzählt. Er hatte den Arm voller Handgranatensplitter. Auf einem Pferdewagen fuhr man ihn zurück. Als er endlich auf dem Verbandplatz ankam, in einem Schuppen, saß da der Arzt am Tisch, rasierte sich und sah ihn gar nicht an. Da verlor Onkel Rudolf, siebzehnjährig, halb verrückt vor Schmerz, die Beherrschung, er schrie: »Ich halte es nicht mehr aus. Können Sie sich nicht später rasieren?« Zur Strafe ließ man ihn zwei Tage mit seinem Notverband liegen, bis die Maden aus dem blutigen Mull krochen. Der Arm wurde nicht wieder, er blieb dünn und steif, seine Jacke konnte sich Onkel Rudolf niemals mehr allein anziehen.

Auf Grund seiner Verletzung bekam er eine Stellung als Briefträger, das galt als Beamtenlaufbahn. Einarmig lenkend fuhr er mit dem Rad die Post in die Haffdörfer, seit 1925, ein Leben lang. Er heiratete, er zeugte vier Kinder, zwei starben. Erst lange nach dem zweiten Krieg kam er in den Innendienst. Hier hole ich die Rede wieder ein. Sie würdigte seine Arbeit am Paketschalter, die vorbildlich gewesen ist, er war ein allseits geschätzter Kollege, dies gelte auch für sein Auftreten als Genosse.

Onkel Rudolf, möchte ich einfügen, war nicht das, was man einen politischen Kopf nennt, kein Diskutierer, kein Analytiker, kein Motor des gesellschaftlichen Fortschritts. Er besaß keinen Fernsehapparat, doch las er seine Bezirkszeitung und hörte Radio. Daß er als alter Mann auf seinem Amt in die Arbeiterpartei eintrat, konnte seine Postlaufbahn nicht mehr ändern. Es war wohl einfach die gründlich zusammengerechnete Summe aus vielen Ziffern seines Lebens. Warum, nach allem, sollte er, als man ihn danach fragte, da nicht eintreten?

Ehe sein letzter Mittwoch anbrach, Tante Lene hat es mir erzählt, kam der Schmerz, der ihn immer begleitet hatte, übermächtig aus seinem entstellten Arm gekrochen und besetzte seinen Körper. Onkel Rudolf schrie erbärmlich, ein halbes Jahrhundert, nachdem er verstümmelt worden war.

Wenn der Pfarrer spricht, ist es leicht zu weinen. Er weiß viele Gleichnisse auf das Geheimnis des Todes, vor dessen Größe die Welt nichtig erscheint, unsere Zeit in ihr flieht schnell dahin. Der Pfarrer kennt die Wirkung seiner Worte, die seit langem erprobt sind. Auch seine Stimme ist geübt.

Der Mann mit der Kunstledermappe erinnerte sich vielleicht an die Melodie des gepredigten Wortes, denn er versuchte, sie nachzuahmen, indem er seine Rede in einem sanften Gleichklang vortrug, der zu ihrem Text nicht recht paßte. Ich blickte traurig auf die gefugten

Bretter, hinter denen Onkel Rudolf lag, ohne daß er sagen konnte, ob ihm die Feier gefiele. Aber alles in allem wäre sie ihm sicher recht gewesen, denn er hat sich mit dem Gegebenen einrichten müssen.

Einmal habe ich ihn an seinem Schalter besucht, es sah ungeschickt aus, wie er mit der linken Hand schrieb. Einmal haben wir in einer Blechtonne Aale geräuchert, die er manchmal von den Fischern bekam.

Einmal sind wir über die Wiesen an der Ücker gegangen, aber ich weiß nicht mehr, was wir uns erzählt haben. Ich weiß wenig von ihm, wirklich. Aber daß nun, wo feierlich und betrüblich von seinem Leben die Rede war, das Wort »Imperialismus« gesprochen wurde und kein Wort wie »unerforschlich«, das hat er, glaube ich, verdient. Der junge Mann im schwarzen Anzug ließ, was das angeht, dem alten Mann in der Holzkiste Gerechtigkeit widerfahren. Der schüchterne, ungeübte junge Mann war, genau besehen, ein mutiger Mann, denn was seit undenklicher Zeit auf eine bestimmte Art gesagt worden ist, sagte er auf eine andere Art. Den Blick nicht von seiner Mappe hebend, besorgt, sich nicht zu verlesen, stand er ängstlich für unsere mutige Sache an einem Ort, der einem kaum einfällt, wenn man an die Revolution denkt.

Am Ende hob der Redner beherzt die Stimme und rief etwas, das sich reimte, aber man verstand es nicht, weil zugleich das Harmonium einsetzte. Sechs rüstige alte Männer traten ein und nahmen ihre schwarzen Zylinder ab. Sie trugen die Kränze fort, einer brachte eine Deichsel und befestigte sie an einem Wagen, den man erst jetzt bemerkte. So zogen sie den Sarg hinaus. Wir folgten ihm einen Weg entlang, der mit Pappeln gesäumt war, bis zu einem Platz, von dem aus man über die Wiesen sah. Die Träger senkten den Sarg in die Grube, an deren Rand noch einmal der Redner trat. Er schlug wieder seine Mappe auf und blickte hinein und sagte, man könne den Angehörigen durchaus nachfühlen, daß dies eine schwere Stunde sei. Ich sann dem Wörtchen »durchaus« nach und sah, wie der Redner fror, denn er hatte keinen Mantel an. Er äußerte die bestimmte Vermutung, daß die Familie sicher noch oft diesen Ort aufsuchen werde, um des Verstorbenen zu gedenken. So gab er eine gewisse Orientierung für die Zukunft. Dann klappte er die Mappe zu und sprach den schönen alten Satz: »Ruhe in Frieden.«

Wir warfen drei Hände Erde ins Grab, nicht im Namen des Vaters, des Sohnes und des Heiligen Geistes, aber in wessen Namen dann? Mysterium der Zahl drei? Oder einfach drei Atemzüge Zeit, um jemand nachzublicken, der zu unseren Füßen verschwindet?

Tante Hedwig schluchzte, meine Mutter war still und gefaßt; von elf Geschwistern waren sie nun noch vier. Nach dem Händeschütteln gingen die Leute schnell fort, wir folgten ihnen langsamer. Mein Cousin sagte, der richtige Redner habe nicht kommen können. Es gäbe einen in der Kreisleitung, der die Reden halte, wenn ein Genosse begraben würde, aber der sei heute über Land, wo sich ein vierzigjähriger Mann erhängt habe, und niemand habe am Grab eines Selbstmörders sprechen wollen. So war zu Onkel Rudolfs Trauerfeier ein Vertreter gekommen, der sich zum erstenmal vor so einer Aufgabe sah.

»Der Inhalt war gut«, sagte mein Vater, »aber es war zu leise. Wer von den alten Leuten soll denn noch so gut hören?« Er sagte, daß er sich einen Zwischenruf mit Mühe verkniffen habe.

Vor der Kapelle sammelten sich Leute für die nächste Beerdigung, vor dem Friedhofstor fuhr ein leuchtend gelbes Postauto ab, der Redner aber wartete auf uns und fragte Tante Lene, wie es ihr gefallen habe. Es habe ihr gut gefallen, sagte Tante Lene. Mein Vater aber rief noch einmal: »Der Inhalt war gut. Aber es war zu leise.« Er sagte auch, daß sie in Berlin die Gruben tiefer machen würden.

Dann saßen wir wieder am Tisch und tranken wohltuend heißen Kaffee und aßen Streuselkuchen, der Tante Lene immer so gut gelingt, weil sie ihn mit Hefe und Pulver bäckt. Und wie immer fragte jemand erstaunt: »Beides? Hefe und Pulver?« Mein Cousin erzählte, daß sein Vater, als er ihn zum letztenmal besucht habe, am Sonntag vor acht Tagen, noch etwas habe sagen wollen, er habe immerzu die Lippen bewegt, aber zu verstehen war nichts. Jemand meinte, es sei wenigstens gut, daß jetzt das Frühjahr käme, da sei es für Tante Lene nicht so schwer. Sie nahm den Gedanken auf.

»Ach«, rief sie zuversichtlich, »ich habe die Hühner und den Garten, da habe ich schon meine Beschäftigung.«

Die Straßen waren glatt wie am Morgen, es schneite wieder. Die Flocken wirbelten im Scheinwerferlicht. Ich dachte verwundert, daß ich, in der Mitte der Jahre, den Tod noch immer nicht verstand.

Lasset die Kindlein ...

Alle zwei Wochen, freitags oder sonnabends, stieg der Zimmermann Biesener auf sein Motorrad und knatterte achtzig Kilometer weit nach Hause zu Mutter und Vater. Angekommen, schob er die Maschine den Gartenweg entlang bis in die Waschküche, nahm den Sturzhelm vom Kopf und den Wäschebeutel vom Rücksitz, ging um das Häuschen herum und trat, das Gesicht rot von Fahrtwind und Gesundheit, in die Küche.

»Na, da bist du ja wieder«, rief seine Mutter gewöhnlich, und ihr Gesicht blühte wie seins, nur kam es bei ihr von der Hitze, die aus den Kochtöpfen aufstieg, in denen es zischte und brodelte. »Essen ist gleich fertig«, rief sie, »wasch dir die Hände.« Auf schweren, kräftigen Beinen lief sie vom Herd zum Tisch, vom Tisch zum Schrank und zwischendurch in die Fensterecke, wo die Pumpe stand, und pumpte ihrem Sohn Wasser in eine blecherne Schüssel. Die Wohnzimmertür ging auf, Josef Biesener, der Vater, zwinkerte mit den Augen, als hätte er bei schlechtem Licht gelesen, und sagte: »Na, bist du wieder da, Jochen.«

Dann setzten sie sich im Zimmer an den Tisch, an dem mehr Platz war als für drei. Es gab Kartoffeln und dazu Kotelett oder Spiegeleier mit Speck oder frische gebratene Flundern vom nahen Haff. Der Junge füllte sich ein zweites und manchmal auch ein drittes Mal auf und aß bedächtig und schweigsam. Wenn die Alten etwas von ihm erfahren wollten, mußten sie fragen.

»Hört ihr denn da immer noch nicht auf zu bauen?« fragte Josef Biesener.

»So schnell werden wir wohl noch nicht aufhören«, antwortete sein Sohn.

»Dann bleibst du also noch da?«

»Ich werde wohl noch dableiben.«

»Richtige Zimmermannsarbeit gibt's wohl kaum noch?«

»Die gibt es kaum noch«, sagte der Sohn und setzte in einem Anflug von Beredsamkeit hinzu: »Weil man jetzt alles aus Beton macht. Und morgen machen sie es vielleicht noch anders. Vielleicht Plaste. Weißt du das?«

»Ja, ja, es ändert sich alles«, sagte der Vater.

Wie es dort wirklich aussah, wo Jochen Biesener nicht mehr aus lebendem, wohlriechendem Holz hohe Dachstühle richtete, sondern Schalbretter vernagelte, Eisenstäbe bog und fetten Betonbrei glattstrich, das wußte Biesener, der Vater, aus dem Fernsehen. Dort zeigte man ab und zu Kühltürme, Rohrleitungen, Schornsteine und helle Wohnhäuser, die wie Schachteln in der Gegend standen, verschiedene Arbeiter wurden zu verschiedenen Dingen befragt, Kinder gingen in eine neue Schule, und wichtige Leute kamen in Autos an. Seinen Sohn hatte Biesener bei solchen Gelegenheiten noch nicht gesehen. Er erwartete es eigentlich auch nicht, es genügte ihm, sich vorzustellen, daß der irgendwo in dieser sich ständig ändernden Wunderlandschaft mit dabei war, in einem Barackenzimmer wohnte, gutes Geld verdiente und trotzdem, das konnte man nicht anders sagen, nicht leichtsinnig wurde.

Natürlich ärgerte sich der alte Biesener manchmal, daß sein Sohn so maulfaul war. Durch ihn, der immer noch nach Hause kam, hätte er gern manches aus der Welt erfahren, was er selbst nicht mehr erleben konnte. Aber er tröstete sich auch: Es gab andere, die redeten und redeten, und was herauskam, war die reine Unvernunft. Die Stillen waren nicht die Schlechtesten, wenn sie es auch in dieser oder jener Hinsicht schwerer hatten.

Wirkliche Sorgen machte sich Biesener, der Vater, nur in einer Hinsicht.

»Sag mal, hast du denn immer noch keine Braut?« fragte er seit langem.

Anfangs wurde der Sohn rot, besser gesagt, noch roter, als er schon war. Um die Antwort drückte er sich. Die Mutter sah den Vater vorwurfsvoll an und rief mit schriller Stimme: »Nun laß doch mal den Jungen zufrieden. Er wird es dir schon sagen, wenn es soweit ist.«

Dabei hätte sie es selbst gern gewußt, denn die Jahre waren vergangen, kaum daß man es gemerkt hatte: Der Sohn war bald dreißig, und der Alte arbeitete nicht mehr im Sägewerk, sondern spazierte als Rentner durch die Wiesen am Fluß, meist denselben Weg, zur Badeanstalt und zurück. Doch seine Gedanken gingen hierhin und dorthin, rückwärts und nach vorn, zum Krieg, zum Mond, zu den armen Menschen in Vietnam, und wenn er bedachte, was von seinem Leben blieb, hätte er gern einen Enkel gehabt. Aber niemals hatte der Sohn von einem Mädchen gesprochen, nie etwas durchblicken lassen, nie um Rat gefragt. Als der Sohn noch jünger war, gerade zwanzig, hatte der Alte, um ihn von vorschnellen Entschlüssen abzuhalten, bei jeder Gelegenheit lautstark erklärt: »Wer früh heiratet, ist schön dämlich.« Das war verkehrt, dachte er jetzt schuldbewußt.

Wenn er zu Hause war, machte Jochen Biesener den Hühnerstall sauber, spaltete Brennholz, nagelte ein paar Zaunlatten fest, grub ein Beet um, schoß mit dem Luftgewehr nach Spatzen oder alten Glühbirnen, putzte sein Motorrad, daß es blitzte, und bei schönem Wetter fuhr er in scharfem Tempo um ein paar Ecken bis zu einer Motorradwerkstatt, in der ein Schulfreund arbeitete. Sonnabends oder sonntags trafen sich dort Burschen in Lederwesten, die sich ihre Maschinen vorführten, über Pferdestärken und Geschwindigkeiten stritten, irgendwas reparierten und den Mädchen, die vorbeigingen, etwas nachriefen. Manche von denen kicherten, manche drehten sich um, Jochen Biesener saß da mit den anderen, saß rotgesichtig, starkknochig und breitschultrig auf seinem schönen Motorrad und fühlte, wie die Blicke ihn trafen und gleichgültig wurden. Die Mädchen gingen leichtfüßig weiter und trugen unter den Kleidern ihre Geheimnisse davon. Die Burschen sahen ihnen nach und lachten über ein gut gewürztes Wort, aber Jochen Biesener blieb allmählich, von Mal zu Mal, von Jahr zu Jahr, schüchterner zurück. Die langen Sommernachmittage, an denen sich eine träge Energie in seinem Körper speicherte, erschienen ihm freudlos und leer. Er jagte sein Motorrad, die Chausseebäume hämmerten ihm das Echo des Auspuffs in die Ohren, ihm wurde kalt im Fahrtwind, aber nicht leichter. Und wie der Sommer seine Hitze, so hatte der Frühling seinen Duft und der Herbst seine frühen, dämmerigen Abende und der Winter seine nach Bier und Parfüm riechenden Tanzsäle, in denen sich immer einer fand, mit dem man bis Mitternacht ein paar kippen konnte. Die Musik packte ein, die Besoffenen sangen oder lallten, die letzten, verschmähten Freundinnen halfen sich mit verkrampftem Stolz in die Mäntel, und Jochen Biesener war nicht die Erscheinung oder fand die Worte nicht, um sie zu jenem Lächeln zu bringen, mit dem alles beginnt. »Na ihr«, sagte er gelegentlich auffordernd, aber die meisten taten, als hörten sie es nicht. Und keine bemerkte jemals, daß sich hinter dem allzu spröden Angebot eine große, redliche Sehnsucht verbarg.

Deshalb fühlte Jochen Biesener sich hilflos den Fragen des Vaters gegenüber und schwieg verletzt, und deshalb verstummte der Alte schließlich beinahe, was dieses Thema anging. Höchstens, daß er sich noch einen Spaß erlaubte, zu Neujahr beispielsweise, indem er, während der Sohn beiseite sah, seine Frau fragte: »Ob ich dieses Jahr den schwarzen Anzug bügeln lassen muß?«

Und doch kam ein Wochenende, und es war sogar im Frühling, da wäre es dem Jungen recht gewesen, wenn der Vater sich erkundigt hätte, ob er schon eine Braut habe. Aber die Mahlzeiten und die Stunden vergingen, schon war Sonntagnachmittag, er mußte an die Rückfahrt denken. Josef Biesener, der Vater, zog sein Sonntagsjackett an, setzte seine flache blaue Mütze auf und sagte: »Ich geh mal runter zur Badeanstalt.«

»Ich komm ein Stück mit«, sagte Jochen.

»Das ist schön«, sagte der Vater.

Sie gingen auf die Wiesen hinaus und an den Torflöchern vorbei und wechselten ein paar Worte über die Karpfen, die darin gezüchtet wurden, gewaltige Burschen, und erreichten den von Pappeln flankierten, schwarzen Weg, der schnurgerade neben dem Fluß herlief. Ab und zu tippte Josef Biesener an seinen Mützenschirm und grüßte andere Spaziergänger, und es tat ihm wohl, sich mit seinem erwachsenen Sohn zu zeigen.

Als sie ein Stück leeren Wegs vor sich hatten, sagte Jochen Biesener stockend: »Ich wollte mit dir mal darüber sprechen. Ich meine, ich muß es dir ja vorher sagen. Ich will nämlich heiraten.«

Er sah seinen Vater dabei nicht an, und auch der Vater sah den Weg entlang geradeaus, denn er fühlte, daß ihm eine Rührung in die Augen stieg, und deshalb machte er schweigend etliche Schritte, bis er sagte: »Mal muß es ja sein, Junge.«

»Ja«, sagte der Sohn.

Sie schwiegen ein Weilchen, dann fragte der Vater: »Und wie lange kennst du sie schon?«

»Seit dem Winter. Da war vom Betrieb aus ein Vergnügen. Mit Programm und mit Tanz.«

Eine Art Kollegin also, dachte der Vater, warum nicht. So ist das heute. Der Sohn hatte lange gesucht, sehr lange, wirklich, aber dann hatte er zugegriffen. Bei einem Vergnügen.

»Ich denke, du kannst gar nicht tanzen?« fragte er erstaunt.

»Wir haben uns unterhalten. Da lernt man sich sowieso besser kennen.«

»Das ist wahr«, sagte der Vater und freute sich über den Verstand in den Worten des Sohnes.

»Vom Sehen haben wir uns schon gekannt, weil sie nämlich bei uns in der Kantine arbeitet. Sie gibt das Essen aus. Sollst mal sehen, wie das flutscht.«

Der Vater stellte sich eine lustige, moderne junge Frau mit flinken Händen vor, die aber auch ein bißchen so aussah wie die Mädchen seiner Jugend. Ohne sich darüber Rechenschaft zu geben, hatte er sein Leben lang Menschen danach beurteilt, wie ihnen die Arbeit von der Hand ging, und wie es schien, hielt sein Sohn es ebenso.

»Wie heißt sie denn?« fragte er.

»Irmchen.«

»Hm«, machte der Alte und nickte billigend.

Er wäre jetzt gern noch länger spazierengegangen, dem Sohn nahe, hätte dieses oder jenes gefragt und die Antworten in sich abgewogen, ein Bier darauf getrunken oder auch zwei und die Neuigkeit noch eine Weile für sich behalten, ehe er sie nach Hause zu seiner Frau brachte. Doch das ging leider nicht, denn der Junge mußte zurück, achtzig Kilometer weit, zu seiner Arbeit und zu seinem Mädchen.

So kehrten sie vor dem Zaun der Badeanstalt, die leer und aufgeräumt dalag, wieder um.

»Eins sage ich dir gleich, da ist noch was«, sagte Jochen Biesener. Der Vater blickte ihn fragend an. Der Sohn sah ungeduldig aus, als verstünde er nicht, warum der Vater es nicht von selbst erriet. Er machte sich Mut, indem er seiner Stimme einen groben Klang gab. »Na, was soll sein? Na, sie hat ein Kind.«

»Ach, sie hat schon ein Kind«, wiederholte der Vater und fühlte, daß er seine Enttäuschung nicht verbergen konnte, aber er fühlte sich auch dumm dabei und fühlte, daß er jetzt nichts Falsches sagen durfte und daß er behutsam sein mußte.

»Ja«, sagte er gedehnt und versuchte, sein Gefühl zu ordnen, während er redete, »ja, das mußt du natürlich selbst wissen, nicht. Es ist ja heute nicht mehr wie früher. Obgleich es natürlich immer Probleme geben kann, weil es eben kein eigenes ist. Nicht daß du glaubst, ich bin altmodisch. So was kommt heute schnell mal vor, und man muß sich nichts Böses dabei denken. Und falls es Gerede gibt, was gehen einen die Leute an? Wenn sie eben die Richtige für dich ist? Wie gesagt, das mußt du selbst wissen ...«

Mehr konnte Josef Biesener nicht sagen, nicht im Augenblick und auch nicht danach, als sein Sohn unzufrieden und wenig ermutigt auf sein Motorrad stieg und wegfuhr. Dazu war ihm der Gedanke, daß er in dem lange erwarteten Kind, das nun vielleicht ins Haus kommen sollte, nichts von sich und nichts von seinem Sohn suchen konnte, zu fremd. Die Mutter dachte praktischer.

»Es muß ja nicht das einzige bleiben«, rief sie aus der Küche. »Du hättest ihm ruhig sagen können, daß du dich freust.«

Josef Biesener setzte sich in seinen Sessel, unter die Fotografie des ersten, im Krieg gebliebenen Sohnes und ein buntes aus Perlmutt gemachtes Bild der Insel Helgoland, und versuchte sich vorzustellen, wie alles werden würde.

Nach vierzehn Tagen kam der Sohn wieder nach Hause. Er saß schweigsam am Tisch, wie immer, vor allem sprach er mit keinem Wort von den wichtigen familiären Dingen im Hintergrund. Der Vater, der sich dachte, daß er etwas gutzumachen hätte, fragte ihn: »Wann stellst du uns denn deine Braut mal vor?«

Die Mutter ergänzte ihn gleich mit ihrer hohen, immer ein wenig zu lauten Stimme: »Du kannst sie doch mitbringen. Ich backe einen schönen Kuchen.«

»Das hat noch Zeit«, sagte der Sohn ausweichend. Und weiter wurde nicht darüber gesprochen, nicht bis zum nächsten Tag, als Jochen Biesener sich schon zur Rückfahrt rüstete und seinen Motorradrahmen mit Fensterputz polierte. Josef Biesener stellte sich hinzu, sah seinem Sohn auf die derben, geschickten Hände und sagte wohlmeinend: »Versteh mich recht, Junge. Die Hauptsache ist, daß sie dir gefällt.«

Der Sohn sah den Vater prüfend an, als müßte er auf der Hut sein.

»Und ein Kind«, fuhr Josef Biesener fort, »mit heutigen Augen gesehen, ist ja wirklich nichts Ungewöhnliches.«

Der Sohn putzte weiter an seinem Motorrad, dann drehte er den Lappen zwischen den Fingern hin und her und sagte: »Eins wollte ich dir sowieso sagen. Sie hat noch ein Kind.«

Josef Biesener blickte in das widerspenstige Gesicht seines Sohnes und begriff, daß es wahr sein mußte. Die milde Laune, die ihn eben, bei einem Kind, noch erfüllt hatte, verließ ihn, er sagte, ohne zu überlegen: »Da muß sie sich ja ganz schön rumgetrieben haben.«

»Wieso muß sie sich denn rumgetrieben haben?« rief der Sohn empört. »Eins hat sie von ihrem ehemaligen Mann. Da muß sie sich doch nicht rumgetrieben haben, oder was du da für Quatsch redest.«

Er sprach sonst nicht so zu seinem Vater, aber der achtete nicht auf den Ton, dazu war er viel zu aufgeregt.

»Ach, geschieden ist sie auch schon, ach so.«

Er rannte ins Haus, und man hörte ihn diesen Satz wiederholen, bis er ihn durch die Vermutung ergänzte, daß sie lange nach einem Dussel gesucht haben müsse, der sie trotzdem heiratete. So war es: Der Sohn, nicht Manns genug, um sich auszukennen, ging in die Falle und glaubte auch noch stolz darauf sein zu müssen.

»Das letzte Wort ist doch noch nicht gesprochen«, rief die Mutter ins Zimmer hinein, wo der Vater sein höhnendes Selbstgespräch führte, und sie rief es auch auf den Flur hinaus, wo Jochen Biesener schweigend seinen Beutel packte.

»Soll ich dir ein paar frische Eier mitgeben?« fragte sie ihn. Zum ersten Mal seit Jahren wollte er keine frischen Eier.

Dennoch kam er nach zwei Wochen wieder nach Hause, nur sprach er nicht mit seinem Vater. Er stellte die Leiter an den Schuppen, stieg auf das Dach, riß die Reste der alten Pappe herunter, schnitt neue zu, nagelte sie an und machte in der Waschküche Feuer, um Dachanstrich zu schmelzen.

»Du siehst doch nichts mehr«, rief die Mutter, als es dunkel wurde.

»Ich will morgen mittag wieder weg«, sagte er.

Der Vater Josef Biesener strich um den Schuppen herum und hoffte, daß sein Sohn in die Lage kommen würde, ihn etwas fragen zu müssen. Aber der Sohn kannte sich aus mit dem Dach und brauchte keine Hilfe. Der Vater borgte sich den Hammer aus und schlug einen neuen Nagel durch den Harkenstiel, was völlig überflüssig war. Das Schweigen ärgerte ihn mehr, als wenn sie sich gestritten hätten, deshalb ging er nach dem Abendbrot aus dem Haus und trank zwei Bier, die ihm nicht schmeckten.

Als die Mutter die Küche aufräumte, stand der Sohn unschlüssig herum und sah ihr zu. Sie schüttelte den Kopf und vermied es klug, auf die Sache selbst zu kommen. »Daß ihr euch immer gleich zanken müßt«, sagte sie, und er war ihr dankbar, daß sie ihn mit Vorwürfen und Anfragen verschonte. Er lehnte in der Tür und versuchte, sich mit Worten, die ihm schwer vom Mund gingen, zu erklären.

»Wenn mir die Frau eben zusagt, dann ist doch egal, ob sie schon Kinder hat. Was nützt es denn, wenn sie keine Kinder hat, aber sie selbst sagt mir eben nicht zu.«

»Nur daß es gleich zwei sind, ob das richtig ist«, wandte die Mutter vorsichtig ein. »Gibt es denn nicht viele nette junge Mädchen, da wo du bist?«

»Das muß ich doch selbst wissen, wie ich mir mein Leben einrichte«, sagte Jochen Biesener beleidigt. »Was machen euch denn zwei oder drei Kinder aus, wenn sie mir nichts ausmachen?«

Die Mutter legte das Handtuch auf den Tisch, ihre Arme fielen nach unten, ihre Augen und ihr Mund wurden rund. »Junge«, sagte sie. »Sag bloß, Junge, sie hat noch eins ...«

»Manche sind eben empfindlicher als andere«, sagte der Sohn, und sein Gesicht bekam einen weichen Ausdruck, denn in diesem Augenblick dachte er an die Frau.

»Du lieber Gott, das sage ich ihm nicht«, rief die Mutter schrill, »du lieber Gott, das sage ihm mal selbst.«

Jochen Biesener holte sein Bettzeug von oben und legte sich im Zimmer auf das Sofa. Wenn man die Nase in die gepolsterte Rücklehne drückte, roch es noch immer so wie vor zwanzig Jahren. Er drehte sich zur Wand, und obgleich er lange nicht einschlief, bewegte er sich nicht mehr.

Als es hell wurde, stand er auf, wusch sich die Augen aus und ging hinaus, um das Dach ein zweites Mal zu teeren. Um neun war er mit allem fertig, hatte Kaffee getrunken und schob sein Motorrad vom Hof. Der alte Biesener, das Hemd über der knochigen, graubehaarten Brust offen, die Mütze auf dem Kopf, stand in der Morgensonne und sah zu, wie sich die Hühner in dummer Gier die Körner wegpickten, weil sie sich nicht erinnern konnten, daß jeden Morgen genug für alle da war.

»Wiedersehen«, sagte der Sohn.

Der Alte tat so, als wenn er ihn erst jetzt bemerkte.

»Ja, dann auf Wiedersehen«, sagte er.

Ein paar Tage lang brachte es die Mutter fertig, den neuen Stand der Sache, was die zu erwartenden Kinder

der zu erwartenden Schwiegertochter betraf, für sich zu behalten. Aber eines Abends, als sie am Tisch unter der Lampe saßen, sie flickte, er las, fragte sie: »Was denkst du denn nun darüber?«

Er wußte, was gemeint war, und sagte, ohne aufzusehen: »Ich will davon nichts hören.«

Eine Zeit schwieg sie, dann sagte sie wegwerfend, als läge es ihr fern, so etwas zu glauben: »Er hat so eine Bemerkung gemacht. Als wenn da nicht zwei, sondern drei Kinder wären ...«

Der Alte legte das Buch hin, nahm die Brille ab, und als er sie anblickte, sah sie in seinen Augen zwei hilflose Altmännertränen.

»Wirklich?« fragte er leise.

»Vielleicht hat er sich nur dumm ausgedrückt«, sagte sie erschrocken. Der Alte schüttelte den Kopf und schnaufte kindlich durch die Nase, im Schmerz einer tiefen, unverdienten Kränkung.

»Und diese Feigheit«, sagte er erbittert. »Stückweise kommt er damit an.«

»Man kann es sich gar nicht denken«, sagte die Mutter. »Sie kann doch nicht so alt sein.«

»Alt nicht, aber ein Luder«, rief Josef Biesener mit erhobener Stimme. »Die wickelt ihn um den Finger. Ein Bauplatzflittchen, das sich den Kerls an den Hals hängt. Vor allem freitags, wenn's Geld gibt. Soll ich dir mal was sagen? Das sind alles Freitagskinder ...«

Er fand immer ausschweifendere Worte, um die gutmütige Dummheit seines Sohnes und die raffinierte Schlauheit dieser Kantinenkraft zu schildern. Was war sie überhaupt? Köchin? Wer weiß, ob sie einen anständigen Beruf hatte? Am Ende schwor er, sie würde sein Haus nicht betreten.

»Und wenn er dann auch nicht mehr kommt?« rief die Mutter dagegen. »Was hast du davon, wenn er nicht mehr nach Hause kommt?«

»Das werden wir ja sehen, ob er uns das antut«, schrie der Alte. »Dann soll er wegbleiben.«

Nachts dachte er weniger zornig als bekümmert an den Sohn, der nicht mehr auf ihn hörte und ihm vielleicht auch nicht mehr vertraute. Bin ich denn ein rückständiger Mensch, fragte er sich prüfend. Komme ich mit dem Fortschritt nicht mit? Heiratet man jetzt alles, was gerade durch die Tür kommt? Darf ein Vater nicht seine Meinung sagen, wenn sein Sohn sich mit so einer unglücklich macht? Er versuchte, ein Bild von dieser Frau zu bekommen, ein stimmendes jetzt, und aus dem matten Licht eines fernen Tanzsaals, in dem er, bald nach dem ersten Krieg, mit spitzen Schuhen, in der Tasche einen Papierkragen zum Wechseln, zu neuester amerikanischer Musik gewalzt hatte, traten die laut und frech lachenden Schwestern Hudeleit, mit denen viele hinter der Hecke waren, auch er, nur seine war ihm doch noch weggerannt. Aber selbst von den Schwestern Hudeleit war keine dreimal Mutter geworden, ohne festen Mann. Wo sind sie eigentlich geblieben, grübelte er und wunderte sich, daß ihm die braveren Mädchen nicht mehr so deutlich einfielen. Er wälzte sich hin und her in seinem Bett, die Nachbarn kamen ihm in den Sinn, die Verwandtschaft, der Schwager Gustav, der ein Witzereißer war. Er hörte seine Frau neben sich atmen und fühlte sich einsam und dachte, daß er der einzige sei, der sich wirklich sorgte.

Natürlich machte sich auch die Mutter Sorgen, denn es kam, wie sie befürchtet hatte. Dem Sohn schien der Besuch zu Hause verleidet zu sein. Jedenfalls schrieb er eine Karte, daß er auch am Wochenende viel Arbeit habe und vorläufig nicht kommen würde. Der Vater nickte nur grimmig dazu, aber die Mutter schrieb einen Brief zurück und schickte die Woche darauf ein Päckchen mit frischen Eiern und schrieb wieder einen Brief oder eine Karte und berichtete über den Garten, die Gesundheit und die neu gestrichene Tür. Sie ließ die fremde Person nicht grüßen, aber ab und zu nahm sie sie in ihre Gedanken auf. »Ihr nutzt das schöne Wetter sicher aus«, schrieb sie, oder: »Habt ihr auch schon frische Erdbeeren gegessen?« Ein- oder zweimal ließ sie auch eine kleine Lüge einfließen, von der sie aber hoffte, daß sie am Ende wahr sein würde. »Papa ist vor allem böse, weil du ihm nicht gleich gesagt hast, wie es ist. So nach und nach, das kann er eben nicht vertragen.«

Auf diese Weise ließ sie die Verbindung nicht abreißen, während der Vater sich in ein ratloses Schweigen zurückzog. Er litt darunter, daß der Sohn nicht mehr kam. Manchmal war er geneigt, sich die Schuld dafür zu geben, weil er nicht sicher war, ob er sich nicht kleinlich benahm. Doch dann stieg wieder ein gewaltiger Ärger in ihm hoch, weil er sich nicht erinnern konnte, jemals gehört zu haben, daß einer, der es nicht mußte, drei Kinder mitgeheiratet hatte. Er lief mit unruhigem Herzen durch die Wiesen, die nach warmem Gras rochen. Wer weiß, wieviel Sommer noch, dachte er, und man kann sich nicht freuen.

Als die Ferienzeit kam, fragte Jochen Biesener vorsichtig bei der Mutter an, ob sie nicht für ein paar Wochen ein Kind aufnehmen könnten, ein Mädchen, achtjährig, eine Tochter der Frau. Die Mutter teilte es dem Vater mit, und um einem möglichen Einspruch vorzubeugen, setzte sie gleich entschlossen hinzu: »Da habe ich wenigstens mal ein bißchen Abwechslung.«

Josef Biesener sagte nicht ja und nicht nein, er tat so, als hielte er sich raus. Der Sohn kam auch jetzt nicht. Er wollte, schrieb er, das Kind nicht hinten aufs Motorrad setzen. Deshalb käme es mit dem Zug.

»Geh du zum Bahnhof, was geht mich das an«, sagte Josef Biesener zu seiner Frau, aber dann ging er doch, um sich, wie er erklärte, bei der Gelegenheit mit dem Bahnhofsvorsteher zu unterhalten, den er lange kannte.

Der Zug fuhr ein, Leute stiegen aus und verliefen sich, zurück blieb ein kleines Mädchen mit einer prall gepackten Aktentasche. Der alte Biesener stand abwartend in der Nähe der Sperre, als hätte er immer noch die Möglichkeit, sich nicht zu erkennen zu geben. Das Kind kam zögernd auf ihn zu. Jedenfalls zieht sie es ordentlich an, dachte er widerstrebend.

»Sind Sie Herr Biesener?« fragte das Kind.

»Der bin ich.«

»Ich heiße Bianca Gebel.«

»Na, dann komm mal«, sagte der Alte.

Vor dem Bahnhof nahm er dem Kind die Tasche ab, dann gingen sie schweigend und befangen nebeneinander her.

Die Mutter dagegen geriet in eine freudige Geschäftigkeit, als die beiden zu Hause ankamen. Sie pumpte Wasser in die Waschschüssel, wie für den lange ausgebliebenen Sohn, und erkundigte sich mit hoher, etwas verstellter Stimme nach vielen Dingen, so wie jemand fragt, der lange nicht mit einem Kind umgegangen ist, und der deshalb nicht weiß, wie erwachsen ein achtjähriges Mädchen sich fühlt.

Bianca wusch sich artig die Finger, saß aufrecht am Tisch, verwechselte bei Messer und Gabel die Hände nicht und berichtete geduldig, wie sie in der Schule sei, was sie gern spiele und ob sie zu Hause helfe.

»Willst du nach dem Essen mitgehen und dir die Badeanstalt ansehen?« fragte die Mutter und zwinkerte ihrem Mann zu. Er sah sie vorwurfsvoll an, weil sie einfach über seinen Nachmittagsspaziergang verfügte, aber er machte keinen Einwand. »Und wenn ihr wiederkommt, gibt es Kirschkuchen«, rief die Mutter.

Eine Weile traute sich Bianca nicht, mit dem schweigsamen, fremden alten Mann zu sprechen. Aber als sie zu den Torflöchern kamen, wollte sie gern wissen, ob es darin Fische gäbe, und sie fragte danach. Josef Biesener erzählte ihr, daß in dem schwarzen, undurchsichtigen Wasser große, starke und schlaue Karpfen lebten, aber sicher auch ein paar Hechte, die die Karpfen fraßen, solange sie noch klein waren. Dann kamen sie zu den Kühen, die schläfrig vor sich hin kauten und nur von einem dünnen Draht bewacht wurden. Bianca wußte schon, daß das ein elektrischer Draht war, aber ob es den Kühen weh tat, wenn sie daran stießen, wußte sie nicht.

»Bestimmt kriegen sie nur einen Schreck«, sagte Josef Biesener und freute ich, daß das Mädchen ihm vertraute. Ein Kind ist ein Kind, dachte er. Es braucht jemand, der ihm was erklärt. Und ein Alter wie ich braucht ein Kind, das ihm zuhört. Ein flüchtiges, wehes Gefühl erfüllte ihn. Wenn auch nicht gleich drei und auf solche Weise, dachte er und nahm sich zugleich vor, zum letzten Mal so zu denken. Er fragte das Kind: »Wird es nicht langweilig für dich sein, so allein hier?«

»Bestimmt nicht.«

»Aber zu Hause seid ihr mehrere?«

Er wollte es hören, um seinen Frieden damit zu machen.

»Sechs«, sagte Bianca.

Dann mußte sie lachen, weil sie nicht verstehen konnte, was dem alten Mann so erstaunlich daran vorkam, so gänzlich unglaublich.

An einem Sonntag im Herbst sah Josef Biesener die Schwiegertochter durch die Gardine. Der Sohn schloß die Gartentür von innen, die Frau hakte sich wieder bei ihm ein und kam mit schwerem Schritt und breithüftig auf das Haus zu. Das siebente war unterwegs. Der Sohn trug einen Hut.

Der Alte stellte sich an den Ofen, der schon schwach geheizt war. Er hörte die Haustür und nach einem Moment, in dem sie wohl die Mäntel ablegten, traten sie in die Küche, und er hörte mißmutig die eifrige Stimme seiner Frau: »Da seid ihr ja endlich.«

Gleich darauf kamen sie ins Zimmer, voran der Sohn, mit weißem Hemd und Krawatte, wodurch er so rot aussah, als bekäme er keine Luft. Er sagte förmlich: »Darf ich bekannt machen, das ist Irmchen.«

Der Alte löste sich vom Ofen, die Frau trat über die Schwelle, eine üppige, resolute Frau mit dickem Bauch und einem gleichmäßigen, freundlichen Gesicht. »Na, dann willkommen«, sagte Josef Biesener und gab ihr die Hand.

»Ich freue mich wirklich, Sie mal kennenzulernen«, sagte die Schwiegertochter. Die Mutter, in der Tür stehend, schwenkte einen Alpenveilchentopf und eine halbe Flasche Weinbrand. »Die ist für dich.«

Josef Biesener sagte verlegen: »Das wäre ja nicht nötig gewesen.«

Die Schwiegertochter hängte ihre Handtasche an eine Stuhllehne und brachte, trotz des Einspruchs der Mutter, die Kartoffelschüssel herein. Es gab Hühnerbrühe, gebratene Hähnchen und Pflaumenkompott. Sie aßen, und daß keine Unterhaltung aufkam, konnte man auf die Hähnchen schieben, die sich mit ihrem strähnigen Fleisch und ihren zarten Knochen nicht einfach nebenbei essen ließen. Manchmal hob Josef Biesener den Blick über den Tisch, wo neben dem Sohn die frischfrisierte Schwiegertochter saß. Er versuchte, sich an ihr rundes Gesicht zu gewöhnen, weil sie ihn nun bald zum Großvater machen würde, worin sie, das konnte man bei Gott sagen, geübt war. Es lag auch schon ein Brief des Schwagers Gustav vor, des Spaßvogels, in dem er schrieb, daß Jochen Biesener, der tüchtige Zimmermann, käme er mit seiner gerade gegründeten Familie jemals in den Tierpark nach Berlin, eine Sonderführung verlangen könne.

Beim Kompott, das war klar, mußte endlich etwas gesprochen werden. Dem alten Biesener fiel kein Satz ein, den er an seine Schwiegertochter richten konnte, deshalb fragte er den Sohn: »Mit dem Bauen geht es immer so weiter, was?«

»Es wird wohl so weitergehen«, antwortete der Sohn.

»Solltet ihr nicht mal in fünf Jahren fertig sein?«

»Da war es wohl noch anders geplant«, sagte der Sohn. Erfreut, daß das Schweigen gebrochen war, überlegte er, was er dem Vater sonst noch mitteilen könnte, doch seine Frau kam ihm munter zuvor: »In der Perspektive sollen da vierzigtausend Leute hinziehen.«

Josef Biesener, der Vater, sah sie an und sagte: »So, so«, und seine Verwunderung galt, mehr als der Perspektive, ihrem Klang im Mund der Schwiegertochter.

Die Frauen trugen das Geschirr hinaus, der Sohn ging auf den Hof, der Alte setzte sich in seinen Sessel und sah die Schwiegertochter wieder hereinkommen. Falls sie schnell schwache Knie bekam, so hatte sie zum Ausgleich kräftige Arme. Sie beugte sich mit ihrem schweren, fruchtbaren Bauch über den Tisch und wischte die Wachstuchdecke ab.

Silvester mit Balzac

»Wer kommt?«

Karl sagte etwas erstaunt: »Alle.«

Ich nickte.

Karl sagte: »Nur Rombachs wollen wir weglassen. Die sitzen nur rum und halten Händchen. Marion meint, das macht ihr den ganzen Abend kaputt, diese Problemlosigkeit. Und Hans kommt vielleicht allein, weil er sich scheiden lassen will.«

»Schon wieder?«

»Sie säuft«, sagte Karl. »Sie säuft ernsthaft.«

»Wußte er das nicht vorher?«

»Er dachte, sie säuft, weil er sie nicht heiratet.«

Karl lächelte mitfühlend und schadenfroh.

»Und Tuschel?« fragte ich.

»Na unbedingt«, sagte Karl.

Tuschel war aller Leute Zahnarzt und kaufte die Bilder unentdeckter Maler, die auf Hinterhöfen wohnten. Er war von stiller Geselligkeit, aber nach viel Bier zeigte er eine Neigung zu Marineliedern, weil er im Krieg U-Boot gefahren war. Seine Frau dagegen pflegte sich irgendwann am Abend die Bluse aufzuknöpfen. Seinerzeit soll es hinreißend gewesen sein, aber die letzten Male, als ich dabei war, fanden alle, wenn auch teils gerührt durch ihre Erinnerung, daß sie sich eine Stunde zu früh und mehr als ein Jahr zu spät auszog. Nur Tuschel, zufrieden und impotent hinter seinem Glas sitzend, hatte immer noch das Gefühl, daß er mit Hilfe seiner Frau zum Gelingen des Abends beträchtlich beitrug.

Karl sagte: »Eigentlich sollte man Milch trinken und schlafen gehen und morgens durch den Schnee laufen.«

Wir sahen uns an, zuckten die Schultern und dachten das gleiche: Wann liegt schon Schnee?

Karl schrieb vor allem Fernsehstücke, aber er bestand nicht darauf, daß jemand darüber sprach. Karl würde sich um die Getränke kümmern. Isolde, wie jedes Jahr, würde Marion beim Salat helfen, Salat für dreißig Personen, die nach und nach eintreffen, die Mäntel im Kinderzimmer auf die Betten legen und die Flaschen abstellen, entschlossen, den Kampf gegen die Uhr diesmal zu gewinnen. Bis zwölf, wie man sich vage erinnert, dauert es ewig. Der Salat ist gut wie immer, aber der Appetit, so kurz nach Weihnachten, ist mäßig. In solcher Situation reden alle über die Situation, sei es die im Theater, im Film oder in der Prosa oder auch die in Wirtschaft, Lyrik, Malerei, Musik, Politik und Ehe. Das Fernsehen läuft, niemand sieht hin. Dann läuten die Glocken über den Dächern, auf den Balkons knallen die Feuerwerkskörper, und die Partner, vor allem die langjährigen, blicken sich weich in die Augen.

Später gerät alles ein wenig ins Halbdunkel. Tanzen und trinken, jemand zerschlägt eine Vase, womöglich Biedermeier, Frau Tuschel entblößt mit entschlossener Beschwingtheit ihre einst achtbare Brust, Leute, die niemand mitgebracht hat und keiner kennt, essen in der Küche den restlichen Salat, jemand zieht eine Frau, die nicht seine ist, in ein Nebenzimmer und jemand kommt dazu, es wird jemandem schlecht, die Frage taucht auf, ob das Mineralwasser reicht, es reicht nie. Karl, beglückt und geschlagen mit seiner schönen alten Wohnung, von der alle sagen, daß es sich nirgends so feiern ließe wie dort, trinkt freundlich mit jedem, ohne seine Leber zu schonen, nur gegen Morgen zieht er eine Schulter hoch, als täte ihm etwas weh. Gegen Morgen ist es anstrengender zu gehen, als sitzen zu bleiben. So wird es sich zwanglos ergeben, daß Isolde und ich am Ende übrig sind, wie im letzten Jahr und im Jahr davor, nur diesmal wird es uns verlegen machen.

Isolde und ich hatten uns im Herbst mit halbem Herzen getrennt. Ab und zu schlief ich noch bei ihr, und manchmal besuchte sie mich in meiner Zweizimmeraltbauwohnung. Ich saß hinter der Schreibmaschine, vor mir die unverputzte Wand des Nebenhauses, eine rissige versteinerte Haut mit Mörteladern, auf der ich nach Worten und Sätzen suchte. Oder ich lehnte am Fenster und sah den wachsamen Bewegungen der Katzen zu, die die wunderbare Fähigkeit besaßen, den kahlen Hof für den Dschungel zu halten. Ich wollte über Frau Hönicke schreiben, aber es ging mir nicht von der Hand.

Frau Hönicke saß schräg unter mir, im Seitenflügel parterre hinter ihrem Fenster im Rollstuhl, den Kopf zurückgelehnt, die schwach gewordenen Augen nach oben gerichtet. Sie nahm für die Leute im Haus, die tagsüber zur Arbeit waren, die Post entgegen, wenn sie nicht in die Blechbriefkästen paßte. Im Sommer, bei offenen Fenstern, hörte man sie manchmal abends, wenn alle wieder da waren, mit dünner, singender Stimme einen Namen rufen.

Ich kannte ihre Wohnung, in der es unverwechselbar roch, eine Spur Leuchtgas gemischt mit den in die Wände geätzten Dünsten eines Lebens. Ich brachte ihr Kohlen aus dem Keller, sah zu, wie sie die paar Kartoffeln schälte, die sie brauchte, und hörte mir an, wie sie ein schönes Mädchen gewesen war, rosenhäutig, umstrahlt vom Blond. Ihre blassen Finger tasteten die Kartoffelstücke ab, während ich ein Foto betrachtete, auf dem Frau Hönicke einen unglaublichen Hut trug, breitkrempig und voller Blumen. Sie saß stolz auf einem noblen Automobil der Jahrhundertwende, ihr damaliger Verlobter war Chauffeur. Frau Hönicke sah mich hintergründig an und fragte: »Sind Sie für diesen Staat?«

Ich blickte in ihr durchsichtiges, geschlechtslos gewordenes Gesicht, es war nicht herauszufinden, welche Antwort sie erwartete.

»Ja«, sagte ich.

Sie schien zu überlegen, dann sagte sie: »Wissen Sie, daß aus Ihrem Fenster ein Matrose gesprungen ist?«

»Was für ein Matrose?«

»Nach dem ersten Krieg«, sagte sie.

Dieser Matrose muß einer von denen gewesen sein, die man auf Bildern aus jenem fernen Winter der Revolution sehen kann, von Menschen umringt, inmitten der Städte, die Gewehre über die Schulter gehängt mit dem Lauf nach unten. Doch soll der Matrose kein Gewehr mehr gehabt haben, als eine Meute ihn die Treppe hinaufhetzte und eine mitleidige Frau ihn verstecken wollte. »Das war ein Fräulein Jogisch, eine Kellnerin«, sagte Frau Hönicke. Als die Tür eingetreten wurde, sprang der Matrose hinaus und fiel an drei Stockwerken vorüber, und sein Leben war schon zerrissen und verspritzt, als die Leute an die Fenster liefen.

Solange danach und in ihrem sechsundachtzigsten Jahr schien das Ende des Matrosen, während sie davon berichtete, Frau Hönicke nicht zu berühren, obwohl sie sich genau erinnerte, auch daß ein Mann, der im zweiten Hof eine Scherenschleiferei betrieb, einen Sack geholt hatte, um zuzudecken, was da lag.

Sie beugte sich vor und sagte befriedigt: »Das weiß niemand mehr. Ich wohne am längsten hier. Seit 1910.«

Isolde kam, wir sprachen darüber und blickten ein bißchen beklommen herab auf das Viereck Zementboden mit Kellertreppe und Teppichstange. Aber keine Stimme sprach, und es ward uns kein Zeichen. Es war solange her wie der Dreißigjährige Krieg oder wie der letzte.

Isolde meinte, man müßte die Schichten in Frau Hönickes Gedächtnis freilegen, vielleicht ergäbe sich, daß der Blick aus ihrem Hoffenster ein Blick auf die Welt war. Ich setzte mich einige Tage in Frau Hönickes Küche. Wie ich vermutet hatte, entdeckte ich in anderen Wendungen das Leben meiner Großeltern, die Mühen und Freuden meiner Eltern. Doch waren die Erinnerungen Frau Hönickes an die Szenen ihres langen Hierseins eigentümlich eingedickt. Zwei Kriege nahmen nicht mehr Raum darin ein, als ein Ausflug zur Baumblüte nach Werder, und am lebhaftesten erzählte sie von einem breiten Bett, in dem sie mit fünf Geschwistern gelegen hatte, der älteste Bruder erzählte Märchen, und ehe geschlafen wurde, gingen alle der Reihe nach auf den Eimer. Frau Hönicke hatte ihr Glück gesucht und ihr Unglück gehabt auf die allgemeine, aber auch auf ihre eigene Weise, und nun vergaß sie allmählich alles, während sie, vielleicht aus Sehnsucht nach den Märchen, mit der Lupe in den Romanheften aus dem Westen las, die sie mit anderen alten Leuten austauschte. Ich blätterte darin und sah mir an, wie die Romane anfingen und aufhörten. Neunmal begann es mit der Beschreibung schöner Menschen, einmal mit einem Sonnenaufgang, in zehn von zehn Fällen endete es mit einer Umarmung.

Ehe Isolde vorbeikam, pflegte sie anzurufen.

»Bist du da?«

»Ich bin da.«

»Und machst du gerade was?«

»Ich mache gerade nichts.«

Mit solchen Reden hatte es vor zwei Jahren angefangen, jetzt gebrauchten wir sie wieder. Isolde brachte den Klatsch aus ihrer Redaktion und zwei Stück Kuchen mit. Ich machte Tee. Sie fragte nach der Geschichte über Frau Hönicke, die keine Geschichte wurde. Isolde hatte eine Vorstellung vom Altwerden. Sie war Ende Zwanzig, aber sie sah das Alter ruhig, sogar neugierig, auf sich zukommen. »Miteinander alt werden ist wichtig«, sagte sie mit dem Gesicht, mit dem sie etwas Endgültiges feststellte.

Ich merkte betroffen, daß sie von uns sprach, immer noch von uns.

Gelegentlich zeigte Isolde mir einen nicht alltäglichen Leserbrief. In ihrer Zeitschrift lief eine Diskussion zum Thema Liebe, für die sie zuständig war. Auf ungelenk beschriebenem Papier kam eine Menge verworrenes Dasein auf ihren Tisch, aber auch Mitteilungen tröstlicher Gefaßtheit, wie der letzte Satz im Klagetext eines Nichttänzers: »Nun sind die Ehen meiner Brüder auch nicht glücklich, obwohl sie gute Tänzer sind.« Und der Brief eines Soldaten lautete so: »Sehr geehrte Redaktion! Ich gehe hier in einem Dorf seit einer Weile mit einem Mädchen. Jetzt will ich nicht mehr mit ihr gehen. Sie sagt aber, daß sie sich, wenn ich nicht mehr mit ihr gehe, das Leben nimmt. Bin ich dann Schuld an ihrem Tod? Bitte schnell Antwort.«

Ich liebte an Isolde, daß sie sich solche Fragen auf die Seele lud und den Soldaten um die Adresse des Mädchens bat. Manchmal gerieten wir, die Teekanne zwischen uns, in ein Schweigen, in dem das Atmen fühlbar wurde. Wir stürzten aufeinander zu wie früher. Aber danach war nicht ungeschehen, daß wir uns getrennt hatten. Anders als vordem zog Isolde sich erst wieder an, ehe sie in die Küche nach frischem Teewasser ging, als spürte sie, daß ich gleichgültiger zu ihr hinsah, ohne Geduld mit den schönen Mängeln ihres Körpers, der weißhäutig und schwer war.

Sie hatte den Tee gebracht, und wir hatten eine Tasse getrunken, als ich beiläufig sagte: »Ich werde Silvester vielleicht wegfahren.«

Sie blickte in die Teekanne und klapperte mit dem Deckel. Ihre Hand zitterte ein wenig, und ich fühlte mich ungut.

»Na fein«, sagte sie schließlich.

Natürlich hatten wir klare Worte gesprochen, als wir uns trennten. Wir mieden uns einige Wochen, dann trafen wir uns nicht ganz zufällig im Theater. Danach wollten wir beide nicht so genau wissen, ob es ein langer Abschied war oder ob es wieder angefangen hatte. Es sind die runden Geburtstage und die Feiertage, an denen die ungeklärten Verhältnisse sich zuspitzen. Zweimal, nachdem die anderen Gäste raus und die Fenster lange genug offen waren, hatten wir uns im frühen Licht eines neuen Jahres miteinander geborgen auf eine von Karl aufgebaute Matratze gelegt. Nun würden wir es nicht mehr tun. Isolde, wie sie sich den Abend auch einrichtete, allein oder mit sonstwem, würde an die teilnahmsvollen Erkundigungen geraten, erst dann würde sie sich richtig im Stich gelassen fühlen.

Sie ging an diesem Nachmittag, ohne etwas zu fragen. Sie sagte nur hilflos: »Wenn du meinst, daß das Karl gegenüber in Ordnung ist?« Aber ich konnte mir vorstellen, wie sie herumtelefonieren und lange Gespräche führen würde, nur um einen unbetonten Satz anzubringen: »Wo will denn Paul zu Silvester hin?«

Ich wollte einfach verschwinden. Anderes Bier trinken, anderes Brot essen, durch andere Straßen laufen, eine Sprache hören, die ich nicht verstehe, irgendwo sitzen und unauffindbar sein. Mein Visum vom Sommer war noch gültig, aber war es auch diese ungenaue, nicht erneuerte Verabredung? Ich hatte weder geschrieben noch angerufen, man weiß doch, was sich gehört. Ich beschloß, alles von ihren ersten Worten am Telefon abhängig zu machen. Mit dem Akzent, der auch einfachen Mitteilungen eine fremdartig melodische Dringlichkeit gibt, hörte ich sie aus der Ferne rufen: »Aber die Idee ist schön.«

Mit Sicherheit war unser letzter Nachmittag schön gewesen, im heißen, schweflig riechenden, grünen Budapester Wasser, neben üppigen Großmüttern und sehnigen Vätern, zwischen Kindern, Liebespaaren, Schwulen und tätowierten Profis im Verführen von Touristinnen, bei den Schachspielern, die, bis zu den Schultern eingetaucht, auf Wachstuchplänen am Beckenrand ihre von Nässe gebleichten Figuren setzten. Wir lagen auf den Stufen, die zum Grund des Bassins führen, unsere Beine hoben sich von uns weg, wir streiften uns in der halbdurchsichtigen Tiefe, ich küßte sie. Sie lächelte ein wenig und sagte nichts. Vielleicht war sie nur höflich. Daß einer seine Dolmetscherin küßt nach fünf Tagen und drei Stunden ehe er abfährt, ist kein großer Einfall. Aber möglicherweise brauchte der Moment auch für sie keine Theorie. Ich fühlte mich leicht und küßte sie, sie lächelte, und ich schmeckte auf ihrer Haut das lasche Aroma des Wassers, das gegen Rheumatismus, Nervenentzündungen und Lähmungen hilft. Es war, inmitten der Bilder und Stimmen, ein stiller, klarer Augenblick, die Welt war unbekannt, und ich war eben in ihr angekommen, war ein anderer und wunderte mich. So blickt man in ein fremdes Fenster, Leute setzen sich zu Tisch unter einer Lampe, nur eine zufällige halbe Drehung des Karussells und man wäre an ihrer Stelle. Oder eine Frau verschwindet in einer Tür, ich kenne sie nicht und werde sie nicht kennen, aber eine Sekunde lang ergreift mich ihr Wesen bis in alle Sinne hinein, und ich weiß, daß hinter der Tür, die ich nicht öffnen werde, ein zweites Leben auf mich wartet. Nach dem Baden gingen wir essen, und Ildi gab mir ihre Telefonnummer für den Fall, daß ich wiederkäme. Ich spielte darauf an, daß sie an jedem Abend verschwunden war.

»Aber vielleicht dann werde ich Zeit haben«, sagte sie. Das Essen machte uns faul, der Wein melancholisch, wir küßten uns unter den Augen des Kellners und flüsterten, und schließlich landeten wir auf dem Bahnhof. Ich beugte mich neben zwei Kollegen aus dem Zugfenster, sie blieb zurück in einem blauen Kleid und winkte uns allen dreien.

Auf dem Flugplatz, zwei Tage vor Silvester, sagten sie, der Abflug würde sich aus technischen Gründen um eine

Stunde verschieben. Nach anderthalb Stunden wiederholten sie es. Ich bestellte mir ein Paar Würstchen. Eine halbe Stunde später gab es Würstchen auf Kosten von Interflug. Der Lautsprecher definierte die Gründe für den ferneren Verzug nun als meteorologische. Das Transitrestaurant, getrennt von seinem Hinterland durch gesetzliche Barrieren und vergitterte Toilettenfenster, sank in einen Halbschlaf, den von Zeit zu Zeit Passagiere störten, die in glücklichere Richtungen flogen. Neue Informationen gab es nicht, dafür am Nachmittag einen Gutschein, für den man ein Paar Würstchen verzehren konnte. Ich hatte den Krimi aus meiner Manteltasche ausgelesen und döste vor mich hin. Ein Säugling schrie, der zu einer schönen Mutter in Jeans gehörte, zwei modisch gekleidete Afrikaner ließen ein Kofferradio spielen, ein mandeläugiger Junge hielt ein unscheinbares Mädchen bei den Händen und sah sie versunken an, Stunde um Stunde. Um zehn Uhr abends bliesen sie den Flug ab.

Ich fuhr nach Hause und versuchte, in Budapest Bescheid zu sagen. Sie meldete sich nicht. Ich öffnete das Fenster und legte mich hin. Über den Hof kamen Schritte, ich erwartete niemand. Die kalte Nachtluft wehte herein, ich schlief ein und wachte wieder auf und dachte daran, wie Liebe kommt und geht.

Am nächsten Morgen hoben wir ab von der Erde, die mühsam hell wurde, und stiegen in ein Hochgebirgslicht. Es gab Frühstück und Kognak.

Der Mann neben mir sagte: »Prost.«

Er drehte sich nach hinten, eine ringgeschmückte Frauenhand tauchte zwischen uns auf und hob ihm ein Glas entgegen, sie stießen an, der Mann trank und wandte sich zu mir.

»Sowjetischer. Bißchen hart, aber gut. Grusinischer. Etwas rauh. Aber immerhin.«

Er stellte das Glas ab, ich sah, daß auch er die Finger voller Ringe hatte.

»Haben Sie auch im Flugplatzhotel geschlafen?«

»Nein«, sagte ich.

»Natürlich nicht«, sagte er bedeutsam, aber er ließ mir keine Zeit, darüber nachzudenken.

»Womit ich nicht einverstanden bin«, sagte er, »ist, daß einem keine gleichwertige Leistung geboten wird. Wenn so was vorkommt, daß man nicht fliegen kann wegen Wetter. Kann vorkommen. Aber die Leistung muß dann gleichwertig sein. Habe ich recht?«

»Was meinen Sie?« fragte ich.

»Sehen Sie«, sagte er und beugte sich ein wenig zu mir, »ich habe eine Luxusreise. Sechs Tage, zweitausenddreihundert Emm. Mit meiner Frau. Da ist Zimmer und Bad drin, klar. Aber dann muß das auch als Ersatz geboten werden. Nicht vier Personen in einem Zimmer, nicht wahr?«

Ich nickte zustimmend, glaube ich, und er rieb sich mit der flachen Hand sein straffgespanntes Hemd.

»Gut, ich sehe dem Hunderter nicht hinterher«, sagte er, »aber zweidrei ist ja nicht wenig. Da will man nicht mit fremden Leuten in einem Zimmer wohnen, nicht wahr? Die haben gar nicht gefragt, Ehepaar oder nicht, Mann oder Frau, Hauptsache, die Leute waren vom Flur. Da waren zwei ungarische Burschen, die kriegten zwei deutsche Mädchen dazu. Die haben die natürlich gestemmt. Ist ja klar. Ist ja auch gut so. Hätte ich auch gemacht. Aber in meinem Fall, mit meiner Frau und einem fremden Ehepaar in einem Zimmer, ist das keine gleichwertige Leistung.«

Er unterbrach sich, weil die Stewardeß mit der Flasche vorbeikam, und bat um noch einen Kognak, für mich gleich mit. Er prostete mir zu, dann gähnte er, und als er den Mund öffnete, blickte ich in eine Goldmine.

Er ließ mich wissen, daß alles eine Frage der Organisation sei. Er sei selbst aus der Gastronomie. Elf Jahre Mitropa, dann Kellner privat, dann selbständig. »In der volkseigenen Gastronomie können Sie sich ja nicht selbständig machen«, erklärte er mir. »Das geht nur privat.« Er kniff ein Auge zu und sagte: »Läuft.« Als er auf meinem Gesicht keinen Zweifel sah, fuhr er fort: »Meine Frau wollte eigentlich nicht hin, aber ich habe gesagt, los, Budapest muß sein.«

Er drehte sich um und fragte: »Stimmt's?«

Ich folgte seinem Blick und sah in das ungnädige Gesicht einer hübschen, toupierten, mit goldenen Ohrclips geschmückten Köchin.

»Mir reicht's jetzt schon«, sagte sie.

Ich fragte nichts und äußerte mich nicht, und mein Nachbar ließ, während auf den Wolken die Schneespitze eines Berges vorbeischwamm, das Sächsisch eines Erfolgsmenschen über mich hinrieseln. Er war überall als Tourist gewesen, in Polen und Rumänien und auf der Krim, im Kaukasus und auf der Wolga, und es waren immer die ungelösten Fragen der Organisation, auf die er gestoßen war. »Na ja«, sagte er resigniert. Die Vielfalt der Ansichten der Völker in dieser Sache machte ihm wohl zu schaffen.

»Immerhin, wir leben«, sagte er dann und senkte die Stimme um eine Spur.

»Seit das Geschäft läuft, habe ich sowieso drei Konten. Ich lasse mich doch nicht fragen, wo das viele Geld herkommt. Und Sie kommen direkt aus Westberlin?«

Sein Blick war wohlwollend und erwartungsvoll. Jetzt war ich an der Reihe, mit ein wenig Lebenslauf und finanzieller Gegebenheit. Ich begriff, daß ich ihm weh tun mußte.

»Nein«, sagte ich so erstaunt, wie ich war, »ich bin von hier. Berlin, DDR.«

»Ach so«, sagte er stotternd. »Also nicht.«

Ich sah, wie er angestrengt nach einem guten Satz suchte. Er war aus festem frohem Fleisch, und die Zutaten, von den Zähnen bis zu den Manschettenknöpfen, waren aus wertbeständigem Edelmetall, aber jetzt ließ ihn seine Tüchtigkeit ein Weilchen im Stich.

»Na, wir landen ja gleich«, sagte er endlich.

Das war sein letztes Wort zu mir, und wir landeten tatsächlich gleich, jedenfalls verkündete es die Stewardeß. Wir tauchten in die Wolken, das Licht schwand, die Triebwerke brummten mit tieferem Ton, das Fahrwerk fuhr aus, ein Zittern lief durch das Flugzeug. Aber nach einer Zeit klang das Summen wieder heller und entschiedener, als hätte die Maschine eine genauere Idee, wohin es mit ihr ging. Wahrscheinlich roch sie den Stall. Denn gleich darauf sagte man uns, daß wir nicht landen könnten und zurückflögen. Die Gründe waren leicht auf ein Wort zu bringen, es waren meteorologische. Mein Nachbar sah angespannt aus dem Fenster, vielleicht hatte er sich wegen des englischen Schmökers, den ich gestern gelesen hatte, in mir geirrt. Ich hätte ihn fragen können, aber ich war froh, daß er schwieg. Ich machte die Beine lang, und in meinen Körper kroch die leise Vibration des Fliegens, die einen manchmal, wenn die Stewardessen sanft lächelnd und hochbeinig kommen und gehen, auf träge, unpraktische Gedanken bringt. Gelegentlich fällt mir auch ein, wie es einem Freund aus Prag beim Fliegen ergangen ist. Er reiste in einem der alten zweimotorigen Flugzeuge, wo sich hinten die Toilette befindet, deren Tür in seinem Fall nicht richtig schloß. Die Maschine fiel in ein Luftloch, und die Schwerkraft riß ihn aus der Geborgenheit, in der er stand wie ein Mann und zog ihn rückwärts den Gang zwischen den Sitzen entlang, bis er, sozusagen mit hängenden Armen, an der Tür zur Pilotenkabine lehnte. Dann hob das Flugzeug die Nase, und er marschierte abermals nach dem Gesetz der Physik an allen Plätzen vorbei, jetzt vorwärts, und auf dem Hin- und Rückweg zeigte er seinen verblüfften Mitreisenden, wie männlich die Natur ihn gemacht hatte. Am schönsten aber war vielleicht der Moment, wie er in einer großen Stille wieder Platz nahm, während alle Gesichter sich zu den Fenstern kehrten und die Blicke einen Halt im Himmel suchten.

Wir landeten und stiegen aus, und eine Gruppe schon etwas zerzauster Leute, die seit drei Tagen auf besseres Wetter in Sofia hofften, fühlte sich ein wenig getröstet, als wir wieder ankamen. Nach einer Stunde flogen wir wieder ab. Der Berg mit der Schneemütze kam vorbei, eine Zeitlang übten wir angeschnallt und durchgeschüttelt den Blindflug, dann tauchten wir auf aus der milchigen Ungewißheit und flogen in der immer noch strahlenden Nachmittagssonne das zweite Mal zurück. Die Leute, die standhaft nach Sofia wollten, waren so nett und applaudierten, als wir wieder einrückten in den Transitkäfig. Es gab Würstchen.

Der Abendschatten des zweiten verlorenen Tages fiel auf verschiedene Posen der Ermattung. Die beiden Afrikaner unterhielten sich lächelnd, ihr Radio verströmte milde Musik. Der Gastronom aus Leipzig schritt verbissen an mir vorbei wie an einem Unbekannten. Die jungen Männer aus Ungarn, die es letzte Nacht so viel besser getroffen hatten als er, hingen auf ihren Stühlen, und die jungen Damen, die ihnen nahegekommen waren, dank ungelöster Fragen der Organisation, legten die Füße hoch. Als er den Blick ermüdet abzog von seiner Begleiterin, kam ich mit dem mandeläugigen Mann ins Gespräch: Er war Armenier, lebte in Persien, studierte in Westberlin, und seine Verlobte wohnte in Pankow. Vor einer Weile war ich drei Tage in Armenien gewesen, er dagegen hatte das Land nie gesehen, vor zweihundert Jahren waren seine Vorfahren ausgewandert. Ich sollte ihm erzählen, was ich wußte, aber ich wußte nur, daß der Spiegel des Sewan-Sees sinkt, so daß die Mauern uralter Häuser auftauchen, und daß man den See durch einen unterirdischen Fluß wieder auffüllen will, und in einem

Kloster hatten sie mir einen Knochen von der Hand Jesu gezeigt. Er hörte erfreut zu, als seien es wichtige Nachrichten für ihn.

Später ging ich auf und ab und fand es merkwürdig, daß ich nach Budapest wollte, aus Ratlosigkeit, um Isolde zu entfliehen. Ich mochte sie doch. Ich brauchte sie. Ich konnte schreiben, oder ich glaubte es wenigstens zu können, wenn sie mir über die Schulter sah. Obwohl sie für eine Zeitschrift arbeitete, in der unverdrossen allwöchentlich die Welträtsel gelöst wurden, war sie unbeirrt gespannt auf das zufällige, tägliche menschliche Leben, das wie ein unerschöpflicher Brei über den Rand des Topfes quoll und von dem sich, wie sie meinte, die Dichter nähren sollten. Was Isolde und mich betraf, so hatten wir nicht nur den betrüblichen Herbst unserer Trennung hinter uns, sondern auch ein endloses Reden über meine Arbeit und über Erwartungen und Fehlerwartungen, denen sie ausgesetzt war. Isolde fand es idiotisch, daß ich mich mit Filmen herumplagte, die entweder dem Publikum oder dem Ministerium oder beiden nicht gefielen. Ich verteidigte Leute, mit denen ich, was ihre Ansichten zu Büchern betraf, nicht einverstanden war. Ich gab ihr recht, aber ich war einfach nicht so rigoros wie sie. Ich war zehn Jahre älter und kannte etwas von der langen Geschichte der Mißverständnisse. Isolde wollte lieber für immer in einem Zimmer leben, das Klo auf der Treppe, mit einem Würfel Margarine in der Woche, als von ihren Überzeugungen lassen. Sie sah maßlos eigensinnig aus, wenn sie sich ereiferte. Aber der stille Untergrund unserer Gereiztheit war, daß sie sich wünschte, wir sollten heiraten.

Gegen zehn Uhr abends kachelte uns ein frischer Pilot zwischen die blauen Lichterketten der Landebahn, die erst im letzten Augenblick zu sehen waren. Dem Budapester Wetter, von unten betrachtet, merkte man seine Heimtücke nicht an, es war auf normale Weise diesig.

Ildi war da, mir kam es vor, als hätte ich sie nie gesehen. Sie trug einen langen Mantel mit einem weißen Pelzkragen, sie lächelte irgendwie artig und kam auf mich zu, eine fremde Frau, die mich wunderbarerweise umarmte. Dann küßte mich ein kleiner, rundlicher Neger. »Welcome!« rief er aus und lief winkend auf die beiden Afrikaner zu, die meine Reisegefährten waren.

»Das ist Willi«, sagte Ildi.

Ich drückte den beiden Negern die Hand und umarmte drei weitere Mädchen, eine war Willis Verlobte, die beiden anderen waren mitgekommen, um seine Freunde begrüßen zu helfen. Wir zogen alle zum Parkplatz, und Willi machte sich ohne Vorurteil an das Problem, acht Leute und etwas Gepäck in einen Volkswagen zu verladen. Ich wurde gegen den jüngeren Afrikaner gepreßt, der ein angenehmes Rasierwasser benutzte, und auf mir saß weich und fest ein Mädchen, auf dem noch ein Mädchen saß. Irgendwo in dem Auto war auch Ildi verstaut, mein einziger Mensch in Ungarn. Hinweg über Kreischen und Kichern ließ sie mich wissen, daß Willi ein Untermieter ihrer Tante Klari sei, bei der auch ich hätte wohnen sollen, wenn nicht ein Wiener Ehepaar dazwischengekommen wäre, aber darüber sollte ich mir keine Sorgen machen. Ich machte mir keine Sorgen. Eine zutrauliche Last wippte warm auf meinen Schenkeln, ich atmete flach und schielte durch das beschlagene Seitenfenster, von der Stadt sah ich nichts als im Dunst zerfließende Lichter.

Tante Klari wohnte in einer Villa und spielte Karten, als wir ankamen. Am Tisch, zwischen gediegenen Möbeln und Zimmerpflanzen, saßen mit ihr zwei Damen und ein Herr, jeder ein Canastablatt in den Händen, und zwei schwarzhaarige junge Männer sahen ihnen mit wehmütigen Augen zu. Willis Gäste, männlich und weiblich, schwarz und weiß, passierten im Gänsemarsch das Zimmer und verschwanden hinter einer Tür mit Milchglasscheiben. Tante Klari, eine gut frisierte, rotblonde Mittfünfzigerin, winkte ihnen würdevoll zu. Ich gab allen die Hand, die jungen Männer waren Logiergäste aus Italien. Ildi und ihre Tante eröffneten einen längeren Dialog, der anscheinend mich betraf. Die Kartenspieler blickten stumm auf den Tisch, die Italiener verfolgten Rede und Gegenrede wie den Ballwechsel beim Tennis. Ich hockte auf einer Stuhlkante und spürte meine Müdigkeit. Hinter Willis Tür ging eine Musik los. Tante Klari richtete das Wort an mich.

»Wir haben gedacht, daß werden Sie wohnen ganz in der Nähe bei einer Frau Nagy.«

Ich nickte zustimmend.

»Aber dann sollen Sie, weil dort ist schon nicht möglich, lieber wohnen bei einer Frau Szolnoki.«

Ich bekundete mein Einverständnis.

»Leider geht es nicht«, sagte Tante Klari. »Nun, es ist nicht schlimm.«

Zwischen den Blumentöpfen am Fenster klingelte das Telefon, Tante Klari erhob sich und nahm den Hörer ab.

»Willi«, rief sie durchdringend.

Willi kam hereingeturnt, in Hausschuhen und ohne Jacke, und telefonierte mit der Miene eines Mannes, der sich belästigt fühlt.

»The shop is closed«, hörte ich ihn ungehalten rufen, ehe er auflegte. Er winkte mir zu und sagte, daß er am nächsten Abend eine sehr große Party gäbe, ich sei dazu eingeladen. »A very big party«, wiederholte er, bevor er verschwand. Durch die offene Tür sah ich den jüngeren Afrikaner mit einem der Mädchen, sie tanzten umschlungen.

»Haben Sie Galsworthy gelesen?« fragte mich Tante Klari.

Ich sagte, daß ich ihn irgendwann gelesen hätte.

»Die Forsyte Saga?«

»Ja, vor einer Weile.«

»Aber Sie müssen wieder lesen«, sagte Tante Klari beschwörend. »Ich lese zum vierten Mal. So interessant ist, was geschieht mit diese Familie.«

Ildi und ich liefen ein Stück durch die feuchte Nacht, bis wir ein Taxi erwischten, wir waren ziemlich stumm. Vielleicht war es ihr lästig, daß sie mich jetzt in irgendein Bett bringen mußte. Ich wollte das Schweigen nicht wachsen lassen und fragte sie nach Willi und Tante Klari. Willi war ein Student oder ein Diplomat oder beides, sein Vater war ein Häuptling in Nigeria. Tante Klari aber hatte ihren Mann, den Onkel Tibor, gerade aus dem Haus gejagt. »Eine Tragödie«, sagte Ildi. Eine lange Brücke trug uns über eine stumpfe, schwarze Tiefe, die wohl die Donau war. Die Lichterkette am Ufer war nirgendwo aufgehängt und entschwebte.

Die Wohnung sah aus, als würde der Haushalt gerade aufgelöst. Die wenigen Möbel standen nicht an ihren Plätzen, es gab keine Gardinen und Teppiche, und niemand war anwesend außer Ildi und mir im Schein einer Stehlampe, die ein anderes Licht warf, als mir vom letzten September her leuchtete. Sie war eine andere Frau als damals, sie hielt mich wohl auch für einen anderen Mann. Sie entschuldigte sich für die Unordnung, sie erklärte, wem die Wohnung gehörte, sie zeigte ein verlorenes Lächeln. Ich stellte meine Tasche ab und zog den Mantel aus, Ildi stand, zum Gehen bereit und doch nicht ganz entschieden, mitten im Zimmer. Aber ich wollte der Routine nicht vertrauen, dem Schritt auf sie zu, der Hand, die über das Haar streicht, der flüchtigen Berührung der Haut, dem absichtslosen Kuß, ich meine diese Art der Eröffnung des Themas, die es einem erlaubt, zunächst entspannt zu Abend zu essen und über die Dinge der Welt zu reden. Auf einem Stuhl lag, sauber gefaltet, frische Bettwäsche. »O.K.«, sagte ich und wußte, daß ich jetzt dem Abenteuer ein allzu frühes Schlußwort sprach, und wußte, daß ich nun dieses schöne Mädchen lossprach von einem nicht gegebenen Versprechen, und wußte, daß ich mich einließ auf drei lange Tage Budapest für Touristen. Ich sagte: »O.K., alles ist in Ordnung.«

Eine Menge Paarung kann geschehen zwischen Mann und Frau, die keinen Sinn ergibt, nur darf man nicht an den toten, lustlosen Punkt kommen, wo beide zugleich es bemerken. Doch gerade in diesem Moment, wo nichts uns zueinander trieb, in der Stunde nach Mitternacht, am zweiten Abend meiner Neujahrsreise, fragte mich Ildi, ob ich Lust hätte, Schach zu spielen.

»Gelegentlich ja«, sagte ich verwundert.

»Wollen wir spielen?«

Sie meinte es wirklich so. Hinter einem Bücherregal stand ein Schachbrett, in einem Schrank ein Kästchen mit Figuren, wir bauten das Spiel auf ein Tischchen unter der Lampe, ich stellte zwei Stühle heran, sie zog ihren Mantel aus, wir setzten uns korrekt gegenüber, und die Figuren standen zwischen uns. Wir losten, ich spielte mit Weiß und wählte das Königsgambit, von dem ich allerdings nur die ersten sechs Züge beherrsche. Ildi tat für die sich rasch anbahnenden Verwicklungen ordentlich das Ihre, mit langen Denkpausen, in denen ich sie ansah und mich fragte, ob sie hier öfter Schachabende veranstaltete und ob sie jetzt irgendwo jemand warten ließ. Von einem der dunklen Bilder, die an den Wänden hingen, betrachtete uns aus dem vorigen Jahrhundert ein Mann mit einem Windhundgesicht und sah zu, wie wir unsere redliche Partie spielten, mit einem Endspiel, das bis zum Morgen dauern konnte. Schließlich machte Ildi einen simplen Fehler, doch lehnte sie es ab, den Zug zu wiederholen. Ich war darauf gefaßt, daß sie Revanche fordern würde, aber sie stand auf und brachte das Bettzeug ins Nebenzimmer. Durch die offene, zweiflügelige Tür sah ich im Halbdunkel das Laken über ein breites Plüschsofa wehen.

Dann zeigte sie mir die Tür zum Bad, einer tristen, lange nicht benutzten Kammer mit Stockflecken an den

Wänden und einer Rostspur in der Wanne. Als ich herauskam, während das Wasser in den Kasten der Spülung rauschte, begegneten wir uns wortlos auf dem Korridor.

Es war nur ein Kopfkissen da und nur eine Steppdecke. Ich kroch auf das seufzende, weichgelegene Sofa, zog die Decke bis zum Kinn, wartete und fühlte mich gehemmt, vielleicht aus Müdigkeit, vielleicht, weil ich so deutlich nicht der Chef in der Szene war. Und ich kämpfte gegen diese Gleichgültigkeit an, als ich sie vom Bad ins Nebenzimmer kommen hörte, als sie die Lampe ausmachte, als ich sah, daß sie nackt war, als sie sich neben mich legte. Ich drehte mich zweifelnd zu ihr. Aber sie wartete nicht ab, wie ich, während wir uns berührten, über die Klippen meiner Unsicherheit kam. Sie streichelte mich mit den Lippen an vielen Stellen, atemlos oder Atemlosigkeit vortäuschend, bis wir wirklich außer Atem gerieten, das ungewisse Nachtlicht vor dem kahlen Fenster sah uns umschlungen, sitzend, kniend, liegend, verzuckend starb die Fremdheit zwischen uns und kam leise wieder zur Welt, während wir ineinander ausruhten und nebeneinander lagen und ohne einander.

Es ist schön, die Augen aufzumachen und ein schlafendes Mädchen und einen erwachenden Tag zu sehen, nicht allein und doch mit den Gedanken für sich. Ildi lag von mir abgewandt, ich kannte sie so wenig wie gestern, und doch lagen wir in gemeinsamer Wärme. Das Zimmer war schummrig, gegenüber blickte ich auf ein nasses, trauriges Dach, aber mich erfüllte morgendliche Leichtigkeit, eine Freude bis in die Zehenspitzen hinein, als wäre ich auf listige Weise irgendwelchen Verfolgern entwischt, in das Asyl dieser halbausgeräumten Nirgendwowohnung. Später, als wir aus dem Haus gingen, entdeckte ich, daß ich mitten in der Stadt untergetaucht war, zwischen Margarethenbrücke und Bahnhof, in einer Seitenstraße mit kleinen Geschäften und Kellerwerkstätten. Wir frühstückten in einem Espresso.

Ich lobte den Kaffee, das Gebäck, die Kellnerin, ich lobte das alte Jahr und diesen verhangenen letzten Tag, ich lobte den Aprikosenschnaps und die kleine, alte U-Bahn und die Silhouette der Burg über der Donau, ich machte es Ildi, glaube ich, verständlich, daß ich nur sie lobte. Sie hängte sich bei mir ein, manchmal legte ich den Arm um ihre Schulter, so zogen wir in der Stadt herum, schwerelos befreundet.

An diesem Jahresende war Budapest von den Italienern besetzt. Sie schienen sich, ehe sie sich auf die Lustreise machten, alle im selben Laden ausgerüstet zu haben, mit den gleichen Pullovern, Jacken und Mänteln aus Kamelhaar, sie schienen auch denselben Friseur zu bevorzugen, der ihnen die gleichen Koteletten bis zum Kinnwinkel verpaßte. Zu zweit oder zu dritt, im gleichen modischen Schuhwerk, schlenderten sie locker auf und ab oder stiegen mit den Mienen von Weltumseglern aus niedlichen Alfa Romeos und warfen den gleichen hungrigen Blick auf die geschmeichelten Töchter des Landes. Ildi bat um mein Verständnis, daß wir am Abend zunächst bei Tante Klari bleiben müßten.

»Es ist wegen Onkel Tibor«, sagte sie.

»Ich denke, sie hat ihn rausgeschmissen?«

»Er wird da sein. Oben im Haus. Sie haben einen Sohn, der dort wohnt. Die Tragödie ist, Onkel Tibor wird Dundi mitbringen.«

»Dundi ist das Problem, vermute ich.«

»Dundi ist vierundzwanzig«, sagte Ildi.

»Und Willis Party?«

»Richtig, Willis Party«, sagte sie.

Es waren alles keine Fragen für mich, mein Programm hieß Ildi. Wir kauften ein paar Flaschen, es dämmerte und wurde kälter. An allen Ecken wurden Papiertrompeten angeboten, auf denen Kinder in den sich leerenden Straßen durchdringende, erwartungsvolle Signale bliesen.

Tante Klaris italienische Gäste hatten in ihrem Rennauto, das vor dem Gartentor stand, etliche Kartons Spaghetti mitgebracht und bereiteten sich in der Küche eine Mahlzeit. Tante Klari, mit gerötetem Gesicht, kochte eine Bohnensuppe und füllte ausgehöhlte Hörnchen mit einem Pastetenteig. Ildi begann ihr zu helfen.

»Kann ich auch was tun?« fragte ich.

Aber Tante Klari wünschte, daß ich mich hinsetzen und ausruhen sollte. Ildi begleitete mich ins Zimmer, wir tauschten einen gehauchten Kuß. Ich saß allein in einem Sessel neben dem geschmückten Weihnachtsbaum und genoß die Stille und das träumerische Gefühl, in einem Märchen mitzuspielen. Ich stellte mir Tante Klaris Haus, das einen Turm und viele Erker hatte, als ein Schloß vor, in dem eine tragische Königin, ein Stammesedler aus Nigeria namens Willi, ein Wiener Ehepaar und zwei hochtourig motorisierte Italiener sich auf einem Ball trafen. Komisch war, daß ich dabei war. Aber richtig, es gab ja noch die Prinzessin, die mich eben erst flüchtig geküßt hatte. Ich saß wegen der Prinzessin hier im bunten Licht eines ungarischen Weihnachtsbaums. Nein, richtig war vielmehr, daß ich hier saß, weil ich nicht in der Schönhauser Allee in Berlin sitzen wollte, bei meinem alten Freund Karl und allen meinen alten Freunden. Nein, noch richtiger war, daß ich mich hier vor Isoldes Augen verbarg, vor ihren ernst auf mir ruhenden, teilnahmsvollen Augen, in denen ich las, daß sie mich besser kannte als ich selbst.

Es klingelte in der Diele. Konnte das Onkel Tibor sein, der verstoßene, verblendete König, mit Dundi, der bösen Fee? Es war eine junge Dame, nicht die Verlobte, die zu Willi wollte. Willi war anscheinend allein, er trug Hausschuhe, aber ein strahlendes Hemd und eine taubenblaue Weste. Er sah mich sitzen und schüttelte mir, während die Dame voranging, hinter die Milchglastür, die Hand wie ein Partner.

»Give you what«, sagte er.

Ich hätte einen Schnaps gebrauchen können, aber er brachte mir den Werbekalender einer österreichischen Firma für Regenkleidung und sagte in einem Ton, der jeden Zufall bei der Wahl des Geschenks ausschloß: »It's for you.« Meinen Dank nahm er entgegen wie ein Verschwender.

In der Ecke bullerte ein wunderlicher Ofen, mannshoch, aus verchromtem Stahl, ein romantisch verziertes Serienprodukt auf geschweiften Beinen, mit dem Zeichen einer amerikanischen Firma und mit Fenstern, durch die man in die Glut sah, ein Möbel des technischen Fortschritts zwischen den Kriegen, ein Ofen, rührend wie ein Tango.

Mir kam in den Sinn, von welcher Art auch hier die Zeit war, die dieser haltbare Ofen überdauert hatte, unversehens dachte ich an andere Öfen. Ich hatte gelesen, wie Eichmann hierherkam und wie gut ihn seine Partner verstanden hatten. Und der Irrsinn streifte mich, daß ich in diesem Moment, nur dreißig Jahre danach, in dieser Stadt, die schön war wie je, daran denken konnte oder auch nicht.

Zu Tante Klaris bewahrtem oder neu gewonnenem Lebensstil gehörte ein Flügel, den aber anscheinend nie jemand öffnete, denn auf ihm stand der Fernsehapparat. Daneben war eine hölzerne Kanone in Stellung gegangen, deren Lauf von einer Zweiliterflasche Kognak dargestellt wurde. Hinter Willis Tür jubelte, bis die Dame ihn verließ, eine Popmusik. Vor den Fenstern wurde es dunkel, und der Silvesterabend war da. Willis sehr große Party war eine müde Sache. Ganz allgemein gesagt und vor allem für Leute mit folkloristisch gefärbtem Weltbild: Neger allein sind noch kein Fest. Willi hatte etwa zwanzig Freunde eingeladen, aber es fehlten ihnen mindestens vierzehn Mädchen. Ich unterhielt mich mit dem älteren der beiden, die ich von der Reise kannte, er war Willis Cousin und arbeitete als Arzt in London. Er hatte wunderbar lange Hände, und während wir standen und redeten, ließ er sie wunderbar beiläufig, wunderbar sinnlich, ganz offen und insofern fair über Ildis Hüfte wandern. Der Jüngere aus dem Flugzeug war ebenfalls Willis Cousin, er war zum ersten Mal in Europa, und während alles herumsaß, tanzte er weich, mit geschlossenen Augen, für sich allein. Willi hockte brav und rundlich zwischen seiner langen weißen Verlobten und seiner zierlichen schwarzen Schwester, die in Ungarn Ökonomie studierte. Die Italiener waren mit röhrendem Motor stadteinwärts gefahren, das Wiener Ehepaar, ein Rechtsanwalt mit Gattin, saß im anderen Teil der Wohnung hinter einer Flasche Weißwein, bereit zu gediegener Unterhaltung.

»Ich möchte Ihnen erklären, daß ich den ostdeutschen Sport aufrichtig bewundere«, sagte der Rechtsanwalt.

Ich spannte die Bauchmuskeln an und nahm das Kompliment in sportlicher Haltung entgegen.

»Meine Frau, müssen Sie wissen, war selbst eine Eiskunstläuferin«, sagte er.

»Es ist natürlich schon ein bisserl her«, sagte sie.

»Schauen Sie, ich bin für ein anderes politisches System, aber man muß immer objektiv sein«, sagte er.

Tante Klari war eine Stunde lang verschwunden, dann trat sie ein in einem großen Abendkleid, und Glitzerlichter sprangen von ihren Ohrläppchen, von ihrer Brust und von ihren Händen. So schön angezogen und geschmückt, setzte sie sich zu ihren Wiener Gästen und blickte ins Fernsehen, wo ein Conferencier auftrat und ein Publikum sich auf die Schenkel schlug. Tante Klari drückte durch ein schmerzliches Lächeln aus, daß sie entschlossen war, Haltung zu bewahren und der Niedrigkeit der Welt zu trotzen, auch wenn der Abend so anders verlaufen würde als letztes Jahr noch, wo das Wiener Ehepaar auch schon zu Besuch war. Inzwischen nämlich hatte ungesehen und doch gemeldet der Onkel Tibor sein ehemaliges

Haus betreten und hielt sich jetzt in der oberen Etage auf, mit einer Hure namens Dundi, die in der staatlichen Kaufhalle, in der er Direktor war, an der Kasse saß und der er, man stelle sich vor, ein Haus bauen wollte und der er einen Renault geschenkt hatte. Hier brach seine niedrige Herkunft durch, sein rein materielles Denken, er war nichts als ein gutgebauter Markthändler gewesen, Obst und Gemüse, dem Tante Klari, eine gebildete Frau, Deutschlehrerin aus guter Familie, gegen den Willen ihrer Eltern ihre geistigen Interessen geopfert hatte. Das Wiener Ehepaar nickte verlegen, letztes Jahr war Onkel Tibor noch ein feiner Mann gewesen.

»Immerhin hat er sie ganz schön behängt«, sagte ich zu Ildi und meinte Tante Klaris Brillanten.

»Er macht es mit den Eierpreisen«, sagte Ildi. »Genau weiß es keiner. Aber es hat zu tun mit den Sommereiern und mit den Wintereiern.«

Tante Klari bat uns mit tapferer Miene zu den gefüllten Hörnchen. »Aber Sie müssen lustig sein in Ungarn«, sagte sie zu mir.

Ich trank selbstgebrannten Schnaps, der heiß im Magen ankam. Ildi und ich gingen ein Weilchen zu Willis Party hinüber und tanzten, wir tranken Kognak und abermals Selbstgebrannten. Im Fernsehen folgte ein Conferencier dem anderen, Männer mit komischen Hüten, einer mit Schürze, einer im Nachthemd, Schnellsprecher, Witzeerzähler, Nachahmer von Stotterern, kühl blickende, durchtriebene Pointensetzer, und da ich kein Wort verstand, fiel es mir nicht schwer, lustig zu sein in Ungarn.

Viermal tauchte von der Treppe her ein scheuer, junger Mann auf, der Sohn zwischen den Fronten, der eigentlich zur Mutter hätte halten müssen, aber der Vater, der für die Seinen sorgte, hatte ihm nicht nur die obere Wohnung eingerichtet, sondern auch einen Fiat gekauft. Es schien, daß der Sohn Tante Klari jedesmal eine Botschaft überbrachte. Zuerst sah sie eisig beiseite, dann bemerkte ich so etwas wie verächtliche Genugtuung, einmal gab sie eine heftige Antwort, zuletzt zeigte sie kalten Haß. Tante Klari, wie Ildi mir erzählte, war aufgefallen, daß Onkel Tibor täglich früher aus dem Haus ging, und sie mißtraute seiner Erklärung, daß, wer mit Eiern handele, mit den Hühnern aufstehen müsse. Sie legte sich angezogen zu Bett, was unbemerkt blieb, weil Onkel Tibor sie seit langem nicht mehr aufdeckte. Sie bestellte sich ein Taxi, das früh um drei in Wartestellung hinter dem Haus stand. Sie zog sich einen Schleier vors Gesicht und rief wie im Film: »Folgen Sie diesem Wagen.« So kam sie dahinter, daß nicht die Sommereier und nicht die Wintereier ihren Ehemann erwarteten, sondern Dundi, zu der Onkel Tibor in einer Appartementwohnung, deren Miete er bezahlte, allmorgendlich rüstig noch einmal ins Bett stieg. Während das alte Jahr ablief mit seinen Sünden und das unschuldige neue es jedem erleichterte, sich mit guten Vorsätzen zu wappnen, kam also viermal der Sohn, aber von Onkel Tibor kam kein Zeichen der Reue. Zuerst ließ er mitteilen, daß er sich lange nicht so wohl gefühlt habe wie heute. Dann kam die Nachricht, daß er allerdings soeben umgefallen sei, mit dem Sektglas in der Hand und flach auf den Rücken. Beim dritten Mal forderte er, offensichtlich erholt, von Tante Klari die sofortige Herausgabe der Silberbestecks. »Ich gebe das Silber nicht«, rief Tante Klari schneidend im Angesicht der betretenen Österreicher. Der Sohn ging ratlos nach oben und kam wieder und meldete, wenn Onkel Tibor das Silber nicht bekäme, würde er irgendwann erscheinen und Tante Klari verprügeln.

Als sie keine Conferenciers mehr da hatten, tat die Uhr im Fernsehen zwölf feierliche Schläge, wir standen auf, stießen an und küßten uns höflich, die Hymne wurde gespielt, Tante Klari sang mit, und Ildi sang, und auch die Mädchen auf Willis Party hörte ich singen. Danach aßen wir, zu einer Soul-Musik hinter der Milchglastür, die herrliche, scharfe, paprikarote Bohnensuppe, bei der man sich das geräucherte Schweinefleisch bis zum Schluß aufhebt und es mit in Sahne verrührtem Meerrettich bestreicht. Und ich sah eine Träne, die eine feine Linie durch den Puder auf Tante Klaris Gesicht zog und in ihren Teller fiel.

Und dann stürzte in die Silvesternacht ein weicher, großflockiger Schnee. Wir gingen abwärts von Buda nach Pest. Es war eine milde Kälte, die Luft schmeckte feucht und frisch. Aus unsichtbarer Höhe fiel der Schnee schnell und dicht durch den Lichtkreis der Laternen. Er lag auf unserem Haar und taute auf unseren Gesichtern, und unsere Füße versanken. Ein paar fröhliche Leute gruben ein Auto aus und schoben es an. Es glich einem langsam davonkriechenden Tier, seine Stimme erstickte im Schnee. Die Stille war gut für uns, und Ildi und ich, so schien es mir, waren genau die Richtigen, um in das unberührte Weiß des neuen Jahres mit unseren Schritten eine Spur zu machen, und waren auch gut füreinander im unglaublichen Gewühl auf dem Leninring, zwischen zehntausend Leuten oder vielleicht auch hunderttausend, die sich untergehakt, singend, tanzend, die Straße hinauf und hinab schoben, ein Riesenkorso, auf den unablässig Schnee geschüttet wurde.

»Aber ja, es ist schön, daß du hier gekommen bist«, sagte Ildi. »Für mich es ist schön.«

Wir umarmten uns lange und fest, unbeachtet, wenn auch mit viel Mantelstoff zwischen uns. In einem Lokal, an einem Stehtisch, tranken wir heißen Weißwein. Eine Frau zeigte uns verwirrt einen Schlüssel.

»Verstehen Sie, warum man gerade mir vertraut? Noch nie habe ich den Schlüssel gehabt, ich helfe doch nur saubermachen in dem Laden. Aber heute gehen alle weg, und ich muß abschließen und den Schlüssel behalten. Und da steht alles rum, Wein, Sekt, Schnaps, alles steht da massenhaft rum, und jetzt überlege ich die ganze Zeit, ob ich mit jemand hingehe und was trinke. Wollen wir hingehen und was trinken?«

Die Frau war an die Fünfzig und hatte schon einen gehoben, sie verdiente ihr Geld nicht leicht, das sah man ihr an, und immer wieder sagte sie kopfschüttelnd: »Verflucht, warum vertraut man gerade mir?«

Neben uns, während alles schrie und sang, weinte ein Mädchen, ein Junge sagte ihr einen immer gleichen Satz, jedes Mal weinte sie trostloser.

»Was sagt er?«

»Er sagt nur, du siehst häßlich aus, wenn du heulst.«

Ein alter Mann trug wie ein Paket einen jungen Hund unter dem Arm, der sich fürchtete in dem Trubel. Und dieser glatthaarige, zitternde, dünne kleine Hund rührte uns, weil er sich nichts erklären konnte, auch nicht, wie schön die meisten Menschen Silvester finden.

»Warum bringen Sie ihn mit, wenn er solche Angst hat?« fragte Ildi.

»Deshalb bin ich ja runter mit ihm. Damit er sich an Menschen gewöhnt«, sagte der Alte.

Ich verstand nicht, was geredet wurde, ich kriegte es erst mit, wenn Ildi es mir erklärte. So hatte ich Zeit, in die verschiedenen Gesichter zu sehen, zuletzt in das gehetzte Auge eines Hundes.

»Wollen wir nicht losgehen und was trinken?« rief die Frau uns nach.

Und wir trafen auch diesen Typ, vor dem man nie sicher ist, nicht mal auf den Galapagosinseln, diesen Typ, der die Arme ausbreitet und schreit: »Ja, ist es denn die Möglichkeit? Hier trifft man sich?«

Ich erinnerte mich nicht an den Namen des Mannes, der eine sportliche Pudelmütze trug. Ich hatte nur eine blasse Vorstellung, daß er in Berlin für irgend etwas bei den Malern verantwortlich war, er malte nicht selbst, aber er war zuständig. Er marschierte mit seiner Gattin an unserer Seite, er machte einen Ansatz, mir in aller Kürze die wirtschaftliche Lage Ungarns zu erläutern, er bestand auf einem gemeinsamen Gläschen, endlich, während wir in einer überfüllten Weinstube an die Wand gedrückt wurden, ließ er sich gutgelaunt für zehn Forint von einer Zigeunerin aus der Hand lesen. Für drei Forint gab es nur das Datum des Sterbens, aber für zehn sah sie das Leben voraus. Ildi mußte dolmetschen.

»Sie werden viel Geld ausgeben, aber noch mehr reinkriegen. Und im Beruf geht es auch gut«, sagte die Zigeunerin.

»Und jetzt stellen Sie ihr bitte folgende Frage«, sagte er. »Nämlich, was ist denn mein Beruf?«

Die Zigeunerin sah ihm nicht in die Hand, sondern auf die Wollmütze und sagte: »Egal, was Sie machen, Sie kommen weiter.«

Als wir ihn los waren, auf der Straße, wo das Gewühl sich lichtete, wo weiche Schneebälle flogen, die nicht weh taten, wo langsam, unablässig klingelnd, eine erste Straßenbahn fuhr, wollte Ildi noch in eine Bar. Mir war es egal. Sie wollte in eine bestimmte Bar, in einer Seitenstraße, und ich stand eine Weile vor der Tür, hinter der sie nach dem Geschäftsführer suchte, weil der Portier uns nicht hineinlassen wollte. Mit mahlenden Rädern kamen Taxis und hielten vor dem Lokal, kreischende Verliebte stiegen ein und stumme, ermüdete Paare. Die Hände in den Taschen, fröstelnd von einem Fuß auf den anderen hüpfend, sah ich dem neuen Jahr in die unterschiedliche Miene, wie ein Zeuge, wie ein Beobachter, und fühlte mich fremd in diesem Jahr, in dem ich vierzig werden würde. Als Ildi mich reinholte, hatte ich an Isolde gedacht mit einer Zärtlichkeit, die ich ihr niemals mitteilen konnte.

Wir setzten uns an die Bar, wir tanzten zwischen beladenen, nur noch halb besetzten Tischen, wir tranken ziemlich viel Kognak. Ildi war irgendwann verschwunden. Ein spitznasiger, dünnhaariger Mann, der neben mir saß, wandte sich mir zu und fragte in mühsamem Deutsch: »Wieviel haben Sie für diese schöne Frau bezahlt?« Die Frage war ihm dringlich, er wiederholte sie mit schwerer Stimme. Ich stieß mit ihm an.

Ich entdeckte Ildi inmitten des Trubels aufbrechender Leute auf dem Gang, der zur Garderobe führte. Sie hing an einem Mann, der an der Wand lehnte und den ich nur halb sah. Sie hatte die Hände um sein Gesicht gelegt und küßte ihn hemmungslos und selbstvergessen mit den raschen, kleinen Küssen, die ich kannte. Der Mann tat nichts dazu. Ich ging vorbei auf die Toilette und kam zurück und sah sie in der gleichen Haltung der Hingabe, die er nicht erwiderte. Es war, als wenn sie um etwas bat. Ich blieb einen Augenblick in der Nähe, ich wollte, daß sie mich bemerken sollte. Ich glaubte, eifersüchtig zu sein, aber es war wohl nur die Erinnerung an Eifersucht, und sie kam und ging im selben Moment. Ich verstand ja, daß es nicht mein Recht allein war, in meinem Kram zu stekken. Ildi benahm sich sehr freundschaftlich, als sie wieder an die Bar kam. Sie entschuldigte sich, ohne etwas zu erklären, und ich verschwieg ihr, was ich gesehen hatte. Sie mußte mir nichts sagen, ich mußte sie nichts fragen, wir mußten keine Rolle voreinander spielen. Wir konnten durch die still gewordene, zugeschneite Stadt laufen, in die Wohnung, die unsere nicht war, und konnten uns, ohne zu lügen, sehr müde fühlen. Ildi lag nicht neben mir, als ich aufwachte, es roch angenehm nach Kaffee. Ich steckte den Kopf in das andere Zimmer. Sie stand über den kleinen Tisch gebeugt, an dem wir Schach gespielt hatten, und war mit Tassen und Tellern beschäftigt.

»Noch mal ein frohes neues Jahr«, sagte ich.

Sie sah auf und antwortete ernsthaft: »Ich wünsche dir auch.«

Sie sah fraulich aus, ausgeschlafen, und, mit Hilfe eines Pullovers, den ich noch nicht kannte, sehr angezogen. Ich stieg in die Hose, lief ins Bad und klatschte mir mit den hohlen Händen eine Menge kaltes Wasser ins Gesicht.

Dann tranken wir dicken, öligen Mokka. Durch die Fenster sah es trübe aus, der erste Tag des Jahres schien sich schon zu verabschieden. Ildis Gesicht verschwamm in dem schwindenden Licht, sie saß halb zu mir gewandt, und sie muß mich gesehen haben wie ich sie: als Umriß eines Menschen in jener mittleren Entfernung, in der sich manchmal am leichtesten reden läßt.

Sie stammte aus einer Kleinstadt, die ein Theater hatte; mit achtzehn war sie einem Schauspieler nachgereist nach Budapest, er hatte sie geheiratet und verlassen, nun wollte sie auch Schauspielerin werden und bekam auch gleich eine Rolle in einem Film, aber dann gab sie es auf und warf sich aufs Malen, weil sie einen Maler kennenlernte und schon als Kind gern gezeichnet hatte. Sie hatte eine mühelose, halbe Begabung für vieles, der Anfang klappte immer. Sie trennte sich von dem Maler und wollte einen Engländer heiraten, einen Vertreter für Elektronik, der sich aber irgendwann nicht mehr meldete. Und ein Student war in sie verliebt, ein Musiker, aber er war zu jung für sie, zu unfertig, und so weiter und so weiter. Sie arbeitete inzwischen für das Reisebüro, deutsch und englisch, und sah jeden Morgen gut aus und wartete auf ein Wunder. Aber das durchschnittliche Glück verpaßte sie vielleicht durch den Flirt mit dem Zufall, oder sie hörte auf, dafür geeignet zu sein, und indem die Zeit verging, wurde sie eines Tages wach, im nüchternen Licht der wohlgeordneten Zustände, und stellte fest, daß sie nichts mehr erwartete. Und da war sie achtundzwanzig.

Ich hörte ihr zu. Ich kannte sie einen Sommertag und zwei Wintertage lang, und was sie erzählte, war eine undramatische Geschichte, aber immerhin, es war die einzige, in der sie mitspielte. Ich wußte übrigens von genug Leuten zu Hause, oft jünger als ich und begabt für Träume, die sich nur schwer zurechtfanden in unserer Gegend, gerade weil sie so übersichtlich beschildert war.

Aber wo kein Geheimnis ist, gibt es keine Wahrheit, wie es heißt. Der Platz für jeden schien bestimmt zu sein, der Lebensplan entworfen, man schlief unruhig mit einer dünnen Haut, den Gedanken aber war eine ruhige Bahn gewiesen. Und so gingen für manche die Jahre dahin wie ein schwaches Theaterstück: Wenn Handlung fehlt, muß Stimmung helfen. Doch Stimmungen sind so wandelbar. Ich weiß nicht, wie Ildi auf ihre Großmutter kam, die auf dem Dorf gelebt hatte, mit einem Polizisten, der sie schlug und ihr Kinder machte und sie wieder schlug. Ohne sich aufzulehnen, still, zäh und fromm, überlebte sie ihn schließlich, und erst als sie starb, verlangte sie, nicht an seiner Seite begraben zu werden. Wenigstens in der anderen Welt, ohne deren Verheißung sie die hiesige vielleicht nicht ertragen hätte, wollte sie nichts mit dem Mann zu tun haben, mit dem sie, in zwei engen Stuben, alle ihre Tage geteilt hatte. Ildi sagte: »Man sollte erst mal zur Probe leben. Und dann noch mal richtig.«

Sie lächelte mir unbestimmt zu, und ich lächelte zurück. Erst später ging es mir durch den Kopf, daß dieser verlockende Gedanke sehr alt war und vielleicht geholfen hatte, die Religion zu erfinden. Ildi war fortgegangen, unvermutet, mitten in unserem dahintropfenden Gespräch, das die Farbe des verdämmernden Tages hatte. Sie wollte bald zurückkommen und wollte nicht begleitet werden. Ich trug das Geschirr in die Küche und wusch es ab. Dann saß ich eine Weile träge herum. Dann machte ich Licht und sah mir die Bilder an den Wänden an, gediegene Stücke mit kleinen Schäden, als wäre man achtlos mit ihnen umgegangen, alle etwa hundert Jahre alt, wie mir schien. Da war der Mann, mit dem ich letzte Nacht beim Schach schon einen Blick gewechselt hatte, ein bartloses, durchtriebenes Gesicht mit der zarten Haut eines Mädchens. Dann gab es einen gutgelaunten, bildfüllenden Stier vor blauem Himmel und eine dunkle Gewitterlandschaft. Das merkwürdigste war ein Meeresstrand mit barfüßigen Frauen, die Körbe trugen. Vielleicht waren es Muschelfischerinnen, falls es das gibt. Sie standen barfuß im flachen Wasser, als hätten sie ihre Arbeit hinter sich, auf ihren weißen Kopftüchern spielte ein freundliches Licht, aber das stumpfe, sich endlos dehnende Meer handelte von der Mühe des Überlebens.

Der Verdacht, daß Ildi an diesem Abend nicht wiederkommen würde, meldete sich in der Magengegend, ein flaues Gefühl, das gleich wieder verging. Ich rasierte mich, eine langweilige Stunde schlich dahin, und ich verwarf den Gedanken abermals, daß sie den Abend einfach schmeißen würde. Es war längst dunkel und Zeit, etwas zu essen. Ich nahm mir vor, ein Stück durch die Straßen zu laufen. In der Wohnungstür steckte kein Schlüssel, und ich fand auch keinen, als ich danach suchte. Die Tür hatte ein Schnappschloß, und ich konnte sie nur anlehnen, falls ich wegging, oder ich stand draußen, wenn Ildi nicht auftauchte. Also kommt sie, dachte ich, in solcher Lage kann sie mich ja nicht sitzenlassen. Ich beugte mich über das Geländer der Galerie, die in jeder Etage an den Wohnungstüren entlanglief, rund um den Hof. Weiter unten bemerkte ich einen Mann, der an eine Tür klopfte, anhaltend, mit Pausen, schließlich ein letztes Mal, ehe er ungläubig wegging. Als ich ins Zimmer zurückkam, in den engen Schein der Stehlampe, begriff ich, daß ich diesem Mann, dem niemand öffnete, ähnlich war: Ich wollte es nicht wahrhaben, aber Ildi würde nicht kommen. Es regte mich eine Weile ziemlich auf, während ich immer noch auf ihre Schritte und das Klappen der Tür wartete.

Ich fühlte mich gekränkt und betrogen, eine unsinnige Lust gemengt mit Ärger schlug in mir hoch, Besitztrieb, jetzt auf der Stelle, jetzt auf der Stelle, mehr als jemals vorher, wollte ich sie auf dem Sofa haben. Ich lief von der Tür zum Fenster und vom Fenster zur Tür, und mit mir lief mein Schatten über die zerschlissene Tapete.

Später öffnete ich eine gläserne Schranktür, hinter der Bücher standen, und suchte etwas zum Lesen. Natürlich waren es ungarische Bücher, und es führt kein indoeuropäischer Seitenweg ins Ungarische, meine vage Erinnerung an Latein, mein mittelmäßiges Englisch, nichts half. Wie ein Kind suchte ich nach einem Buch mit Bildern. Hinter der ersten Reihe stand eine zweite, und ich entdeckte acht oder zehn Bände Balzac. Auch sie waren für mich verschlossen wie durch einen Code, aber ich nahm einen Band nach dem anderen heraus und freute mich, wenn ich einen Titel entziffern konnte, weil er einen Namen enthielt oder ein geliehenes Wort. So fand ich Eugenie Grandet, den Vater Goriot, die Verlorenen Illusionen und den Glanz und das Elend der Kurtisanen, und jedesmal flackerte ein Licht des Erinnerns. Ich blätterte in den Büchern, die seit einer Ewigkeit niemand gelesen zu haben schien, es roch nach Staub und vergilbtem Papier, Grabluft der Wörter, an denen aber das Wunder der Auferstehung geschehen kann. Ich fand die Personen heraus und stellte fest, mittels der Satzzeichen, wann sie miteinander redeten. Sie redeten viel bei Balzac, man hatte sich etwas mitzuteilen. Und ich hatte eine Menge Zeit an diesem Abend.

Zwischen den hohen Wänden, umstellt von dunklen Zimmerecken, starrte ich auf die magyarischen Wortgebilde wie auf ein Zeichensystem, hinter dem sich, wie ich wußte, die menschliche Komödie verbarg, alle Leidenschaften des Herzens, so viel Tugend und Laster bunt gemischt, daß Marx davon den Zustand der bürgerlichen Ökonomie absah. Die Erde drehte sich wie damals, und gerade hatte ihre Achse eine bestimmte Neigung zur Sonne eingenommen, weshalb ein neues Jahr begann. Welche Wege nahmen die Leidenschaften jetzt? Sind es andere? So viele Tote unter unseren Füßen, so viel Feuerschein am Himmel, wir sind bisher verschont geblieben durch eine unablässige Anstrengung der Muskeln, der Gedanken, des Gefühls, auch durch das Sterben anderer, naher oder ferner, uns unbekannter Menschen, auch durch Glück. Wir wissen manche Erklärung auf die Greuel und Wunder des Jahrhunderts. Und doch konnte man sich fragen, ob die uralten Ängste, die nicht mehr als gesellschaftsfähig gelten, sich nur tiefer in uns versteckten. Ich stellte Balzac in den Schrank zurück, und die fremde Stadt um mich herum war stumm.

Im vorletzten Herbst hatte ich mit Isolde auf einem Dorf in der Nähe Berlins gewohnt, im baufälligen Sommerhaus eines Freundes. Wir suchten Pilze, wir liefen zehn Minuten zu einer Pumpe, um Wasser zu holen, wir wuschen uns in der Morgenkühle vor dem Haus, und abends heizten wir den Kanonenofen, wir spielten Schach und liebten uns, und alle paar Tage vergrub ich Büchsen und Flaschen, aus denen wir uns nährten, im Wald.

Die Woche über war ich allein draußen, ging spazieren, las, saß in der Kneipe. Ich hing der Idee nach, daß es keine Provinz gibt, keine wichtigen und unwichtigen Orte, daß fünfhundert Menschen genug sind, um alles nur Vorstellbare geschehen zu lassen. Ich hörte von einem tüchtigen aber ehebrecherischen Bürgermeister, der in den See gegangen war, mit einer Autofelge um den Hals. Ein Sohn hatte seinen Vater erschlagen, im Streit darüber, wer die Lichtrechnung bezahlen sollte. Es gab mehr Geld als je, und die Arbeit wurde vielseitiger, daraus entstand ein Selbstvertrauen, das nicht viele Worte machte. Noch immer, obwohl schon die Felder von vier Dörfern gemeinsam bestellt wurden, gab es auch, zwischen Eltern, Kindern, Geschwistern, Nachbarn, den Krieg um ein Stück Besitz, um einen ausgedienten Stall etwa, der sich vermieten ließ. Eine Wasserleitung wurde gebaut. Eine Oberschule war vor zwei Jahren eröffnet worden. Jeden Morgen, wenn ich zum Konsum nach Milch ging, gegen sieben, traf ich denselben Mann, der auf dem Rad aus dem Kuhstall der Genossenschaft kam, wo er seit vier Uhr melkte und fütterte. Er war in meinem Alter, wir grüßten uns und lebten unglaublich verschieden.

In dem Herbst ließ Isolde sich ein Kind wegmachen. Es muß schlimm für sie gewesen sein, als sie mir sagte, daß sie schwanger war und in meinem Gesicht die Bestürzung sah, der zu spät ein törichtes, tröstend gemeintes Lächeln folgte. Sie war zum ersten Mal schwanger, und das Kind kam nicht auf die Welt. Es war schon danach, als wir in einem Café saßen und Isolde zu mir sagte: »Wirst du das verstehen? Daß du nicht so davonkommst? Daß du diesmal nicht so davonkommst? Daß das nicht geht?« Inmitten der Leute weinte sie, als wäre ihr plötzlich klargeworden, daß ich davonkommen würde, auch dieses Mal.

Als ich jetzt daran dachte, war ich nur traurig. Ich fragte mich, ob ich je fähig sein würde, mit jemand zu leben. Ich fragte mich und fürchtete mich vor der Antwort.

»Wir verglühen sowieso«, hatte Frau Hönicke in ihrer stillen Berliner Küche zu mir gesagt. Sie sah mich dabei so entschieden an, daß ich mir keinen Zweifel erlaubte. »Ich habe es im Radio gehört«, erklärte sie mir. »Die Erde stürzt eines Tages in die Sonne, und wir verglühen.« Nach einem Moment fügte sie hinzu: »Eigentlich schade.« Sie sagte auch: »Was ich nicht verstehe, ist, warum man damals den Hitler genommen hat. Deutschland hatte doch eine so reiche, gebildete Oberschicht. Und der Hitler hatte doch nichts gelernt, der konnte nichts, warum haben sie den bloß genommen?«

Und noch etwas hatte sie im Radio gehört und freute sich, daß ich es noch nicht wußte. »Es ist medizinisch festgestellt worden, daß Männer über vierzig viel lachen sollen.« Am besten über sich selbst, dachte ich jetzt. Es knackte in den Wänden, das Sofa roch unvertraut, durch meinen flachen Schlaf fuhr hin und wieder eine Straßenbahn.

Ildi kam im hellen Morgenlicht, sie brachte zwei Flaschen Milch und frische Brötchen mit.

»Entschuldige«, sagte sie einfach.

Sie deckte den Tisch, ich setzte mich dazu und schwieg, sie legte einen Zettel aus ihrer Handtasche neben meinen Teller und sagte: »Er hat mir geschrieben, weißt du.«

Ich las: »Oh, Ildi, Ildi, Ildi.« Dann folgte ein einziger Satz.

»Man weiß erst, wenn es zu spät ist«, sagte sie.

Gemeinsam tilgten wir die Spuren meines Aufenthalts. Ich holte Zahnbürste und Handtuch aus dem Bad, sie legte die Bettwäsche zusammen. Ich stellte meine Tasche mitten ins Zimmer und verstaute Hemd, Krawatte und die zweiten Schuhe, die schwarzen, silvesterfähigen. Es kam so, daß wir beieinander standen, sanft legten wir Wange an Wange, ich sah in die eine Zimmerecke, und sie blickte wohl in die andre.

Ein Jaguar parkte vor Tante Klaris Haus, von dessen ockerfarbenen Wänden der Putz platzte, als brächen Knospen auf. Als wir eintraten, stieg auf dem Flur eine freundschaftlich lächelnde Blondine in ihre Stiefelchen, es war gegen Mittag, und sie kam von Willi. Die Italiener waren weg und auch die Österreicher, nur von Onkel Tibors schandbarer Anwesenheit in der oberen Etage war in Tante Klaris grünlichen Augen ein verschleiertes Leid geblieben. Wir tranken Mokka zum Abschied, und ich aß Kuchen, der mit feuchtem Mohn, Nüssen und Rosinen gefüllt war.

»Ich glaube, Sie würden mich verstehen«, sagte Tante Klari mit einem Lächeln des Verzichts. »Wenn ich Ihnen erzählen würde, Sie würden verstehen ...«

Tante Klaris neuer Gast betrat den Raum, ein Amerikaner ungarischer Herkunft aus München, er steckte in einem Flanellanzug nach englischem Stil. Tante Klari mußte ihm schon vermittelnd von mir gesprochen haben, denn er eröffnete ein freimütiges Gespräch mit mir, dem Tante Klari mit der sie schmückenden Fürsorge beiwohnte, mit der sie mir, kaum daß wir uns kannten, Galsworthy empfohlen hatte.

»Ich habe von Ihrem Beruf gehört«, sagte der amerikanische Ungar auf englisch. »Ich bin Filmproduzent. Ich will hier produzieren, weil es billiger ist, Sie verstehen, die Arbeitskräfte. Wollen Sie etwas für mich schreiben? Egal was, nur eine gute Geschichte. Und ich verkaufe sie auf dem Weltmarkt.«

»Ich bin ein ziemlicher Anfänger«, sagte ich ausweichend.

Wir aßen ein Weilchen schweigend Tante Klaris Mohnkuchen.

»Ich könnte Ihnen auch ein Autoradio verkaufen«, sagte der Filmproduzent. »Stereo.«

»Danke«, sagte ich höflich. »Aber es ist nett.«

Wir lächelten bedauernd, auch Tante Klari. Der Produzent legte die Fingerspitzen aneinander und betrachtete seine gepflegten Hände, dann ließ er den Blick zu Ildi schweifen. Es war Zeit, in Willis VW zu klettern, Richtung Flugplatz. Eisschollen trieben die Donau hinab, auf den berühmten, noblen Protz der Uferfassade von Pest schien die winterlich matte Nachmittagssonne. Willi, einer der lustigsten Afrikaner meiner bisherigen Bekanntschaft, sang uns ein Lied aus Nigeria vor. Ildi bestand darauf, daß ich ein frisches ungarisches Brot mitnähme. Wir hielten, sie stieg aus, Willi beugte sich vertraulich zu mir und sagte im Ton völliger Aufrichtigkeit: »I tell you what, Paul. I like girls very much.« Hinter den beschlagenen Fenstern der überfüllten Straßenbahnen und Autobusse sah ich, vorübergleitend, unscharf, das geduldige, alltägliche Gesicht der arbeitenden Stadt. So viele Menschen.

Meine Tasche gab ich ins Gepäck, das noch warme Brot nahm ich unter den Arm. Zu Hause, dachte ich den ganzen Flug über, werde ich gleich Isolde anrufen. Statt dessen telefonierte ich mit Karl.

»Na, wie war es?« fragte er.

»Allerhand komische Sachen«, sagte ich.

»Hier auch.«

»Und eine Menge Schnee.«

»Siehst du«, sagte er, »hier nicht.«

Andreas Dresen Liebe, Tod und Wetter

Es sind gerade mal 30 Seiten. Da schreibt einer von den Schwierigkeiten, den richtigen Menschen zu finden, von Einsamkeit und Alter, von erster Liebe und erstem Schmerz, vom Absturz und vom Aufgefangen-Werden. Vom ganzen Leben in einem halben Berliner Sommer. Er schreibt es so, dass man lachen muss, obwohl es ziemlich traurig ist. Es ist nicht das große konstruierte Drama, es sind all die banalen, kleinen, traurigen, lustigen Geschichten, die Alltag bedeuten. 30 Seiten, auf denen mehr steht als in manch dickem Roman. Ich lache, ich weine, alles kommt mir vertraut vor, die Figuren, der Ton. Es ist ein Drehbuchentwurf von Wolfgang Kohlhaase. Er trägt den etwas saloppen Titel *Sommer vorm Balkon und so weiter.* Im Frühling 2004 bekomme ich diese Seiten in die Hand gedrückt. So beginnt unsere erste gemeinsame Arbeit.

Wir waren uns einige Male begegnet, hatten einander versichert, dass wir gerne zusammen etwas machen würden. Wie man das eben so sagt, ehrlich, aber unverbindlich. Uns trennen über 30 Jahre. Wie viele Menschen meiner Generation bin ich mit seinen Geschichten aufgewachsen. Manche zielen auf die Zeit, in denen er noch ein Kind gewesen ist, den großen Krieg, die Nazizeit, andere mitten in die Gegenwart: *Ich war 19, Der nackte Mann auf dem Sportplatz, Solo Sunny, Der Aufenthalt.* Filme, die Wolfgang Kohlhaase geschrieben hat. Sie haben meine Sicht auf die Welt und das Kino nachdrücklich geprägt. Manche seiner wunderbaren Dialoge kann ich auswendig. Die Schlagersängerin Sunny schmeißt einen Liebhaber morgens mit den Worten raus: »Is ohne Frühstück.« Und als er mault, fügt sie hinzu: »Is auch ohne Diskussion.«

Die Kunst von Wolfgang Kohlhaase ist Poesie in Kurzform. Pathos oder Sentimentalität sind ihm fremd. Er beschreibt komplizierte Dinge mit einfachen Worten. Fast aphoristisch die Sprache, Gefühle verstecken sich scheu zwischen den Zeilen und überraschenden Wendungen. Deswegen verwundert es auch kaum, dass seine Belletristik die Kurzgeschichte ist, nicht der große Roman. Doch gerade in der schulterzuckenden Direktheit tun sich dabei häufig Abgründe auf.

Ein Mann behauptet, Persisch zu können, und ist in seiner Not schließlich gezwungen, diese Sprache selbst zu erfinden. Doch dabei geht es um Leben oder Tod, denn die Geschichte spielt in einem Lager während der Nazizeit. Buchstäblich alles steht auf dem Spiel, hängt von den richtigen Worten ab. Auch in *Silvester mit Balzac* trösten die ihm unbekannten Worte einer fremden Sprache den einsamen, sinnsuchenden Erzähler, weiß er hinter diesen Zeichen die Geheimnisse und Abenteuer menschlicher Existenzen und Abstürze. Worte als gedanklicher Code, dem Leben einen Sinn zu entlocken, vielleicht Leben überhaupt erst möglich zu machen. Und ganz in diesem Sinn ist auch die Sprache von Wolfgang Kohlhaase nie leichtfertig, sondern chirurgisch präzise und klar. In ihrer Lakonie trifft sie trotzdem mitten ins Herz. Das hat damit zu tun, dass er die Menschen und seine Figuren mit den Augen der Liebe betrachtet.

Häufig ähnelt die dramaturgische Konstruktion von Filmen der verdichteten Form der Kurzgeschichte oder Novelle. Kein Wunder also, dass einige Geschichten dieser Sammlung später verfilmt worden sind. In Wolfgang Kohlhaases Drehbüchern kommen Regieanweisungen im klassischen Sinne nicht vor. Es gibt keine in Klammern gesetzten Einschübe vor Dialogsätzen, welche die Stimmung der Figuren genauer erläutern. Dafür manchmal kleine kommentierende Sätze von großer poetischer Genauigkeit. Hier vertraut jemand seinen Partnern und darauf, dass sie genau lesen können.

82. Bild, Truck, Dämmerung

Die Türen der Kabine stehen offen. Nike und Ronald essen belegte Brote und trinken Cola dazu.
Ronald: Deine Stullen sind gut. Ist überhaupt schön, dass du mit bist. Sonst ist es manchmal sehr einsam.
Nike: Du sollst verheiratet sein und ein Kind haben?
Ronald: Wer erzählt denn so was?
Nike: Habe ich gehört.
Ronald lacht eine Weile künstlich, aber schließlich klingt es echt.
Ronald: Wenn es wahr wäre, würde ich es zugeben.
Nike: Du musst nicht lügen. Musst du nicht. Ich habe nichts mit dir vor.
Jedenfalls will sie glauben, dass es so ist.

Wie in dieser kleinen Szene aus *Sommer vorm Balkon* sagen die Figuren oft nicht, was sie meinen, manchmal genau das Gegenteil. Gerade, wenn sie sich danach sehnen, geliebt zu werden. Sie verstecken ihre Verletzlichkeit hinter einer robusten, nicht selten rauen Schale, die sie unverwundbar scheinen lässt. Sie lassen sich nicht so schnell in die Karten gucken. Das macht ihr Geheimnis aus und bringt sie uns nahe. »Wo kein Geheimnis ist, gibt es keine Wahrheit.«, heißt es in *Silvester mit Balzac*. Wer zeigt schon gerne seine Verletzlichkeit, wer möchte nicht geliebt werden? Bricht die Fassade auf, schaut man zuweilen in tiefe Abgründe, manchmal – und zum Glück nicht zu selten – sind die kleinen Träume aber wunderbar komisch.

In *Whisky mit Wodka*, einer Geschichte aus dem Filmmilieu, blicken zwei gealterte Schauspieler auf die verpassten Chancen ihres Lebens zurück.

Bettina: Du wolltest nach Hollywood, weißt du noch?
Otto: Es war schwierig mit meinem Englisch.
Bettina: Aber du hattest ein Angebot.
Otto: Ich glaube, ich hätte Nazis und Juden spielen können.

Wolfgang Kohlhaases Humor ist nie verächtlich. Die Menschen versuchen, ihrem kleinen Leben die größtmögliche Würde abzugewinnen. Hin und wieder ziehen sie dabei die falschen Schlüsse. Der Taxifahrer Harry sagt in *Solo Sunny*: »Mensch Sunny, bei der Kohle, die ich verdiene, kann ich doch nicht doof sein.« Ronald, der Trucker, meint in *Sommer vorm Balkon* auf die Frage, was er denn in seinem großen Auto eigentlich transportiere: »Meistens Teppiche. Aber das füllt mich nicht aus. Nicht beruflich und auch nicht menschlich.«

Kleine Menschen und ihre großen Träume. Bei Wolfgang Kohlhaase ist das lustig, aber nie lächerlich. Er wirkt auch im Alter manchmal wie ein großer Junge, der sich gerade einen neuen Streich ausgedacht hat. Im Gespräch reibt er sich bisweilen die Hände an der Brust, so wie andere sich an der Stirn kratzen. Es ist eine unbewusste Geste, als wolle er sich im Gedankenflug seiner Körperlichkeit versichern, sich konzentrieren, ohne grüblerisch zu sein. So bleibt er im Nachdenken offen.

Wolfgang Kohlhaase hat ein unglaubliches Gedächtnis für besondere Dialoge und Geschichten. Gelegentlich scheinen sie Jahrzehnte aufbewahrt, bis er die passende Szene für sie gefunden hat. Er ist voller Anekdoten. Bei einer mehrstündigen Bahnfahrt mit ihm reist man außer von einem Ort zum anderen auch noch durch Zeiten, zu Menschen und erstaunlichen Begebenheiten. Und immer sind sie rührend, meist auch zum Lachen.

Große historische Brüche haben sein Leben geprägt. Das Ende der Nazizeit, der Bau und Fall der Mauer. Dass er sich immer für Menschen interessiert hat und nicht für Ideologien, machte die Übergänge leichter und prägt auch diese Erzählungen. Historisch ist dabei nur die Zeit, in denen manche von ihnen spielen, das Umfeld. Die Figuren sind dabei in ihren Zweifeln, ihrer Not, aber auch ihren komischen Verwicklungen ganz heutig. Und immer wieder verblüfft es, wie einfach und einleuchtend selbst schwierigste Gefühlslagen beschrieben werden. Ob anekdotisch oder im großen erzählerischen Bogen – man meint, es immer schon gewusst zu haben, und hätte es doch niemals so formulieren können. Wolfgang Kohlhaases Geschichten sind ein Spiegel, in dem man sich erkennt, ungläubig, erstaunt, kopfschüttelnd, manchmal lachend.

Die gemeinsame Arbeit war immer wunderbar unkompliziert. Wie Arbeit sein kann, wenn man die Sicht auf Welt und Menschen teilt. »Ein Drehbuch schreiben ist das Notieren einer Geschichte zum Zwecke ihrer Verfilmung.«, sagt Wolfgang Kohlhaase. So leicht ist das. Und doch so schwer. Die Sache so gut wie möglich zu machen, da ist er pragmatisch und vollkommen uneitel. »Dramaturgie ist ein System von Regeln gegen die permanente Bereitschaft eines Publikums, sich zu langweilen.«, sagt er. Sätze wie dieser bringen einen in Versuchung, ständig mitzuschreiben.

In *Whisky mit Wodka* wird der Regisseur von einem Bühnenarbeiter gefragt, was denn nun eigentlich die Botschaft seines Drehbuchs sei. Wolfgang lässt ihn antworten:

Die Botschaft, wie Sie es meinen, gibt es vielleicht nicht. Man macht einen Film ja nicht, weil man Bescheid weiß, sondern um etwas zu entdecken. Film ist Vermutung, verstehen Sie? Es geht um immer neue Bilder für die Dinge, die sich immer wiederholen. Wie soll ich es ausdrücken? Die großen Phänomene. Die Liebe, der Tod und das Wetter.

Oktav*hefte*[8] – Klassiker und Wiederentdeckungen*

Johannes Bobrowski Levins Mühle
34 Sätze über meinen Großvater Roman
Johannes Bobrowski gehört in die Reihe der großen »ostdeutschen« Autoren wie Günter Grass, Hermann Lenz und Uwe Johnson. Sein wirkungsmächtiger Roman »Levins Mühle« (lektoriert von Klaus Wagenbach) lässt sich hier wiederentdecken.
Mit einem Nachwort von Klaus Wagenbach. 232 Seiten

Antonio Di Benedetto Zama wartet *Roman*
Zama wartet – auf einen Brief, auf die Rückkehr vergangenen Ruhms, auf ein Schiff, das niemals kommt. Ein lateinamerikanischer Anti-Abenteuerroman, ein absurder Abgesang auf den spanischen Kolonialismus.
Aus dem argentinischen Spanisch von Maria Bamberg
Mit einem Nachwort von J. M. Coetzee. 256 Seiten

Denton Welch Freuden der Jugend *Roman*
Sommerferien an der Themse können eine Erfüllung sein, wenn man sein Internat hasst und eine Obsession für verwilderte Gärten, Antiquitätenläden und Pfirsich-Melba hat. So wie der sensible Orvil Pym mit seinem Freiheitsdrang und seiner Liebe zu ungewöhnlichen Spaziergängen.
Mit einer Empfehlung von Edith Sitwell
und einem Nachwort von William S. Burroughs
Aus dem Englischen von Carl Weissner. 176 Seiten

Boris Vian Die Gischt der Tage *Roman*
Chloé liebt Colin, Colin liebt Chloé. Und doch überleben die beiden ihr eigenes Glück nicht. Ein Klassiker von phantastischer Poesie, eine Geschichte über Liebe und Tod, der sich in dieser wunderbaren Neuübersetzung liest wie ganz neu erfunden.
Aus dem Französischen neu übersetzt
und mit einem Nachwort von Frank Heibert. 232 Seiten

* Elegantes Format, Broschur, Fadenheftung,
bedruckte Innenklappen, farbig gedruckter Text

Moische Kulbak Der Messias vom Stamme Efraim *Roman*
Moische Kulbak erweckt in seinem 1924 erstmals erschienenen Kurzroman die alte litauisch-jüdische Welt eindrucksvoll zu neuem Leben.
Aus dem Jiddischen und mit einem Nachwort von Andrej Jendrusch. 144 Seiten

Roberto Arlt Die sieben Irren *Roman*
Grell und grotesk wie ein Gemälde von George Grosz und wuchtig wie ein Kinnhaken: Roberto Arlts eindrucksvolles Porträt revolutionärer Gewalt und des politischen Wahns der zwanziger Jahre.
Aus dem argentinischen Spanisch von Bruno Keller, neu bearbeitet von Carsten Regling
Mit einem Nachwort von Ricardo Piglia. 320 Seiten

Sara Gallardo Eisejuaz *Roman*
Ein bisher unentdecktes Meisterwerk der argentinischen Literatur – in kongenialer Übersetzung: Eisejuaz, der Sohn des Kaziken, ist bärenstark, kann Lahme versorgen und mit Eidechsen sprechen. Doch hinter der vordergründigen Magie verbirgt sich die Frage, was der Glaube bewirken kann.
Aus dem argentinischen Spanisch und mit einem Nachwort von Peter Kultzen. 176 Seiten

José María Arguedas
Der Fuchs von oben und der Fuchs von unten *Roman*
Am Ende ist der Autor tot. Das letzte Buch von José María Arguedas ist ein einzigartiger, existenzieller Roman des Abschieds: von einer geliebten Landschaft, von einer verschwindenden Kultur – und vom Leben selbst.
Aus dem peruanischen Spanisch von Matthias Strobel
Mit einem Nachwort von Marco Thomas Bosshard. 320 Seiten

Wenn Sie mehr über den Verlag und seine Bücher wissen möchten, schreiben Sie uns eine Postkarte oder elektronische Nachricht (mit Anschrift und E-Mail). Wir informieren Sie dann regelmäßig über unser Programm und unsere Veranstaltungen.

Verlag Klaus Wagenbach Emser Straße 40/41 10719 Berlin
www.wagenbach.de vertrieb@wagenbach.de

Die Erzählungen erschienen erstmals 1977 unter dem Titel *Silvester mit Balzac und andere Erzählungen* im Aufbau Verlag in Berlin und Weimar.

2. Auflage im März 2021

Emser Straße 40/41, 10719 Berlin www.wagenbach.de
Mit freundlicher Genehmigung der henschel SCHAUSPIEL Theaterverlag Berlin GmbH

Umschlaggestaltung und Satz aus der Scala: Julie August
Broschurenkarton »Peydur Lissé« von peyer graphic AG.
Gedruckt auf Schleipen und gebunden bei Pustet, Regensburg. Printed in Germany.

Auch als E-Book erhältlich

ISBN: 978 3 8031 3335 9